Underneath Your Love

夫人裙下

希澄 著

我不會喜歡妳，
妳也別喜歡我，好嗎？

序章

秦如初的吻落四處，如陣清風，讓陶菫有些恍然。

「妳不專心。」

陶菫回過神，抬眼一瞧，見到秦如初幽暗不清的臉色，那正是她不悅的前兆。陶菫彎彎脣角，雙腿纏上秦如初的腰肢，伸手環住她的脖頸，讓自己半裸的上身貼近她。

「那是妳的問題……嗯……」

秦如初咬了下陶菫白皙的脖頸，脣順著圓潤肩頭往下，在肩上咬出一圈牙痕。手撫過優美的腰線，扣住身下陶菫的腰，「膽子倒是大了。」一邊說一邊揉著後腰。

「秦……嗯……妳別、別揉……」向上拱起腰像隻貓兒，敏感的後腰禁不起這般蹂躪，陶菫低低呻吟，夾緊雙腿時，明顯感覺到秦如初的身體一僵。

陶菫知道秦如初愛極了這樣的自己，在脣貼上脖頸時，陶菫微仰頭，弧線優美，可惜不能留下吻痕。

秦如初的吻很輕，如微風拂過，似是那晚的吻一般輕柔。埋於胸口的吻如雨落下，讓陶菫想起兩人初次歡愛的那晚，秦如初的低喃。

「只能是妳，陶菫。」

自己身上的浴袍也在此刻被秦如初拉開了，那天之後，陶菫總是如此在女人身下承歡，一次又一次。

春風一度，可惜是朝雲暮雨；繾綣難捨，終歸是煙花一場。

雲雨翻湧之際，陶堇瞅了眼屈於自己身下的秦如初，想起平日辦公室裡她的雷厲風行、她的一板一眼、她的沉穩大器……陶堇不自覺地摸上秦如初的後髮，壓往自己腿間，呻吟甜膩，是秦如初喜愛的那樣。

秦如初瞅陶堇一臉迷濛，展現出平日見不到的乖順，不禁下腹燥熱，軟舌輕舐，霪雨霏霏之處，清風徐過，不留痕跡。

「嗯……哈……」

陶堇閉上眼，當雲雨落下之時。

「哈……哈……嗯……」她的呼吸粗重且急促，直到一隻手的輕輕拍撫下，胸口起伏趨緩，呼吸才慢慢地緩下，歸於平順。

「好點了？」

聞言，陶堇睜開眼，一如既往地靠在秦如初的懷裡。頭微仰，入目之處是紅豔的唇，色澤柔亮，顯然是剛做了些什麼。

「嗯。」陶堇回了一個單音節，視線移開，不再停留在秦如初的唇上。

兩人歡愛數次，她不曾吻過自己，如同當初說好的那般。

「我去洗澡。」

話落，陶堇便起身走下床，打開房門走到浴室，留下剛出差回來的秦如初在床上發呆。

秦如初閉目養神，神情平靜，方才的纏綿歡好就像是錯覺一般。但這樣的平靜卻在陶堇略帶怒氣圍著浴巾打開房門時，消失殆盡。

「妳怎麼在我後頭留下痕跡了?」

秦如初睜開眼，直直地看著門口的陶堇，淡淡道：「力道沒抓好，剛剛……用力了些。」

陶堇深吸口氣，壓抑微微的怒氣，可還是被秦如初輕易看穿了。

「我明天怎麼綁馬尾去上班?秦副總。」

秦如初神色不改，坐起身，平聲道：「頭髮放下吧。」

「熱。」

「那就給別人看吧。」秦如初如是說。

陶堇眉頭微皺。

「一向精明幹練又不苟言笑的陶堇忽然放下頭髮，長髮飄逸，肯定引人注目。」

陶堇的眉頭皺得更緊了些。見她真動怒了，秦如初收起幾分笑意，慵懶道：「我有粉底液，蓋一下就好了。」

非得讓人這麼生氣?陶堇深吸口氣，怒火漸漸轉爲無奈。其實秦如初不安撫她也是可以的，畢竟副總和小專員相比，誰比較大昭然若揭。

被人知道她與秦如初有染，肯定會以爲是她主動爬上秦如初的床，然而，不是這樣的——

「當我情婦吧。」

至今，午夜夢迴間，與秦如初纏綿後，偶爾她會比自己早入睡，見她露出毫無防備的睡顏時，陶堇總會想到第一次上床時，她對自己的直面而言。

秦如初跨坐到自己大腿上，雙手環住她，雙眼與她平視，眼神無懼，態度坦然。

「操我，現在。」

那手，便拉過自己的手往她的腿間摸去，那瞬間陶堇腦海一片空白。她是秦如初與她跟自己同爲女人這兩個事實擺在眼前，顯然是前者令自己更爲震驚。

「……我沒有碰過女人。」這是陶堇回過神後，對秦如初說的第一句話。

陶堇壓根兒沒想過有一天會跟女人上床。

在郭向維之後，陶堇以爲不會再與誰如此親密、不會再耳鬢廝磨、不會再脫衣解帶……更不會張開雙腿，對著一個女人，還是自己的上司。

「我不會跟妳接吻的，放心。」秦如初的大拇指壓著陶堇的下脣，陶堇微微啟口，感覺脣上的指腹輕輕遊走，「也不會愛上妳，別擔心。」

陶堇笑了。

秦如初停下，低眸迎上那雙清澈的雙眼。

「這台詞有點老套。」陶堇說。

秦如初不惱，跟著輕輕笑了。那時的陶堇並無多心，只當她一如既往的游刃有餘。很久之後，她才懂當時秦如初輕笑時，笑意未達眼底。

「我保證。」秦如初說。

聽著秦如初如此道，陶堇想，自己與秦如初便是如此——

清風徐來，水波不興。

秦如初不是郭向維，又怎能掀起自己心中的波瀾呢……

第一章

陶菫沒想過有一天會成爲別人的情婦，對方還是個女人。是女人也就罷了，可偏偏這個人是自己的上司——秦如初。在拿下那件案子之前，陶菫未想過會與秦如初有所接觸，畢竟秦如初貴爲副總，她只是公司小職員。

然而，在她意外解決一個難纏刁鑽的客戶之後，陶菫還是入了秦如初的眼。

這案子的難纏程度全公司上下皆知，是令人頭疼卻又不得不抓住的客戶，即使自認做到滴水不漏，仍能被這客戶抓出毛病。然而，她的刁鑽難搞，在同樣完美主義的陶菫面前，倒沒有這麼令人生厭。

「如果經理放心的話，我可以做做看。」

一次在經理又被這客戶打槍回到部門時，思索許久的陶菫斟酌著，愼重開口：「當然，我也知道我資歷淺，經理若不放心覺得不妥我也可以理解。」

視線上下打量眼前方進公司不過三個月的菜鳥，瞧她姿態不卑不亢，經理思忖了下，點點頭，「可以，我把資料寄到妳信箱，先寫一份企畫書給我。」於是陶菫就這麼接下了這客戶的案子。

這場豪賭在部門間傳開，有人笑陶菫自不量力肯定出糗，也有人酸她急功近利忙著搶功，然而對這些流言蜚語陶菫置若罔聞，專心致志。

不料，客戶對於陶菫呈上的企畫書相當滿意，爽快地答應面談。那天經理帶著陶菫與客戶面對面，兩人竟一見如故，相談甚歡。談話中，陶堇也不居功，給自家經理做足面子，最後客戶滿意簽名，甚至加碼投資，令整個部門歡欣鼓舞。

臨走前，客戶特意走到陶堇面前伸出友誼的手，「我很看好妳，可惜妳先進U公司了。」

見客戶一臉扼腕，陶堇微微一笑，「謝謝您的賞識，以後也請多指教了。」

這一會談也成部門佳話，雖然當事人陶堇隻字不提，旁人問起也不過簡單帶過，可這不能打發秦如初。

聽聞底下一個專員有如此作為，秦如初是讚許的，也從經理口中明白對方行事低調謙虛，不習慣大肆讚揚，於是只是在茶水間攔住陶堇，將她帶到會客室。

「副總。」陶堇微微斂眼，視線停留在搭在胸口的項鍊上。

「妳是……陶堇吧？」

「是。」

秦如初雙手抱臂，走近陶堇。感覺到有人接近自己，陶堇抬起頭，迎上秦如初黑白分明的雙眼，幽深沉靜。

「妳不錯，獎金這個月底會匯到妳戶頭。」

「謝謝副總。」

見陶堇面色平靜，秦如初輕抬眉梢，試探性地問：「有其他想要的？」

原以為陶堇會再要些獎賞，然而她不過是搖頭，「沒有。」或許是因為她答得太快，反倒讓秦如初不太信。

「我可以幫妳從專員升到組長。」

陶堇皺眉，「這倒不用了，我資歷淺，擔不起組長一職。」

她說得淺淡而堅定，讓秦如初有些訝異。

明知道自己立了大功卻不撈點好處，陶董雲淡風輕的態度令秦如初印象深刻。

那日之後，兩人稍稍熟稔了一些，但也不過是茶水間會打招呼的關係。有些人會在陶董耳邊要她多巴結秦副總，說秦副總遲早會升上總經理，然而陶董只是聳聳肩。

「那與我無關。」瞧她一派淡漠，久了那些人也覺索然無味，一切如同船過水無痕，日子平靜地過。

至少在秦如初找上自己前，陶董都如此認爲。

「妳是……陶董？」

聽見陌生中帶點熟悉的嗓音，陶董停下手，一轉頭便見到徐淩。陶董面露訝異，很快地斂起，點頭致意，「徐小姐。」

見陶董自己一人用餐，徐淩便問：「方便一起用餐？」陶董自然點頭，沒有拒絕的理由。

「從上次的案子到現在也有一個月了吧？」

陶董見著眼前笑容輕鬆的徐淩，與那作風謹慎、要求完美的徐大客戶可眞搭不起來。她淺哂道：「是，一個月了。」

徐淩順著自己的長髮，瞅著眼前清麗的女人，綁著馬尾清秀端正，可眞想不到她能做到如此地步。思及此，徐淩的目光便多了幾分讚許，「妳那次眞的處理得不錯，我看你們經理都快被我搞瘋了。」

陶董失笑，卸下了案子的重擔，多了幾分輕鬆，「經理教我很多，也協助我不少，若是沒有他我也沒辦法完成，我想……」

迎上那雙凌厲的眼睛，陶董直道：「我只是知道徐小姐要什麼而已。」

「別叫我徐小姐了，叫我Linna吧。」徐凌雙手撐在桌上交疊，下巴抵在手背上，眼底泛起一絲笑意，開玩笑地說：「不然下次可沒這麼讓妳好過了。」

陶堇失笑，點頭，「Linna。」

上次見面時，陶堇心思全放在案子是否成功，倒是沒仔細端詳徐凌的長相。這麼近距離一瞧，才發現她五官精緻，那雙丹鳳眼狹長迷人，彷若含光。鵝蛋臉搭上鳳眼，標準的東方面容，骨子透出一股傲氣，舉止優雅，與陶堇見過的人都不同。

若要說誰能與徐凌並肩，陶堇也只想到秦如初。

才剛想到秦如初，入目之處便多了一抹高䠷倩影。注意到陶堇的遲疑，徐凌順著她的目光往後一瞧，笑容多了幾分深意。

「秦副總。」

這麼一喊讓秦如初回過神，走向本不該搭在一起的徐凌與陶堇。姣好的面容掛著笑容，朝徐凌微微頷首，視線落到陶堇身上，「兩位。」

徐凌與陶堇站起身，然而陶堇總覺得秦如初的視線若有似無地停留在徐凌身上，而那眼神並不疏離。

與自己看待徐凌是不同的。

「那我先回去了。」徐凌朝著陶堇揚起笑容，伸手輕握了下陶堇的手，雙眼直視著她，目光放柔幾分，「下次見。」

陶堇一頓，倒也沒收回手，禮貌地點點頭。

而陶堇沒注意到的，是秦如初的視線，停在她倆相握的手上，目光深了幾分。

陶菫的生活簡單，如她的人一般平淡，上班與睡覺占了大半時間，惟假日會與平日不同——

「向維。」

聞聲，一名藍衫男子抬起頭，收起手機朝陶菫一笑，「陶菫。」他自然地牽起陶菫的手，一同走進餐廳。

陶菫與郭向維在一起將滿五年。大學就走在一起，久得陶菫總認爲會走上紅毯，與郭向維步入婚姻。

「向維，明天……我可能要回家一趟。」坐定後，陶菫遲疑地開口，神情滿是歉然：「隔天一大早我要帶我媽去醫院做檢查，所以前一天要先回家準備，對不起。」

郭向維聳聳肩，笑了笑，「沒事，媽媽身體重要，紀念日可以再慶祝。」

見著自己男友如此溫柔體貼，陶菫心裡感到有些複雜，是感激也是愧疚。她伸出手輕握他，「謝謝。不過你眞的不會介意？眞的沒事？」

「沒事啊。」郭向維輕輕反握她，「我可以自己找事做，妳忙妳的，一切小心，平安就好。」

瞅著眼前俊朗的青年，陶菫感動一笑，心裡怦然。在一起將滿五年，青年總是如此好看，陶菫覺得就是看一輩子也無妨。

或許是有中午的插曲，晚上陶菫主動跨到青年身上，在青年深沉的目光下解釦脫衣，手撫過結實的胸膛與硬挺的腹肌，主動仰頭吻了青年。

帶繭的手在身上遊走，一陣陣酥麻蔓延全身，陶菫摟住青年的脖頸，在他耳邊低低呻吟。

平日兩人有各自住處，只有假日才能這樣膩在一起，陶菫嘴上沒提過，可心裡比誰都珍視這樣的假日。

想到兩人交往紀念日自己卻必須回家一趟，無法陪在男友身邊，陶堇便有些愧疚。帶著這樣的心情，她摸上青年的褲頭。

「陶堇……」郭向維的呼吸粗重，眼神混濁，滿是情欲。陶堇主動解下他的褲子，拉過青年吻得綿密。

「給你……插進來。」陶堇被吻得七葷八素，呻吟破碎，「你塡滿我……想要……」

郭向維抱緊她，深深挺入，那剎那，陶堇咬緊牙，撕裂般的疼讓自己眼眶一溼。

扣住陶堇的腰，郭向維低喘幾聲，擺腰撞擊，溫熱包裹的感覺令人上癮。

陶堇閉上眼，裡邊很燙、很滿，還有很疼……聽著郭向維滿足的低歎聲，陶堇也呻吟幾句，以此舒緩疼痛。

她喜歡與郭向維做愛，但不喜歡被插入。她怕疼、怕痛，第一次給了郭向維是在大學，那時的她下邊鮮血不止，嚇得兩人臉色蒼白。

她知道郭向維喜歡插入，喜歡被吸住、被包裹的快感，而郭向維也知道陶堇會疼，最後都會讓陶堇幫自己手淫或是口交解決。

像今晚如此是鮮少的，或許是如此，郭向維比平日更急躁，難以言喻的快感與滿足感令人沉淪。

陶堇緊閉雙眼，只希望快些結束。

「陶堇……」聽著郭向維沙啞的低喚，陶堇睜開眼，滿目溼潤，看上去楚楚可憐，反倒刺激了郭向維，抽插更快了些。

陶堇咬著下脣，下邊疼得沒有知覺，只覺得被塡得很滿，彷彿要燒起來了一般。

數十秒後，郭向維抱緊陶堇，深深一挺，白液頓時填滿了套子。

兩人躺在床上，呼吸慢慢緩下。陶堇靠在郭向維懷裡，累得說不出話。郭向維輕笑，手撫著她的髮，「辛苦了。」

爲了這聲「辛苦了」，陶堇眞願意給他，就算很疼也沒關係，她甚至願意給他自己的下半輩子

「向維，我們交往五年了，彼此工作也挺穩定的……」

嗅出字句中不尋常的詢問，郭向維面色微僵，拉過棉被往陶堇身上蓋，「妳累了，先休息一下吧。」

一隻大手覆在自己眼上，陶堇愣了下，隨卽閉上眼。那一隻手，蓋住的似乎不只是雙眼，還有心。

「哦？妳要請假？這麼難得！」收到陶堇的假單，經理看著覺得稀奇，朗朗笑語：「行，星期一好好在家休息，星期二再來。」

「好，謝謝經理。」掛上電話後，陶堇如釋重負。紀念日的假日是泡湯了，但總可以請一天假到郭向維住處找他吧？陶堇是這麼想的，所以難得請了一次假。

「妹妹啊，假請好了嗎？」陶母從廚房走到客廳，剛好聽見陶堇在講電話。陶堇收起手機，點頭道：「嗯，不用擔心，都辦好了。」

不料，陶母的下一句話便讓陶堇淺淡的笑容僵住。

「妳哥哥最近好嗎？還有錢吧？妳多關心一下妳哥，他做生意辛苦，妳要是有多的錢給他就好，不用匯回來……」

陶菫淡淡地看著滔滔不絕的母親，思緒有些飄遠。要不是顧及母親身體狀況不好，陶菫真的很想告訴她，她心目中驕傲的兒子，不過是散盡家財的敗類。

做生意辛苦？陶菫冷笑，是被人詐騙，裝大爺後被女人仙人跳，一切咎由自取，卻還編織著發大財的美夢，說著下一次投資肯定大賺……每次提到這個毫無出息的哥哥，陶菫就頭疼。

自父親過世後，母親是愈發疼愛這個哥哥，彷彿她只生這麼一個兒子，沒有陶菫。

或許是見哥哥如此窩囊，陶菫是愈珍惜郭向維。與自己哥哥相比之下郭向維優秀許多，是她值得愛的人。

對此，陶菫深信不疑。

翌日，陶菫帶著母親前往醫院做檢查，檢查的結果卻令陶菫陶菫的心涼了半截——

「我建議盡快開刀切除，不然怕惡化……」聽著醫生說要開刀動手術，以及後續治療，陶菫深吸口氣，頻頻點頭，然後帶著母親離開。

步出醫院時，陶菫扶著母親望著天空，一時之間不知該何去何從……然而她只能撐起笑容，對著母親淡淡道：「我會想辦法解決的，妳就安心養病吧。」

「哎，要是很花錢就不必了，我就是擔心妳哥哥……」

或許，這才是讓陶菫最感無力與無奈的吧。

陶菫想過，若不是她急需一筆龐大的診療費，以及哥哥那顆未爆彈，她會如此輕易答應秦如初嗎？

陶菫始終想不明白。

本該忙碌的星期一難得偷得淸閒，回到住處的陶菫獨自一人在超市逛著，買些晚上要帶去郭向維家裡的食材。

陶菫是不太懂得浪漫的人，但因爲是郭向維，她總想做些什麼補償他，陶菫能想到的，就是親自下廚，而這是平常忙碌的陶菫鮮少做的。

❄

「陶菫？」

買完菜後到一旁咖啡廳小坐片刻的陶菫猛然抬頭，一見到熟悉的精緻面容有些訝異，「副總？」

「妳怎麼在這？」

陶菫也很想這麼問秦如初，然而她嚥下疑惑答：「我今天請假。」

「對面有人？」

見陶菫搖頭，秦如初坐到了她對面並點了杯伯爵茶。陶菫瞅了她一眼，似乎想著該不該開話題，而秦如初搶先她一步開口道：「怎麼請假？」

「早上剛回來有點累，所以沒進公司。」

「回老家？」

「是。」

瞧陶菫腳邊放著幾個紙袋，秦如初隨口道：「男友沒跟妳一起嗎？」

陶菫一頓，「他要上班。」她不介意被人知道感情狀態，畢竟也與郭向維穩定交往數年，身邊的人都知道，原本以爲秦如初會繼續八卦下去，然而她沒有，反倒將話題繞到自己身上，「妳常來嗎？這間鹹派好吃嗎？」

陶堇微愣，打開菜單，「我覺得甜食略勝一籌，鹹食就普普吧。」話落，她便見到秦如初難掩嫌棄，輕嘆道：「好吧，那我不加點了。」

「副總還沒吃中餐嗎？」陶堇問。

她輕笑一聲，「中午跟人有約，但實在沒胃口，只吃了一些。」顯然方才的午餐約會秦如初並不開心，陶堇也識趣地沒問下去。想了想，問道：「副總想吃粥嗎？」

秦如初抬頭，直視著陶堇，「妳怎麼知道我想吃些清淡的？」

「感覺吧，沒胃口的時候，應該就只想吃些清淡又熱騰騰的東西墊胃就好。」因爲陶堇自己也是這樣的。

秦如初彎彎脣角，眼神多幾分讚賞，「沒錯，妳有什麼口袋名單可以推薦嗎？」

陶堇原想小坐片刻便走，沒想到剛好遇見秦如初，她望向自己腳邊的食材，不如……

「我家就在這附近，副總只是想墊胃的話，我可以幫妳煮一些粥。」

秦如初愣住，怎麼也沒想到答案是如此。這可比自己預想的更有趣、更引起她的興趣。

「好啊，那就恭敬不如從命了。」

一踏進陶堇住處，秦如初便注意到屋內有兩房。

「裡邊那間是我室友的，左邊這間才是我房間。」陶堇一面介紹一面脫下鞋子放到鞋架上。

陶堇的住處遠比自己所想的來得精緻小巧，看得出來主人相當用心整理，乾淨整潔，整體舒適而溫馨。

秦如初坐到沙發上，見陶堇慢慢把食材放到冰箱，這才發現她買的量不少，不像是獨居的人。

秦如初調侃道：「妳室友不會就是妳男友吧？」

陶菫頓了下，似乎也意識到自己買得有些多，難得期期艾艾地說：「嗯……不是，就是……不小心買太多。事實上，我今晚的確是要去找男友。」

是愛妻料理呢。秦如初輕笑幾聲，忽地又像是想到什麼，笑容斂起幾分。

她看向陶菫，覺得有些不可思議。

沒想到有一天她會如此自然地進了陶菫家中，她以為陶菫是個小心謹慎的人，應該挺保護私人空間，但再想想陶菫平日工作上的態度，似乎也不是很意外她如此膽大。

畢竟，陶菫覺得無所謂的成分可能占絕大部分。思及此，秦如初彎彎脣角，目光深了幾分。

陶菫拿起掛在一旁的圍裙，或許是許久未下廚，手繞到背後打結的動作有些生疏，正想說不穿也罷時，後腰忽地多一隻手。

「別動，我幫妳。」

陶菫僵住，在秦如初低緩的嗓音擦過耳際時。這在陶菫的預料之外，一時之間反應不過來。

指尖輕輕擦過衣料，兩指拈起綁帶，微微拉緊。秦如初垂眸，看著藏在髮下的耳朵輕問：「會太緊嗎？」

「不會……」

「嗯。」話落，秦如初便在她腰上俐落地打個結。或許是距離過近，陶菫彷彿能感覺到她身上的溫度，以及那細細的吐息。

指腹若有似無地擦過腰，秦如初輕扶著，「綁好了。」陶菫低下頭，待感覺到那令她近乎窒息的近距離拉開時，她不自覺鬆口氣，而後怔忡。

為什麼她會感到一絲緊張？陶菫微皺眉，還沒想明白，倒是秦如初的聲音先拉回她的思緒。

「我肚子餓了。」

陶菫回過神，點點頭，「嗯，我去煮點粥，副總坐在那等一下。」便直接扭頭走進廚房，絲毫沒注意到秦如初眼底泛起的一絲笑意。

是個意外很有趣的人。

待粥端上時，兩人並肩而坐。秦如初嘗上一口，有些驚訝，「很好吃。」

聞言，陶菫微微一笑，聳肩道：「簡單的小東西而已。」

稍早之前受的氣刹那全消，秦如初眞正地感覺到餓了，不禁一口接著一口。見此，陶菫自然是欣喜的，能被人肯定終是件好事。

吃完粥後，秦如初難得露出滿足的模樣，笑道：「謝謝招待。」這一笑，彷彿她身上的霜雪融了一些。

誰能想到公司裡令人聞風喪膽的秦如初，私底下也能有如此純粹的笑容呢？

忽然間，陶菫覺得自己與她的距離拉近不少。秦如初拿著碗站起身走向水槽，一邊道：「吃到妳煮的粥，中午在我未來公婆那受的氣可以一筆勾銷了。」

話落，陶菫微愣。

秦如初一邊洗碗一邊悠悠道：「明年我就要結婚了。」

方進入U公司，陶菫便聽聞秦副總剛訂婚不久。不過當時的她聽著隨意，並沒有特別記著。眼前的秦如初再次提起，陶菫才想起這被她遺忘的喜訊。

「恭喜」二字，在見到秦如初不經意流露的倦態時，陶菫硬生生地吞回了。結婚於每個人的意義皆不同，不過在陶菫心中，該是令人開心與喜悅的。

從秦如初的神情看來，似乎內有隱情，而陶菫認爲自己不該問下去。

「妳跟妳男友呢？應該很穩定吧？」秦如初方問出口，像是想起什麼又道：「現在問妳是不是太早了?看妳大學剛畢業不久的樣子。」

陶菫失笑,「再三年就奔三了,也是不小了。」或許這年頭四十歲再結婚也不算遲,但在陶菫那井然有序的人生中,她希望三十歲前可以完婚。

「哦?那就是有結婚的打算了,到時記得發喜帖給我。」秦如初笑道,單手支著頭,眼含笑意地望著陶菫,喃喃道:「戀愛後結婚……眞好。」

陶菫一愣,縱然秦如初說得又快又輕,她仍覺得胸口被輕輕地扯動了下。或許在秦如初的想像中,自己與男友郭向維是相當甜蜜又穩定的吧。

陶菫又想起那隻覆在眼上,要她閉眼沉睡的大手。

「我……」

秦如初望向陶菫,見到她猶疑的神色,輕笑道:「是妳想結但男方不想?」

陶菫一愣,不明白秦如初怎麼看出來的。秦如初望著她,卻又不像是在看她,平淡道:「男女雙方對結婚的想法不同調那很正常,畢竟結婚不是兒戲,男方不想結……就是不夠愛吧。」

「不夠愛」三個字悍然烙在心上,微微地疼著,面對秦如初的直面,一時之間陶菫不知道該做些什麼反應。

「不過,也不是每段婚姻之初都是因爲愛啊。」秦如初閉上眼,「就算因愛而結合,又能愛多久呢?儘管我這麼說,妳肯定還是想結婚的。」

不待陶菫回應,秦如初打個哈欠,「妳家沙發能借我小睡一下嗎?妳出門時叫我一聲,可以吧?」

「要不要睡床?比較舒服吧?」

秦如初睜開眼,視線落在陶菫淸秀的面容上,彎脣一笑,「那就恭敬不如從命了。」

陶董的房間放著一張雙人床，是房東留下的，睡來也舒適，陶董索性繼續用下去，也不改放單人床。秦如初一沾上床，便聞到一股淡淡的沐浴香，又想起方才替陶董打結時聞到的淡香，此刻縈繞於鼻，令她更覺昏昏欲睡。

陶董輕帶上門，獨自坐到沙發上，想著方才的談話有些心煩意亂。她沒想過要逼婚，可的確是有想婚的念頭。

那郭向維呢？是顧慮些什麼才從未提過結婚的事？

想到晚上要見郭向維，陶董告訴自己別再想這事，別拿這種事煩郭向維，哪天時機成熟再長談也不遲。

四點一到，陶董走到房門前抬手敲了下才進去。秦如初仍睡著，睡顏平靜，惟眉頭仍微微皺著。

連睡著也不能放鬆嗎？

陶董畢竟是底層小專員，不太明白上層的世界有多忙碌，她也無法幫上些什麼。

她伸手輕搖秦如初肩膀，「副總，四點了。」

隱約有股花香。那股花香令秦如初有些心顫，迷濛之間，她以爲是那個人。

於是，她握住了。

想抽回的手，她握緊了些，拉到自己頸窩蹭了下，帶繭的指腹摩擦耳後敏感的肌膚時，秦如初才驚覺不對。

這不是那個人的手。

她猛地睜開眼，趕緊放開讓陶董收回手，秦如初坐起身略感尷尬。她整整衣衫，「要走了嗎？我補妝一下。」便起身走出房間，對陶董一眼未瞧。

房門闔上，陶菫抬手望著自己的掌心，上頭彷彿殘留秦如初的體溫。

她想到誰了呢？

過一會，陶菫才走出房間，沙發上的秦如初看上去一派淡漠，一如既往。陶菫提著兩袋裝著食材的袋子就想走出門，不料被秦如初攔下。

「我幫妳提一袋吧，畢竟妳收留我一個下午。」也不等陶菫答應，秦如初逕自拿過，隨意問道：「妳廚藝很好嗎？」

「還好，像是煮粥、煮麵、蛋包飯這些簡單的料理是沒問題的，再難一些就不會了。」

「妳會做蛋包飯啊？」

「會，因爲自己愛吃。」

「我也是。」秦如初笑說。

兩人就這麼順著樓梯簡單閒聊走到一樓，在分別的巷口，陶菫欲與秦如初拿回提袋，秦如初道：「我載妳去吧。」

「不順路的，我搭捷運就好。」

「無所謂。」秦如初打開車門，眼神示意陶菫坐上車，「就當粥的報答，嗯……妳要是覺得不夠，下次我想吃蛋包飯。」

陶菫失笑，於是坐到了副駕駛座。

路上，兩人聊著工作、聊著興趣，誰也沒有提到方才的插曲。聊天中，陶菫發現秦如初意外地親切，倒沒有平日公司裡那樣令人望而生畏。

「當然，現在我不是秦副總，只是秦如初。」秦如初如是說。

陽光斜照進車內，將她的側臉暈出一圈淡淡的光，柔合了精緻的五官。握著方向盤的手上閃爍了下，定眼一看，是指上那枚銀戒。

陶菫想起了那枚銀戒的冰涼觸感，以及秦如初微熱的體溫。

「好了，就是這裡吧？」駛到郭向維住處附近的巷口，秦如初停車，轉頭不經意迎上一雙盈滿好奇的眼眸，「怎麼了？」

「沒事。」陶菫收回視線，跟著秦如初一同下車繞到後車廂拿提袋。

分別前，有些在意的秦如初不禁問：「妳想說什麼嗎？」

「謝謝副總載我來。」

「還有？」

聽秦如初那語氣顯然不滿意這個答案，陶菫躊躇了下，開口道：「嗯……我只是在想……」

「嗯？」

「副總，妳……」陶菫直視秦如初，字字斟酌地問：「喜歡妳的，未婚夫嗎？」

秦如初微愣。

❄

「嘶……」

在利刃不小心劃破手指時，陶菫疼得放下菜刀，見著指頭鮮血不止有些失神。

她正在郭向維家裡的廚房，用他當初給自己的備用鑰匙開門，確認室友不在後便逕自進屋下廚料理。

陶菫是不常下廚，但很少傷到自己。一時之間，她也忘了怎麼做緊急處理，只是拿起一旁的衛生紙先止血。

任何傷口是不是皆如這般，來得措手不及，只能先止血再說？

陶堇輕嘆口氣，待鮮血止住後做簡單處理與包紮，繼續料理晚餐。她明明是想給郭向維一個驚喜，心情應該相當愉悅，然而秦如初的那些話令她莫名感到低落。

——可以喜歡的。

秦如初是如此回答她的。態度坦然、說得自然，彷彿談著什麼公事似的，那是陶堇不明白的世界。

當三菜一湯完成後，陶堇看了眼時間，碰巧六點，是郭向維的下班時間。他從公司回到住處，約莫十五分鐘的捷運車程，至遲六點半應該也到家了。

想來要不是兩人工作性質差異太大，陶堇自然是有與郭向維同居的念頭，但經過一番思量後，兩人決定分開住，假日若無其餘安排便會見上一面。

這樣的關係也持續五年了。

喜歡一個人，真的是能靠時間培養出來的嗎？郭向維是陶堇第一任男友，而陶堇是郭向維第三個女友。

在陶堇之前，郭向維在高中與大學分別交往過兩個女友，皆有一年以上。和第一任女友交往時，畢竟兩人都是高中生，過於青澀與橫衝直撞的青春，最後傷痕累累地分開；第二任女友，陶堇是認識的。

方進大學，陶堇便聽聞系上有個與她同屆進來的男同學長相俊朗，一入學便被學姊們討論，只是令人扼腕的是，他剛與高中女友分手不久，暫時不想碰感情，讓陶堇對這素未謀面的同學生出一絲好感。

至少可以知道的是，郭向維是珍視感情、尊重前任的人。

畢竟同校又同系，雖然不同班，多少還是有接觸的機會。見上幾次後，陶董對郭向維也愈漸熟悉。

隔一年大二的暑假，郭向維與陶董和另外幾人被系學會抓去幫忙宿營活動，在大一宿營期間，郭向維也捎來交往消息。

他與系上系花擔當的大三學姊在一起了。

對郭向維存著一絲好感的陶董打退堂鼓，與郭向維保持平淡如水的關係，不交惡也不交好。她不掩飾對郭向維的欣賞，或許應該說，當時系上的女生多少都對郭向維抱持一定好感，只是誰也沒想到最後他會跟學姊交往。

這麼在一起，也是兩年過去，直到學姊提出分手結束。

那年她與郭向維皆升大四，面臨出社會的壓力。畢業前夕系上組了畢業小組，由男女各一小組組成，她與郭向維皆是組員，互動自然增加許多，在這樣的情況下，陶董獨待他好的貼心也讓郭向維感覺到了。

當兩人在會議中心獨處時，郭向維有些侷促，似乎不知道該從何說起。見他如此異常的舉止，陶董心裡有數，率先開口道：「你是不是有事想問我？」

這該怎麼問？郭向維搔搔頭，身邊的人都在暗示他陶董只待自己這般好，他也感覺到了什麼，可若只是錯覺呢？是不是太自以為是了？

見郭向維遲遲不開口，陶董輕嘆，抱持著不到一年就畢業的想法，淡淡道：「如果你是要問我是不是喜歡你，我會說……對，我確實喜歡你。」

郭向維愣住。

「但我只是喜歡你這個人，不爲別的，就是我自己的事。」陶董一邊剪紙一邊豁出去般全說了，「大一剛進來時對你有好感，不久後你就跟學姊在一起，所以我沒表示什麼，也不期待什麼，就算是你跟學姊分手後，我也不覺得自己有機會——」

心一橫，陶董咬緊牙，繼續說：「是，我喜歡你，但也就這樣了。」

郭向維呆在那，一時間有些回不了神。他能看出陶董鼓足勇氣卻又壓抑著，見此，他微微皺眉，「陶——」

「我知道。」陶董冷不防打斷他，「我不用你的拒絕，也不需要你接受，更不用考慮。我只是覺得你都問了我也不想隱瞞，並不是圖些什麼——」

「妳很勇敢，我只是想說這個。」

陶董想過上百句婉拒的話，可怎麼也沒料到會是這句。她愣在那，眼眶莫名一熱，揚起的笑容多了幾分苦澀。

如果，他是狠狠地拒絕自己，那麼或許畢業後，她可以很快地忘了這道白月光——但他說她很勇敢。

多年以後，每當郭向維把自己氣得牙癢癢時，她總會想起這麼一句，使她心動不已的話。

喜歡你，眞的費盡了我的勇氣。

喀啦。

那是鑰匙插進門孔裡的聲響。陶董走向門迎接郭向維，她並不擔心是郭向維室友，因爲對方上的是大夜班，不可能在這時間出現。

揣著七上八下的心情，當門一打開時，陶董有種初次戀愛的緊張感。

「……陶董？」

一見到不該出現在這的陶董，提著公事包的郭向維愣在那，「妳怎麼……」往廚房一望，他的神情變得有些複雜。

「昨天，沒有跟你慶祝到紀念日。」說來也感到一絲羞赧，陶董接過郭向維提著的公事包，讓出走道給郭向維走進家裡。

「熱一下湯就可以吃晚餐了。」陶董一邊說一邊走進廚房，忽地，後方傳來一句，令她腦袋空白的話。

「陶董，我們……結婚吧。」

第二章

「……你把我當什麼？」

郭向維回過神來，這才發現自己做錯了什麼，然而懊悔也來不及了——

「我是什麼商品嗎？想買就買、想退就退？」當郭向維終於願意提起結婚話題，陶菫卻沒半點欣喜，反而覺得自己不受尊重，「我不要求要浪漫盛大的求婚，眞的不用，可你也不該這樣隨便說說啊！」

郭向維神色歉然，「陶菫，我——」

「郭向維，你不想結婚可以直接告訴我原因，不要這樣隨口提提，這會讓我覺得自己很廉價；我沒有要逼你娶我，我沒有這麼任性。」

迎上陶菫氣紅的雙眼，郭向維有些懊悔，他的確是一時鬼使神差就提了結婚一事，也沒顧慮到陶菫的感受。這雖不是他的本意，可的確是從他口中道出。

陶菫深吸口氣，一遍又一遍，咬著牙道：「……我現在不想看到你。」便直接走回房裡關上門，獨留郭向維一人坐在客廳沙發上。

「眞的是……」郭向維抱著頭，煩躁地搔了搔，「我怎麼就不小心說了……」

他閉上眼，腦海裡卻不是陶菫的身影。

或許是，在這麼些年之後，他第一次覺得動搖吧。想藉著什麼拉住自己，卻沒拿捏好分寸，傷了陶菫的心。

本該是一個溫馨的晚餐約會……郭向維嘆口氣，心裡難受，如房間裡的陶董一般。

陶董躺在床上，鼻尖縈繞熟悉的薄荷香，那是她買給郭向維的沐浴乳與洗髮精，只因她覺得，這就是郭向維的味道。

她閉上眼，不明白郭向維爲什麼忽然提了結婚。高興嗎？當然，這代表郭向維如她一般有想互許終生的念頭，可她不懂爲什麼他要露出那種表情。

那個表情，很疲倦。

是因爲上次自己的探聽讓郭向維有壓力？還是家裡母親身體狀況日漸低下，又或許是他遇到什麼不順心的事？

陶董想不明白。

「可以喜歡的。」

秦如初那句對結婚對象的想法，讓陶董恍然想起與郭向維在一起之初的事。

與郭向維表明心意後，兩人的互動並無太大改變，仍是平淡如水的同學關係，無論是郭向維抑或者是陶董對此皆守口如瓶，不過，還是有人看出來兩人微妙的變化。

「跟郭向維怎麼了嗎？」

大學室友兼出社會後的社畜夥伴宋安琪，一眼就看出陶董這幾天不太對勁。陶董是特別平淡又無太多情緒的人，同當室友也四年過去，陶董不對勁她還是看得出來。

既然被看出來了，陶董也不打算隱瞞，擦著頭髮淡淡道：「我跟郭向維說喜歡他。」

「咦？」這話說得平淡，可差點把宋安琪嚇得從上鋪滾到下鋪。「怎麼……這到底是？」

陶董簡單把前因後果給宋安琪說了一遍，宋安琪神色複雜，爬下樓梯，伸手抱了抱陶董。

「哎，妳還有我啊。」

她其實一點也不難過，可不知爲何這一個擁抱讓她有些鼻酸。她輕輕回抱宋安琪，低聲道謝。

郭向維是陶堇心中的白月光，灑進心裡就這麼四年過去，宋安琪是知曉的。

所以，當聽聞兩人交往時，宋安琪比任何人都訝異，也比陶堇本人更開心。

「太好了！妳那麼好，不愛妳要愛誰！」宋安琪開心地說。

然而當事人陶堇僅是微微一笑，剛交往之際，她心裡總覺得不踏實。

提出交往的人，是郭向維。

陶堇始終記得那個陽光明媚的午後，青年一身白衫，逆著光，剛脫下學士袍的他似乎也將學生的稚嫩與銳氣一同退去了。

「陶堇。」

那時的郭向維捧著一束花，花中是三色堇。他走到她面前，溫柔地微笑，「我仔細想過……如果妳不怕遠距離、不怕接下來我要當兵、妳要找工作……或許我們——」

陶堇拿過郭向維手中的花，替他接道：「可以試試看。」

郭向維咧開大大的笑容。

這麼一試，也是五年過去。憑良心說，郭向維的確是很好的男友，有爲上進，待陶堇很好，工作穩定、外表俊朗，是旁人羨煞的男友模範。

只有陶堇知道，郭向維是跟自己在一起了，可最愛的不是自己。

偶爾，與郭向維同睡時，見著他迷人的側臉與堅毅的線條，陶堇總有種踩空的感覺，彷彿這一切有一天都將不屬於她。

郭向維的那個神情，陶堇曾見過——

在他收到前女友的喜帖時，曾露出一模一樣的表情。

無力、悵然，還有他不會爲自己露出過的心碎模樣，在另一個女人結婚時，陶堇見到了。

「你喜歡我什麼?」陶堇曾這麼問過。

那時躺在身旁的郭向維閉著眼，剛喝過酒的他看上去有些茫然，他闔著眼，默了一會緩緩道：

「我不知道。」

可陶堇可以說出一百個喜歡郭向維的理由。

「我就覺得……妳不錯，跟妳在一起好像會很舒服、很自在，可以試試看。」

陶堇告訴過自己，不能貪，不能貪得更多了。

是她先喜歡郭向維的，兩人的愛不平等她怨不得人。出社會後，陶堇不是沒有追求者，但沒有一個能比過郭向維。

郭向維剛入社會，她也曾想過他身邊會不會有許多誘惑，然而郭向維用時間證明了他的喜歡或許不濃烈，可是很堅定。

所以陶堇愛下去了，認爲郭向維不會走後，便這麼愛下去，決定將自己的後半生都交給他。

郭向維不會讓她失望，陶堇這麼相信著。

叩叩。

門外傳來敲門聲響，陶堇坐起身望向門，一張乾淨迷人的俊容出現在門後，映入眼簾時陶堇的心微微一扯，縱然五年已過，看見郭向維時她還是有種初戀的怦然。

「好點了嗎?」郭向維問得很輕，如根羽毛輕搔心上，「一起……吃晚餐?」

「……好。」

郭向維鬆了口氣，才正轉身，便聽到陶堇的淡語。

「向維，你想跟我結婚，是因爲愛我嗎?」

郭向維愣住。

「雖然無論你的回答是什麼，都不是特別重要就是了。」陶菫抱著郭向維的枕頭，下巴抵在上頭，「我們本來就是獨立的個體，誰沒有誰就會活不下去的這種愛情，我一點都不想要。」

「陶菫……」

「但的確，我想共度一生的人，只有你。」陶菫輕嘆口氣，順了順有些凌亂的長髮，「如果你沒有那麼愛我，你不如現在就放了我也放了自己，你覺得呢？」

話已說到這個份上，陶菫心裡滿是荒蕪，如同大火燃燒後一片灰燼。要去認清對方沒有那麼愛自己的事實，該有多難受？

郭向維坐了下來，看著陶菫半晌，忽然伸手抱住她。陶菫一顫，乖順地讓郭向維抱著。

「我的確沒有想這麼早結婚，但也不是不能討論看看。」

「那你爲什麼這麼突然地提這件事？」說是第六感也好、說是她多心也罷，陶菫心裡總感到忐忑。

「妳不是提了嗎？」郭向維拉開彼此距離，握住她的手，輕道：「妳都提了，我總得認眞想一想……」

「是什麼讓你動搖了？」

郭向維微愣。

見著他一時恍然，陶菫很想歸於自己的多心與猜疑，可郭向維的反應眞的太奇怪了……怪得陶菫忽視不了。

「如果我說，是因爲看到妳在家等我的樣子呢？」

郭向維在陶菫臉頰上親了一口，呢喃般低道：「我們可以以結婚爲前提努力看看，或許三十歲時我們就結婚？」

結婚話題不是不能流於日常討論，可郭向維一反平日的沉穩溫吞頻頻提起，這不像他的處事作風，讓陶菫感到不太對勁。

她能想到的，就是郭向維是否在工作上遇上什麼煩心事了？

「你最近工作上有遇到什麼事嗎？」

郭向維一愣，沒想到陶菫會問得如此突然。他微微搖頭，「都小事，我可以處理。」

那就是有事了。這麼一想，陶菫忽然能明白郭向維爲何如此了，她撫著郭向維的臉，無奈一笑，「不要用這種事安自己的心，你可以跟我一起討論，不然也可以去個小旅行，如何？」

「好。」郭向維趴到陶菫肩上，聞著熟悉的馨香，閉上眼。

「我們出去玩吧。」郭向維說。

如果，多跟妳待在一塊，我是不是就不會動搖了？

❄

「……妳怎麼會在這？」

聞聲，秦如初抬頭，朝穿著店裡圍裙的蔣雅筑一笑，「我不能在這？」

好一段時間沒見到秦如初的蔣雅筑，一邊端上水一邊說：「很突然啊。」

秦如初喝了口水，環視這溫馨的日式料理店，還是有些無法想像眼前的蔣雅筑，當初願意嫁給什麼都沒有的先生，而她卻是家財萬貫。

幾年過去，蔣雅筑是愈來愈年輕，臉上的笑容如太陽一般讓人覺得有些刺眼。

肯定很幸福吧，秦如初想。

「想吃什麼?」蔣雅筑問著舊日好友，瞧對方的倦容想必近日事務繁雜，心裡多少是有些心疼的。

「蛋包飯吧。」秦如初闔上菜單交給蔣雅筑，又簡單閒聊幾句才放人。只是不一會，蔣雅筑便脫下圍裙跑到這桌，在自己面前坐下。

「我老公要我過來跟妳吃飯。」蔣雅筑笑瞇瞇地說。順著她的話往吧檯一看，果眞見到了對她點頭微笑的男人。

秦如初微微一笑，對自己老婆可眞好。

「想吃點簡單的東西啊?」蔣雅筑問。

「是啊，中午吃了粥，晚上就突然想吃蛋包飯之類的，想到妳之前好像說過妳家開日式料理店，就來碰碰運氣。」

蔣雅筑一邊聽一邊點頭，突問：「妳最近過得好嗎?」

秦如初沉默片刻，而後微微一笑，「不只來吃飯，也跟妳說件事……我要結婚了。」

「什麼?」蔣雅筑訝異地看著秦如初，內心只想到一個人選。

「是因爲同性婚姻合法了，所以妳跟徐凌要結婚啦?」

從故人口中聽到徐凌的名字，秦如初的心微微一揪，面上卻仍雲淡風輕，「不，不是她，是Z飯店的董事長兒子」

蔣雅筑微愣，語氣上揚幾分，「不可能啊，妳不可能愛徐凌以外的人，妳怎麼不是跟徐凌?這中間是發生什麼事了?徐凌同意?」

蛋包飯正巧送上，相較於蔣雅筑的迫切，秦如初看上去平靜無波，將髮勾至耳後，低頭咬了口送進嘴裡，滑嫩的蛋香搭上飽滿的飯粒滿足了味蕾，令秦如初滿意地頻點頭，「妳老公廚藝不錯。」

蔣雅筑沒好氣地說：「那當然，他可是我老公。妳還沒回答我。」

秦如初慢條斯理地吃著飯，徐緩道：「她的確是不同意，但不同意又能如何？」

送上雞塊時，秦如初有些驚喜地看著男子，對方赧然地搔搔頭，「雅筑的朋友就是我朋友，招待一份雞塊給妳。」

見著這份雞塊，秦如初想起許多事。那種愛屋及烏的模樣，令秦如初感到懷念又熟悉。

「我以爲妳們會一直在一起的……」蔣雅筑惋嘆地說。

「徐凌想要的，我給不起；我要的，她也給不了。」秦如初吃著剛炸好的雞塊，想起記憶中徐凌吃炸雞配啤酒的模樣，看上去很開心、很快樂……

可是那都是從前了。

「妳愛那個男人嗎？結婚可是一輩子的事，我覺得還是要選妳所愛的。」蔣雅筑知道自己沒辦法左右秦如初所做的決定，但她還是無法放著不管，「當初我說要跟我先生結婚時，沒有一個人贊成，可幾年過去，我是一點也不後悔。我眞的過得很幸福，因爲我愛他。」她一頓，繼續說：「我們也認識這麼久了，我知道妳可能有苦衷，可我希望妳幸福啊，畢竟是結婚……」

秦如初也好想拋開一切跟徐凌遠走高飛，她眞的好想，可是不能。

「徐凌肯定很生氣吧……」

——秦如初，我會恨妳一輩子的。

秦如初微微一笑，默而不語。

即便是恨著，也是一種記得，妳就這樣記著我一輩子吧……

❄

「妳還好嗎?」手一鬆，華髮如瀑。將髮往前攏，髮絲漂散在水面上，露出白皙玉頸，掩住胸前起伏山巒，嫩紅乳果若隱若現。

嘩一聲，房門隨即打開，又輕巧地掩上。沉沉的腳步聲踏往浴室，聞聲，她側過首，微微一笑。

「還是來了?」

悅耳的嗓音迴盪在浴室，男人喉頭一哽，不答話，垂著眸子，入目之處春光肆意，水下是如何風景，他見過。

「衣服脫了，下來跟我一起泡。」她說。

身後傳來窸窸窣窣的脫衣聲，不疾不徐。入池水時，女人淡淡瞥男人一眼，見那結實的身體在進水後激起波瀾，一圈圈地盪進心裡。

「徐淩。」

徐淩一笑。那笑容冶豔，那雙眼彷彿勾著人，她慵懶地應了聲，「怎麼了?嗯?」

那聲音猶如淺吟，直教人打哆嗦。

兩人相距一尺，水面清澈，能輕易見著彼此赤裸的身軀。然而眼前男人文風不動，健壯的胸膛半沉於水中，那雙眼目不斜視，直盯著自己瞧。

伸手往前向後撥水，徐淩離男人更近了些。

「向維。」

「我跟女友有計畫要結婚。」

徐凌輕笑一聲，見郭向維一副宣判些什麼的凝重表情，也不知道是想嚇阻她，還是想勸退自己，藉著婚姻提醒自己不該不忠——

「有差的是你，不是我。」

眼前那雙與陶堇截然不同的眼睛，彷彿看進自己的眼底深處，執意掀起波瀾。

郭向維凜然的神情陡然一變，他瞪圓雙眼瞧著她，「妳……」

「又不是第一次。」手探進水裡摸向男人兩腿之間，徐凌輕巧地握住腿間陽物上下摩娑，「很意外嗎？你不就喜歡這個？」

郭向維別開頭，徐凌見著覺得有趣，貼近精實的身軀，毫不掩飾自己的情欲。

懷中的柔嫩軟香與平日抱著陶堇的手感是不同的。徐凌大上自己七歲，體態豐腴，對男人而言，比起陶堇清瘦的體態，帶點肉更是誘人。

「……我沒有。」郭向維的嗓音低沉，當耳垂被含住時，薄唇溢出呻吟。

「如果沒有，你又何必來找我？」嘴上說得如此堅定，那不過舔舐幾口便通紅的耳朵使郭向維的動搖昭然若揭。

軟綿的陽物不過套弄幾下，便在她掌間逐漸硬挺，指腹不忘往下把玩兩顆。

縱是已涼的溫水也澆不熄男人的滾燙。手心黏膩，是別於水的黏濡。徐凌上下套弄的速度快了些。

「你女友會這樣嗎？」

的確是不會。過往的性經驗中，沒一個能比上徐凌所帶給他的刺激與舒爽。與哥們的談笑中，聽過其中幾個熱愛與大上幾歲的熟女上床，說著那肌膚雖不比少女柔嫩，可畢竟深諳人事，那技巧是情竇初開的少女遠遠不及的。

郭向維當時聽著只覺得有趣，沒想過有天自己就這麼碰上了。呼吸粗重了些，徐淩彎彎脣角，靠著男人胸膛纏上他精壯的身軀，在熱液釋放前將手放開，改張開雙腿貼著滾燙的硬物。

「嘶……」郭向維低垂著頭，碰巧迎上那雙含著春意的鳳眼，那眼神如深潭，彷彿將墜如其中。徐淩轉過身背對男人，翹挺的臀向後貼著硬挺的下腹，讓那腫脹的陽物蹭入自己兩腿之間，她一夾緊雙腿，便聽到身後男人的喘息。

「狩獵」有趣的地方，不是獵物本身，而是征服的過程。

大掌扣住腰肢，郭向維緩緩地前後擺腰。水波蕩漾，低媚淺吟。這麼磨著，磨得徐淩雙腿一軟，便被翻過身，借水浮力她主動盤上男人的腰。

男人眼前是高聳玉峰，雪嫩柔軟，紅玉乳首，彷彿誘人咬上一口。

郭向維很有耐心。

徐淩撫著這張清俊的面容，乾淨卻不懦弱。他總是簡單襯衫與西裝褲，高俊挺拔，辦公室裡她一眼望見他。

可讓徐淩引起興趣的，是他的深情與專一。

「抱歉，我有女朋友了。」他曾這般毫不掩飾地拒絕了女同事的示好。當時徐淩瞥他一眼，稍微有點上心。

後來每一個看上郭向維的女人都信心滿滿地接近他，每一個都鎩羽而歸，慢慢地讓人好奇起到底正牌女友有多漂亮，能讓這男人如此心定？

「這不是長得很普通嗎？」照片意外傳開，幾個女人在那圍著吱吱喳喳，「清湯掛麵那種嘛。」毫不掩飾地嫌棄。

徐凌見了，雖未口出惡言，但平心而論，郭向維女友外型就是清秀順眼，但確是不漂亮也不治豔。

再看了看俊雅的青年，徐凌有些恍然。

沒有誰會永遠愛著誰，不會。

那個風度翩翩的青年，不也在她面前寬衣解帶，坐在浴池旁，任她埋入腿心中間吞吐陽物？

大掌摸上自己後腦，微微地往下壓。徐凌閉上眼，口中是鐵鏽味，難聞得很。

然而那輕撫自己後髮的輕柔動作，卻讓徐凌想起了一個人。

一個，再也不會回來的人。

當蔣雅筑捎來訊息問自己是否安好時，徐凌很想笑，怎麼會不好？好，她很好，好得不得了

——

好得當那人急忙趕來匆匆推開浴室門時，自己只想笑。

那脣角微彎的弧度，白濁的熱液順著淌下，在秦如初眼裡，扎眼無比。

「……妳沒輕生？」

「我的另一張房卡只給了郭向維，沒想到妳眞的有辦法進來。」徐凌慢條斯理地站起身，刻意避開鏡中那雙盯著自己的銳利眼睛。

「我跟季裕航說，他飯店要出人命了，他能不讓我進來嗎？」秦如初深吸口氣，壓下胸口怒火道：「不給我一個解釋嗎？」

秦如初的聲音又低了幾分，「不覺得這樣很髒嗎？」

徐凌簡單梳洗一下，從鏡中望著秦如初一如既往的美好面容，看上去優雅從容，一派淡漠，是

她最喜愛也最可恨的模樣。

「髒？妳一直都是這樣看待我的吧？認爲我的對象男女不拘，就妳最乾淨，只喜歡舔鮑。」

秦如初眉也不皺，安靜地看著徐凌，輕問：「喝酒了？」大抵是喝酒了才會這般胡言亂語。

一旁的郭向維原地發懵，不明白是怎麼了，直到見了徐凌的失態，他才會意過來自己是被利用了。

秦如初淡淡瞥郭向維一眼，轉身離去。門帶上時，徐凌只感到絕望。

報復的快感僅一剎那，後湧上的惆悵卻彷彿要將自己吞噬。

郭向維搔搔頭，自己拿了條浴巾，另條遞給徐凌，「擦乾吧。」見徐凌沒接下，郭向維將浴巾圍在腰間，將徐凌拉出浴室按在床上，動手擦乾她的髮。

徐凌不經意望向梳妝檯的鏡子，見到自己與郭向維的模樣，眼淚就這麼流下。

郭向維愣了會，欲說些什麼，最後還是收起毛巾，拿出吹風機默默地吹起她的髮。

徐凌扯了下脣角，「你不覺得就我們的關係來說，這樣有點多了嗎？」

郭向維抬眼，望向鏡中冶豔迷人的面容，壓了壓脣角，「或許吧，就覺得不能這樣放著不管。不過，能讓我問個問題？」

果眞是有女友的人，看這吹頭髮的功力就知道肯定被女友訓練過。徐凌閉上眼，感受手指在頭皮上的遊走，「問。」

「她就是妳勾引我但不跟我上床的理由？」

徐凌一頓，沒想過這涉世未深的青年倒是聰明，給他見秦如初一面，什麼都串起來了。

「說得你就想跟我上床一樣。」徐凌嗤笑，不以爲然地說：「你眞的夠愛你女友的話，肯定會跟我斷絕所有聯繫的。」

郭向維不語。

「你想跟她結婚？」徐凌睜開眼，眼尾含媚地瞅了他一眼。若這人不是郭向維，怕是早撲上去一度春宵。

「覺得……可以結婚，如果對象是我女友的話。」郭向維說。

徐凌有一瞬的恍神，她想起了秦如初。

當初一得知秦如初的婚訊，她沒辦法冷靜，兩人大吵一架，她也曾一邊流淚一邊吼：「妳可以跟他結婚？妳願意？妳真的可以愛別人了嗎？秦如初。」

「可以喜歡看看。」秦如初鎮定地說。

「就因爲他比我有錢有勢？就因爲跟了他妳就有財力能擺脫妳爸？是不是？」

「那妳給得了我嗎？」

徐凌沉默了。

「好了，吹乾了。」郭向維將吹風機放回原位，一邊嚷道：「所以，妳是利用我刺激妳的……前女友？」

「你應該知道你女友之前在公司立大功，頗得上司賞識吧？」

郭向維怔怔道：「聽過，但這跟我的問題有什麼關係？」

「我就是她口中那個很難纏的客戶，而我也知道她就是你女友，陶堇。」徐凌朝他揚脣一笑，「是我讓她的企畫通關的。所以回答你的問題，我沒有利用你，我們這應該叫做等價交換。」

郭向維皺眉。

「太荒唐了……」郭向維欲走回浴室穿上衣服離開，不料卻被徐凌攔下。

「生氣啦？」

「我……」

手摸上郭向維胸膛，順著身體線條一路下移，她低頭湊近胸口，張口含住乳尖。

「妳……」

「這不是給你賠罪了？」手摸上半軟的分身，她將郭向維推到床上，勾唇一笑，「幫你用手弄出來，如何？」

起伏的胸膛愈漸急促，呼吸粗重，他不明白這女人明明是同志，爲什麼對男人的性器如此熟稔？

伏到青年精壯的上半身上，她伸舌舔了下青年的脖子，滿意地看他渾身一顫。

掌中的硬物滾燙，她感歎不愧是年輕的肉體，摸幾下就硬得讓人險些握不住。

「在那個人之前，我都是跟男人的。」

郭向維不知道自己該回些什麼，又或許徐淩只是想要一個能說話的陌生人而已。

「遇上她，我覺得這輩子都不會再碰男人了。」

郭向維轉頭，迎上一雙閃爍的眼眸，清澈而哀傷。

前端黏膩，徐淩瞥了一眼肉根，指尖自下而上搔刮，滿意地看著陽物腫脹，又想男人都是被衝動帶著走的生物。

郭向維一個使力，便將徐淩反壓在身下。

「呦，生氣啦？」見著黑炯雙眼隱隱有怒火在眼中搖曳，徐淩也不怕，伸手撥開細碎的額髮，「覺得我玩弄你的下面？但，不舒服嗎？」

「妳！」遇上徐淩，郭向維總是百口莫辯，「妳有臉說我，那妳自己呢——」

往下一摸，郭向維微愣。

徐淩收起幾分笑意，聳聳肩，「我不是性冷感，你也很有男性魅力，可我不喜歡你，所以，我不會有你想像中的反應。」

郭向維一咬牙，跨下床走進浴室大力關上門。

徐淩閉上眼，手橫過眼前，喃喃道：「你不是秦如初，我又怎麼會對你有欲望，甚至想跟你上床呢……」

不過，在秦如初心裡，自己應該骯髒不堪了吧？徐淩一笑，笑得荒涼。

❄

方走出飯店，秦如初就蹲了下來，渾身發冷。她閉上眼，雙手抱住自己。

秦如初最害怕的事情，終歸在自己眼前發生了。

自幼便知自己對同性更為傾心，異性在自己眼中猶如沙粒，是一點也提不起興趣，直至青春期迷戀美術班學姊，秦如初這才確定自己的性傾向偏向同性。

或許自從那一刻起，她便踏入地獄。

初次的喜歡總是熱烈燙人，只要學姊有參展，秦如初肯定會到，無論開幕茶會與閉幕感謝餐會，皆有秦如初的身影。她記得學姊每一幅畫、每一次的落筆、每一次的凝視……她不只一次妄想過，那樣的眼神若是落在自己身上，該有多令人醉心？

「謝謝妳那麼喜歡我的畫。」學姊兩眼帶笑彎如弦月，凝視眼前自己的傾心創作，「這應該……是我高中最後一次參展了。」

秦如初的心微微一揪。

秦如初青春裡的那襲純白洋裝，無論過了多久，在她心中純淨依舊。

將髮勾至左耳後，低垂的眼眸清澈，那一刻，秦如初有種想坦承心意的衝動——

我迷戀的，不只是妳的畫作，還有妳的人。

多希望，妳的畫筆不只揮灑在畫布上，還有……我。

「清晨……學姊。」

僅是喊妳的名，已費盡我的氣力。在畫前的妳，如此美麗。

「如初。」

那雙眼溫柔明亮，沉靜而溫暖，猶如其名，是清晨的朝陽。

「如初、如初……此情如初，是很好的名字。」季清晨伸手撥開秦如初額前的碎髮，淺哂道：

「這樣的妳，以後肯定會碰到一個……妳真正喜歡的男生。」

秦如初一愣。

「妳什麼都好，可惜就是個女生，不然妳肯定是風度翩翩的少年吧。」季清晨收回手，輕嘆道：

「會是我喜歡的那樣。」

輕輕淡淡的初戀，留在那一幅畫裡，將時光印在水彩之中，秦如初不再留戀，轉身離開。

「副總?副總!秦副總!」

秦如初睜開眼，那一剎那，她以爲見到了記憶中的暖日朝陽。

「還好嗎?」

不是，不是季清晨……秦如初垂下頭，聽見頭上又傳來清淡的嗓音問：「是喝醉了?」

秦如初嗤笑，慢慢地站起身，直視眼前的陶堇彎了彎脣角，「妳怎麼跑來這?」

陶菫指了指公事包，「見客戶。我們約在飯店一樓見面。」

「談完了？」

陶菫點頭，「談好了。我叫了計程車，我送妳回去吧。」秦如初未多說什麼，配合地讓陶菫推她上車。

陶菫倚在車門上解釋道：「因爲我剛剛喊妳好幾次都沒有反應，我想不是醉了就是病了，總之先叫車再說。」

秦如初點點頭，不是很意外陶菫會這麼做，如果是陶菫的話……秦如初往旁挪了一些，拍拍空位道：「妳要負責送我回去。」

陶菫一愣，以爲把人安置好就好，怎麼現在連她也要一起上車？

秦如初看了眼手表，輕道：「最近晚上有人在我住的社區附近閒晃，我就是……有點怕吧。」

陶菫輕嘆口氣，「好吧，這樣我也比較放心。」就上了車。

計程車往前駛，後照鏡裡方踏出飯店的郭向維身影愈來愈小，秦如初瞥了一眼，閉上眼靠在窗上。

見秦如初闔眼小憩的模樣，陶菫心裡那點怨懟散了些。每次見完客戶，陶菫總有種被抽乾精力的感覺，這次談完案子後又碰到秦如初，想無視卻做不到，讓陶菫覺得有些心累。

最感無奈的，還是自己沒辦法對這個人視而不見吧。

「到了。」

陶菫欲掏出錢包，秦如初卻搶先一步掏出兩張千元大鈔，「大哥，麻煩載這位小姐回去，錢就不用找了。」就這麼開了門下車。

見狀，陶菫趕緊下車跟上並交代司機等會，朝著秦如初背影喊：「副總！等一下！」

秦如初停下，慵懶地看著氣喘吁吁的陶菫，勾脣一笑，「嗯？想跟我回家啊？」

陶菫皺眉，「妳沒跟我商量，而且妳給司機太多錢了。」

秦如初聳聳肩，「這爲什麼要商量？至於車錢嘛……人家要養家，小孩看起來才小學，正是花錢的時候，生活不容易啊。」

陶菫一愣，「妳怎麼知道？」

「方向盤那裡有放全家福。」秦如初望著天，「這麼晚還在外面跑車……想來生意肯定不好，多給一點我也沒有損失。」

一時間，陶菫說不出話。

「回去吧，人家大哥還在等，妳到家傳個訊息給我。」秦如初轉身走進大廈裡，隨興揮揮手。

公司裡人人聞風喪膽的秦副總，私下卻是如此……陶菫有些受到衝擊，直到回到計程車上仍有些回不過神。

秦如初走進電梯裡，看著鏡中的自己，沒來由地乾嘔。她摀著嘴，卻彷彿能嗅到令她作嘔的男性精液。

「妳只是沒試過跟男人，所以才會只喜歡女生。」

鏡中映著一張蒼白的面容，以及通紅的眼眶。

「怎麼樣？我的好吃嗎？含著啊，用力吸。」

電梯門再次打開，卻見到一張熟悉的面容。

「……陶菫？」

陶菫走進電梯裡，關上電梯門，背對秦如初道：「就……妳說，這附近治安不好，我有點在意。」

陶菫比自己矮一些，此刻看上去卻讓人覺得……很心安。

到達樓層後，兩人一前一後走出電梯。陶菫跟在秦如初身後，有些懊惱也有些煩躁。

陶菫是上了計程車，可又下了車，也請司機大哥先回去休息。陶菫嘖了聲，快步跟上秦如初。

陶菫總覺得秦如初不太對勁，沒親眼見到她回家，覺得自己會一直掛念著，於是就跑來了。

到了家門前，陶菫欲離開時，手卻被拽住。

「妳今晚……能不能留下來陪我睡？」

第三章

「妳決定離開時，我就跟死了沒什麼差別。」

陶菫坐在沙發上，聽見手機震動聲，下意識往秦如初的手機看去，不經意看到了訊息，陷入愣怔。

那是一封太讓人浮想聯翩的訊息，一瞬間，陶菫似乎明白秦如初給她的違和感是從何而來了。定是失戀了吧，陶菫想。

雖然說到底，自己是沒有失戀過，但愛情故事也看了不少，一個人失戀就那些反應，多少還是能想像到的。

陶菫沒有切身體會過何謂失戀之苦。

郭向維是陶菫的初戀，很幸運地走在一起，甚至有可能步入婚姻。身旁的人說陶菫很幸運，可以跟自己的初戀開花結果，而男人總得經過幾個女人才成熟、才完整……彼此正是最好的時候，多幸福的一對。

那秦如初呢？

門把轉開，剛洗好澡的秦如初穿著一身寶藍色浴袍，長髮隨興披散在肩上，水珠順著臉龐滑下。她一邊擦髮一邊走向陶菫，勾脣一笑，「換妳洗？」

「嗯……我在想……」

秦如初一邊聽一邊拿起一旁的手機，見到了徐凌傳來的訊息，面色不改，輕輕放下手機，轉頭朝陶菫微笑，「現在回去是有點晚了，妳就在這休息吧，隔壁有空房。」

「有空房？」

「嗯，因爲搬走了。」秦如初坐到一旁椅子上，也沒說搬走的是室友還是對象，陶菫好奇，但不多問什麼。

「如果妳哪天需要地方住，可以來找我。」秦如初打開筆電一邊道：「什麼時候都可以，因爲不會再有人住在這了。」

一時間，陶菫不知道該說些什麼，只是由她的隻字片語印證了心中所想。

這裡，肯定曾有另一個人的身影吧。

見著秦如初的側臉，或許是因爲在家的悠閒愜意，看上去比平常親切了些，不再令人望而生畏。

感受到一旁的視線，秦如初一邊做分析一邊道：「不洗澡嗎？衣服、毛巾跟牙刷我都放在那邊床上了。」

「副總不吹頭髮嗎？」

秦如初噗哧一笑，「這時候喊副總好像不太對？」她停下打字的動作，轉頭朝陶菫勾脣一笑，眼底泛起一絲笑意，「這樣很像……」

忽地，秦如初朝自己壓來，大片陰影落下，陶菫睜大眼，立刻往後靠，神情難得起了波瀾。

屬於秦如初的淡香縈繞四周，彷彿擁抱著自己。

「言情小說裡的霸道總裁與被潛規則的俏祕書呢。」

話落，秦如初一邊笑一邊起身，坐回了桌前輕快道：「開玩笑的，別往心裡去。」

陶菫坐起身，方才的貼近彷若如夢，一晃眼又似是什麼都沒有發生過。聽著秦如初朗朗的笑語，她翻個白眼，下了床，逕自拿過掛在牆上的吹風機替她吹髮。

「嗯？」

「雖然妳很討人厭。」陶菫木著一張臉道：「但頭髮還是要吹乾。」

感受著髮上的手指正輕柔地撫過，秦如初有些分神，笑道：「那是妳先喊我副總的。」

「妳本來就是副總。」

「可是這裡不是公司。」

陶菫被堵得說不出話，乾脆閉上嘴替這人吹乾頭髮。指縫間的髮絲柔軟，與郭向維不同。兩人安靜卻不覺尷尬，平靜愜意，竟莫名地讓人感到心安與溫馨。見著陶菫，秦如初偶爾會有種與這人認識許久的感覺。

吹乾後，陶菫收起吹風機，看了眼手機，郭向維仍沒有回撥。

秦如初瞥了一眼，「找男友？」

陶菫毫不掩飾地說：「嗯，他應該忙到睡著了。」便將手機放到一旁桌上。

「男友沒接一般來說不是會奪命連環摳嗎？不然就是東懷疑西猜測的，妳怎麼這樣……平淡？」

陶菫一邊拿衣服一邊道：「雖然我的交往經驗不多，但我覺得，信任是很基本的事，找不到人就好像世界末日，我不喜歡那樣。」

「但妳知道男人都很賤嗎？妳太獨立，沒有讓他覺得被依賴、被需要，他是很容易找別人的。」

秦如初以為會見到陶菫的怒顏，然而她卻不假思索地平靜道：「那也沒辦法。」

秦如初微愣。

「是我的，就會是我的——我的個性就這樣，他若不喜歡，那我們好聚好散，我不會為了讓他喜歡而去改變自己的個性，而且……」

秦如初迎上一雙，平靜無波的眼睛。

「天底下，沒有誰一定非誰不可的。」

很久之後，秦如初在午夜夢迴之間，偶爾會想起這時的陶堇如此平淡、如此堅定，或許，她就是想知道這個人失控會是什麼模樣，所以才會與她糾纏不清。

叮鈴。那是陶堇的手機鈴聲。

她伸手接起，「喂？」

「陶堇。」

「嗯。你睡著了？你聽起來很累。」

「我……剛處理完案子。」

「怎麼了嗎？」

郭向維默了會，道：「我現在可以去妳家找妳嗎？」

陶堇微愣。

「……還是，不要好了。」郭向維打斷了欲說些什麼的陶堇，輕笑幾聲，嗓音低緩：「現在過去太晚了……還要上班。」

「明天下班一起吃個飯？」陶堇說。

「好，我去接妳。」

「不了，我比你早半小時下班，我去等你就好。」

陶堇神情柔和幾分，旁人猶如見著一輪明月，那般溫柔、那般沉靜。

而郭向維正對著夜空，看著圓月發呆，想起的卻不是陶堇。說了晚安掛上電話後，他心底湧上惆悵。

風起了。

郭向維坐在超商外的長椅上，他垂頭，想起那晚微涼的風，如此刻一般，輕輕拂進心底。

郭向維去過前女友婚禮。

他是瞞著陶菫去的——他克制不了自己，想一睹最愛的女人穿上婚紗的模樣，就算身旁新郎不是自己，郭向維也覺得沒關係。

他怕碰到過去的老同學，會有人給陶菫通風報信，也怕新郎介意前男友的出席，所以只是在飯店外喝咖啡。

看一眼，就看一眼。

西裝筆挺的他，看上去不再是少年。瞅著放在門口的婚紗照，他心中的學姊美麗依舊，比當年更有女人味也更嫵媚萬分。

郭向維不知道此刻觸動他的是過往回憶，還是披著純白婚紗的學姊。

「你是……郭向維？」

拿著咖啡的手一抖，險些潑灑而出。郭向維轉過頭，雙眼圓睜，「……經理？」

在他眼前的，就是徐淩。

徐淩一身無袖黑色洋裝，身段優雅，上了精緻的妝使得本就好看的五官更顯迷人，一反平日在公司的精練形象，亮眼美麗。令郭向維一時間有些反應不過來。

「你也是Anna的朋友？」徐淩問。

徐淩是怎麼也沒想到會在這碰到郭向維，問起他，便見到他神色複雜，似乎不願多說，這勾起了徐淩的好奇心，試探性地問：「不會是……以前男友的身分出席吧？」

見他神色的變化，那想反駁卻又心虛的模樣，徐凌脣角微揚。

「我就是……嗯，想來看看學姊而已。」

不打自招大抵就是在說郭向維，興許是沒料到會碰到熟人，還是自己上司，郭向維一反平日大方斯文的模樣，看上去有些……憨傻。

很像一隻被抓住尾巴的大狗狗。

徐凌輕笑，「女友沒來？」

「她有事。」

徐凌輕挑眉梢，上前自然挽住郭向維，「看來你女友挺大方的啊，沒幾個人准自己男友來看前女友的。」

瞧郭向維鐵青的臉色，想來是瞞著女友偷偷過來的，徐凌眼含笑意地瞅他一眼，「我要直接去新娘休息室，你就跟我來吧。」

「我不——」

「你沒打算進去喝喜酒吧？」

一語被徐凌說中的郭向維有些愣住，也忘了掙脫，任徐凌帶著走進飯店，直接邁往新娘休息室。

「妳——」

「嗯，我不講理。」徐凌踩著高跟鞋不甚在意地隨興微笑，「但我覺得你需要我這麼做。」

於是郭向維就這麼順著她了。

他的確是想與學姊再見上一面，在這麼多年過去，偶爾、只是偶爾……他還是會想起學姊，想起那個，令他愛之入骨的女人。

門一開，他的心登時一跳。

「Linna！妳來了！」

很美。

這是郭向維唯一能想到的詞彙，再見到記憶中的學姊、他的前女友時。眼前的女人笑容幸福，挽起髮，優雅動人，是他喜歡的那樣。

很快地，Anna的視線從徐凌身上移到一旁的男人上，定眼看了幾秒，意會過來時驚喜地睜大眼，「向維？」

郭向維的胸口微微一揪。

俊容掛上微笑，郭向維點頭，「是我，好久不見。」Anna的視線在兩人身上來回掃視，隨即露出曖昧笑容，「齁，妳就是我家Linna一直藏著的『對象』齁？」

「不是，他不過就是個弟弟。」徐凌搶先一步否認，面露嫌棄，一副「就憑他？」的質疑表情，讓Anna掩笑幾聲。

語畢，徐凌拿著手機說：「我出去講個電話，你們慢聊。」便將郭向維與Anna留在房裡。

多年不見，在她身邊郭向維仍有種遙不可及的感覺，這種距離過去與現在都從未消失。

「你變帥了啊。」Anna兩眼笑彎如明月，「沒能第一眼認出你，抱歉啊。」

郭向維搖搖頭，「新婚快樂，我就是來晃一下。」

「穿得西裝筆挺的過來？」

迎上Anna打趣的視線，郭向維摸摸鼻子，這熟悉的習慣令Anna想起過往，道：「聽說你過得不錯，看起來是真的，挺好的。」

若陶菫是沉靜柔和的明月，那麼Anna就是耀眼明亮的星星，懸在心上，從未黯淡。

「那我多少也能釋懷一些了。」

郭向維一愣。

Anna收起幾分笑容，垂著頭，手指交疊，「這幾年來，我一直對於當初傷害你這件事，覺得耿耿於懷。向維，你很好，你真的很好，只是我沒有時間等你長大、等你成熟……看你現在這樣，我很開心。」

那一刻，郭向維很想問，妳後悔離開我嗎——然而當準新郎推門而入，他見到Anna臉上的光采時，他便問不出口了。

手臂被人挽住，郭向維看著談笑風生的徐凌，思緒飄遠，遠得猶如平行時空。

兩人離開前，Anna與準新郎十指緊扣，笑瞇瞇地說：「向維，我等你的喜酒。」

郭向維已經不太記得自己怎麼走出飯店，又被徐凌拉進超商前的。等他回過神來，手邊多了一瓶酒。

徐凌單手拎著酒罐，朝他勾唇一笑，「開啊，現在連開酒都不會嗎？小朋友。」

郭向維眉頭微皺，打開酒，仰頭灌了幾口。

徐凌曾聽Anna提過大學時交過兩個男友，一個學長、一個學弟。提起那學弟Anna神情總有些惋惜，只說他什麼都好，就是只適合談戀愛，不適合在一起。

「男生嘛，沒經歷一點事不會長大。」徐凌記得那時的Anna神情黯淡，笑容苦澀，「怎麼說呢……他心裡就是個大男孩，太多的價值觀不合，倒不如早點結束。」

「或許妳可以等他？」徐凌試探性地說。

Anna搖頭，「跟他在一起很舒服、很自在也很開心，可是他沒有魅力，對我來說沒有那種……吸引力？與其之後碰到一個令我心動的對象後甩掉他，倒不如早點分手。」

於是，徐凌對這學弟男友的印象，就是純眞的大男孩，卻沒想到當初Anna口中的那個人，就是郭向維。

「你還喜歡Anna？」

郭向維喝著悶酒，也不答話，就是搖頭。

「Anna跟你現任女友，你選誰？」

郭向維的手一頓，默了會，道：「現任。」

徐凌輕抬眉梢，見著通紅的耳根子，看上去有點可愛。

「爲什麼？」

「因爲她愛我。」郭向維半瞇起眼，語氣低緩：「選一個愛自己的人……才不會被丟掉。」

「秦如初，妳喜歡我什麼？」

「我喜歡妳喜歡我。」

眼前的男人忽然與秦如初重疊了。她見著他的眉宇、他的鼻梁、他的眼睛……最後停留在薄唇上。

「秦如初，都妳，都因為我碰到妳，害我對男生無感了，以後我嫁不出去怎麼辦？」

「無妨，反正我會負責。」

「妳說的。」

「我說的。」

男人身上有淡淡的薄荷味，脣上嘗來有甜酒的淸甜香，舌上卻帶點咖啡的苦。

他的手，放到了女人背上，往懷裡按，吻得很深、很深……

「妳真的可以愛別人了嗎？秦如初。」

「可以喜歡看看。」

❄

陶菫拿著手機，眉頭微皺，似乎有什麼困擾著她。見此，秦如初開口道：「需要我出面？」

陶菫搖頭，收起手機，「晚點我再傳訊息給他就好，不然明天再跟他說也可以。」

「這樣好嗎？」

陶菫沉默，那番話像是安慰自己而已。秦如初站起身走向衣櫃，忽然解開腰間繫帶，陶菫連忙別開眼，「妳在幹麼？」

「換衣服，載妳回家。」

「什麼？」陶菫錯愕，「不用啊，爲什麼——」

「對不起，因爲我一時的私心，似乎造成妳的困擾了。」秦如初看向陶菫，臉上掛著淺淺的微笑，「想留妳過夜沒有別的意思，就是覺得時間晚了，女孩子在外不安全，卻沒想過妳有另一半的感受要顧……希望現在彌補還來得及。」

秦如初頭也不回地走出房間，留陶菫呆愣在那。

不知爲何，她隱隱地感到一絲失落，那一瞬間，她似乎被眼前的女人拉開了距離。

可這才是正確的，不是嗎？

「妳的衣服烘乾了，換上吧。」秦如初走回房裡，遞給陶菫，「不好意思弄到這麼晚，下次請妳吃飯。」

其實不用這樣的——可陶堇說不出口。她拿著微熱的衣服，前方的牆壁忽然閃過一道白光。轟隆。

外頭打雷了。意識到這點，陶堇回頭欲望向窗外，卻很快地被秦如初拉起。她的動作慌張著急，讓陶堇有些驚訝，關心問：「妳還好嗎？」

「沒事。」秦如初說得太急太快，當又一道雷劈下時，陶堇清楚見到她面上蒼白，神情懼怕。

陶堇只想到一個可能，秦如初……是不是怕打雷？

陶堇走向秦如初，沒料到秦如初往後退一步，生硬道：「趁還沒下大雨，先出門吧。」

忽地，陶堇握住了她的手，認眞道：「妳在害怕。」

秦如初雙眼圓睜，很快地開始掙脫，「我沒有害怕，誰會害怕這種小事——」

一聲轟隆巨響，秦如初的身軀一抖，眼裡激起波瀾。

陶堇鬆開了手，又伸手抱住了秦如初，緊緊的。秦如初一時間反應不過來，當清淡嗓音拂過耳際時，秦如初輕輕回抱她。

「沒事，我不走。」

很久、很久沒有人這般純粹地擁抱自己了。

兩人躺上床時，大雨滂沱，電閃雷鳴。秦如初猶豫了會，終是沒有起床。見狀，陶堇問：「怎麼了？」

「原本想吃安眠藥，想想算了。」

陶堇微皺眉，「妳吃安眠藥？」

秦如初閉上眼，躲避她微愕的目光淡淡道：「睡不好，吃點藥很正常……」

「吃安眠藥才不正常好嗎？秦大副總。」陶堇嘆道，輕輕將手放到秦如初的腰上，跟著閉上眼，嗓音低了幾分，「到底壓力多大……總之，現在什麼都別想，安心睡吧，我在這。」

懷裡忽然多了一個人，陶菫睜開眼，是秦如初埋進她懷中，枕在她手臂上。目光放柔幾分，陶菫摟緊她，希望這場雷雨早點停歇。

然而，秦如初卻希望這個夜晚長一些，最好永遠不要迎接黎明。

她很久沒有被人擁抱了。

在徐凌離開後，她沒有一個晚上睡得安穩，迫不得已她只好開始吃安眠藥，半夜才不至於被惡夢侵擾。

徐凌的眼淚折磨她的日日夜夜，令她疲憊不已。

婚期一日日的接近，她以爲自己已經麻木了，安靜等待婚禮的到來，不會有誰再這樣擁抱自己。

手順著背脊優美的弧度一下又一下輕輕拍著，如撫貓兒。

這是近日來，秦如初睡得最安穩的一次。

當聽到細細的呼吸聲時，陶菫垂眸，見到一張微微皺眉的睡顏，忍不住嘆口氣，有些無奈。

爲什麼這個人連睡著了都皺著眉？

陶菫伸手輕輕撫平她的眉間，而後望著窗外發呆。不知何時，雨已經停了，秦如初也睡了，剩她醒著。

這是陶菫第一次與人相擁而眠，即便是郭向維也不曾擁她入睡。兩人雖是情侶，也曾過夜同睡一張床數次，可郭向維只是在睡前摸摸她的頭，跟她道聲晚安後便翻身入眠。

原來與人相擁而眠是這種感覺，對象卻不是郭向維，竟是與她不甚熟識的……上司。

可爲什麼這一切如此自然？自然得讓陶菫感到一絲害怕。秦如初太輕易踏入她的生活、她的世界，讓人措手不及、毫無防備。

思緒正亂，手邊的手機忽地震動，陶堇拿起一看，竟是宋安琪捎來訊息。

「齁，難怪今天不回家，跟向維一起到Z飯店恩愛也不跟我說！」

陶堇微微皺眉，回傳：「沒有啊。」

宋安琪已讀後很快地回：「不要害羞啊，我明明交班前看到向維在Z飯店，唉唷你們這麼有情調，我還真看不出來。好啦，先這樣，不吵你們啊！晚安。」

本有些昏昏欲睡的陶堇霎時醒了。

外頭雷雨雖歇，可她心裡也興起一場風雨。

那一晚，陶堇一夜無眠。

❄

提振辦公室氣氛的，往往是八卦。

陶堇與秦如初一前一後進公司，無人知曉。陶堇一坐到位子上，便聽到隔壁的同事妹妹正壓低聲音興奮地聊些什麼。餘光瞥到剛打卡上班的陶堇，呂于婷連忙抓著她說：「陶姊聽說了嗎？副總未婚夫來了！」

陶堇一愣，忽地想起秦如初那飄渺的眼神，心裡湧上一股難以言喻的情緒，面上仍雲淡風輕，淡淡問：「怎麼了？」

「不知道為什麼未婚夫突然過來，一整個帥到炸天欸！」瞧那眼睛都要掉出來了，陶堇微微一笑，起身表示要去泡咖啡。

「我跟妳去。」呂于婷歡快地跟在身後，興奮地對著陶堇繼續吱吱喳喳，「陶姊沒看到副總未婚夫眞的太可惜了！」

陶堇搖頭失笑，「再帥也是別人的啊。」

「要是有那種高富帥男友，我肯定扒著說要嫁！而且還是Z飯店的董事長兒子！Z飯店耶！」

瞧這個與自己同期進來的妹妹呂于婷如此興奮，陶堇搖頭笑歎，「對我說可以，可別被上面聽到，尤其是副總本人。」

呂于婷可委屈了，可憐巴巴地靠著陶堇說：「單身狗連汪汪叫的權利都沒有嗎？」

陶堇不置可否地一笑，不知道這外型豔麗的妹妹是眞不想單身呢？還是花花叢中沒看到獵物呢？

「哎，不過陶姊的男友也很帥啊！」不知爲何這話鋒就轉到自己身上，呂于婷蹭了過來，眼睛水汪汪的，「還會來接陶姊下班，太貼心啦！又帥又暖！」

「順便一起吃飯而已。」陶堇笑說。

「好羨慕陶姊啊。」呂于婷親暱地挽著陶堇的手，「到底是怎麼讓這帥男友乖乖待著的啊？你們在不同公司，陶姊都不擔心男友會被其他人吃掉喔？」

兩人走回辦公室，話題不了了之，而陶堇恍惚地憶起昨晚的訊息。

想問宋安琪，卻不知道從何問起；想問郭向維，卻不知道怎麼開口，進退不了的處境讓陶堇有些心煩意亂。

叮咚。

陶堇瞥了眼手機，看見訊息有些愣住。

「還不午休？」是秦如初。

早上下車前，陶菫的手機被駕駛座上的秦如初一把拿去，她根本反應不及。

「可以交換一下聯絡方式吧？」雖是拋出一個問題，可秦如初那樣子根本是直述句，陶菫也隨她去了，轉身就忘了這事。若不是秦如初傳訊來，陶菫大抵也不可能點開對話窗。

四處張望了下，她見到秦如初與組長正聊完分頭，而秦如初瞅了陶菫一眼，昂了昂下巴，眼神似乎示意她跟上自己。

還有半小時才結束午休，陶菫左顧右盼了一下，才走出辦公室朝秦如初走去。

秦如初手拿兩杯清茶走出茶水間，瞅了陶菫一眼，便走往長廊後的窗旁。窗外別於昨夜傾盆大雨的晴朗藍天，那樣雷雨交加的夜晚，恍若隔世，彷彿是一場夢。

可一切都是真的——當陶菫走到一方陽光之中，清麗面容一半沐浴在暖陽下，看上去沉靜美好，讓秦如初想起昨晚的相擁而眠。

「副總？」

陶菫的嗓音喚回思緒，秦如初回過神來，遞了一杯茶，「看妳心神不寧的，喝點茶放鬆一下。」

茶味清香，確有安神效果；溫茶入喉，回甘香甜。

陶菫捧著茶，「謝謝。」那聲淡語隨著氤氳白霧飄入心裡，如陣風吹拂而過。

很輕、很淡，讓人感到很……舒服。

喝著茶，陶菫頻頻看向秦如初，不明白秦如初怎麼看出自己的心煩意亂。

看著秦如初望著窗外的優美側臉，她想起早些聽來的八卦，左顧右盼了下，低問：「副總也有煩心事？」

秦如初彎彎脣角，看著藍天答：「妳猜到了吧，就是妳想的那樣。」

這樣不言而喻的默契，讓陶菫感到一絲違和，心裡明明是有些抗拒接近自己上司，事實卻背道而馳。

默了會，在午休結束前，秦如初輕道：「他問我……婚期能不能提前。」

陶菫一愣。

秦如初轉過頭時，逆著光，神色幽暗不清，看不出喜怒。

「妳願意？」

烏雲蔽日，是一瞬間的事。

茶涼了。淺嘗一口，又苦又澀，然而秦如初仍一飲而盡。她想起男人脫下西裝外套，解了領帶，朝她深深一鞠躬。

「拜託了，如初，我不能等到明年了……」

忽地，陶菫看進秦如初眼裡，見到一片沉靜的海。或許是那雙眼太過深沉，她竟忘了退後拉開距離。

「三個月後，我會請妳喝我的喜酒。」

風來雲散，窗外的陽光再次灑進長廊，將陶菫的影子拉得細長。她看著秦如初挺直的背影，明明是昂然地離去，她卻從秦如初身上感到一絲孤寂。

而這些，是陶菫不該產生的情緒。

這疙瘩連郭向維也感覺到了。剛下班的郭向維一見到等候他的陶菫時，第一個情緒不是喜悅，而是困惑。

「妳怎麼了？」

陶菫回過神來，「什麼？」

「妳看起來很累。」郭向維自然地扶著她的腰走向停車場，「工作太多？」

陶菫搖頭，「我才想問你怎麼了，昨天是發生什麼事了？」

郭向維臉色微微一凝，輕嘆口氣，「工作太累了，忽然有點想妳。」

駛出停車場，忽然下起了雨。

陶菫滑著手機，看著自己與宋安琪的對話視窗，當雨水布滿窗上時，她開口：「昨天……你很忙嗎？」

「就下班後跟客戶約吃飯，談完後就回家了。」郭向維語氣平靜，看不出一絲不對勁。

「客戶很難搞嗎？」

郭向維默了一下，車停在紅燈前，輕鬆道：「還好，七、八點就結束了吧，回家躺了就睡。」

宋安琪傳訊息的時間，是晚上十一點。

「妳呢？昨天還好嗎？」

陶菫收起手機，轉頭望向車窗外。外頭的雨又大又急，她閉上眼，心裡也是一陣滂沱大雨。

「昨天，我不在家，在Z飯店附近。」

「這麼剛好？」郭向維笑著答腔：「我也在Z飯店談生意。」

陶菫默了一會，道：「我昨天見完客戶以後，經過Z飯店碰巧遇到上司，我看她身體不舒服就陪她回家，本來是要走了，但雨太大，所以在她那邊住了一晚。」

郭向維空出右手，握住陶菫腿上的手，「有發生什麼事嗎？那個上司是？」

陶菫搖頭，「是女生，所以我才敢過夜，沒有發生什麼事。」明明是一肚子問題想問，卻怎麼也說不出口。

「那就好，下次小心一點。」

他的溫言淡語，以及一如往常的溫和沉穩，讓陶菫覺得自己是不是多慮了，話題也不了了之。

飯間，郭向維忽道：「我們要不要去個小旅行？三天兩夜或兩天一夜都可以。」

「好啊，想去哪？」

郭向維按著自己的肩頸嘆道：「去泡溫泉好了，最近太累了。」

於是這個臨時起意的小旅行就這麼定案了，下週即出發。

許久沒有與郭向維認真吃一頓飯，一來一往的談笑中，讓陶菫心裡那根緊繃的弦漸漸鬆了。

「我去一下廁所。」郭向維道。

陶菫隨意地滑手機，桌面一震，是郭向維的手機。她隨意一瞥，是一則LINE。過去陶菫是一點也不在意誰傳訊息來，也不曾查郭向維手機。

交往之初，她覺得總會失去他，所以不問；交往後期，她信任他，所以不問。

那人的名字是Linna，陶菫想到一個人。

陶菫直看著桌面上的手機，心裡激起波瀾。

如果，郭向維其實還沒有要回來座位上……她放下了手機，往前伸——

叮鈴。

手一顫，碰到了一旁的水杯，些許水灑出。陶菫回過神，一邊接起電話一邊抽衛生紙擦桌，「喂？」

「欸，給我三萬，媽說的。」

陶菫臉色一沉，停下擦桌的動作，聲音低了幾分，「沒錢。」餘光瞥見郭向維朝自己走來，她掩住話筒朝著郭向維說：「我講一下電話。」

郭向維點頭，回到座位上，滑開手機一看，心登時一跳。是徐淩。

徐淩傳訊息給他並不稀奇，令他訝異甚至想不顧一切朝那人奔去的，是訊息內容。

陶菫走到餐廳外，對著哥哥陶岳淡淡道：「上次不是才跟媽拿兩萬？」

「哪夠花啊！」

聽著陶岳激動的語氣，陶菫愈是淡然，「沒錢，自己想辦法。」

「妳明明剛領獎金，不是聽說搞定了挺大的案子？」即使看不到臉，陶菫仍能想像自家哥哥那貪婪的嘴臉，她沉默不語，又聽他說：「很厲害嘛，幾萬塊應該還好吧？拿不出來就是妳工作能力不夠好啊。」

陶菫不答反問：「你知道媽要開刀嗎？」

「知道啊。」陶岳態度輕率地說：「那又怎樣？」

「難道媽的手術費不花錢？」陶菫語氣平靜，透出一絲薄涼，「我要上班，不像你遊手好閒。」

「我是不像妳們女人這麼好賺啦，腿張開就能賺到了，妳要是付不出手術費不會跟妳男友拿喔？他不是賺很多？」

提到郭向維，陶菫的情緒才有了些許波動，「他沒有義務要幫我們出，手術費與後續的費用，我是不會讓郭向維出一分一毫的。」

「嘖。」陶岳煩躁地碎嘴著，「就說給妳男友養就好啦，妳還換工作，以爲是換到比較厲害的公司一樣。」

陶菫深吸口氣，壓抑著情緒低道：「你到底想幹什麼？」看了眼手表，她出來得有些久了。

「就是跟妳要點錢。」陶岳笑道：「妳拿不出來沒關係啊，我就去找郭向維，反正你們有打算要結婚不是嗎？」

陶菫閉上眼，再睜開，手抓著衣角壓著嗓問：「你要多少？」她握緊拳，聽著親哥哥獅子大開口，險些掛上電話，可一想到郭向維，無力感隨卽湧上。

「……等我發薪。」

「一開始這樣不就好了嗎？」

陶堇摁掉電話，深呼吸好幾次才緩下情緒。欲轉身走進餐廳中，竟見到郭向維神色匆忙地跑出來。

「陶堇，我臨時被客戶找，可能要先走了。帳我已經結了，妳慢慢吃。」

郭向維摟了摟她，親了下她的額頭便朝著轎車大步走去，絲毫沒發現陶堇的欲言又止，而陶堇也沒有喊住他，只是硬生生吞下從陶岳那受的氣。

明明是與她最親近的人，可陶堇知道，自己不能跟郭向維訴說。

「爲什麼？向維可是妳男友啊！」宋安琪曾難以置信地問自己：「如果連男友都無法傾吐，那交來幹麼？」

陶堇的笑容淺淡，喉頭苦澀，面上仍雲淡風輕，神色不改地說：「兩個人就算在一起，還是各自獨立的個體啊……我也不想他接收我的負面情緒。」

她話說得如此漂亮、如此冠冕堂皇，事實上，她只是害怕而已。害怕郭向維會嫌煩。

因爲陶堇知道，連自己都無法接受的親哥哥，要怎麼讓另外一個無辜的人去包容？她不奢望郭向維能做到，所以寧可讓郭向維什麼都不知道。

「妳都這樣悶著，小心哪天會一次爆出來。」宋安琪嘆道。

陶堇只能輕咬下脣，希望那一天的來臨可以再晚一些、慢一些……

❄

銀車快速駛過街道，敲著方向盤的指節彰顯郭向維的煩躁。

他撥了電話過去，可沒接通。他嘖了一聲，直接駛向那人的家。

郭向維沒想過會踏入第二次，繼上次之後，他覺得自己不可能再來到這。

冷靜下來、不要慌張，她不過跟往常一樣逗著自己玩……他在心中暗想，試圖讓自己激動的心情平復下來。

與郭向維難得的急躁相比，徐凌顯得從容許多。

沙發上斜躺的身姿優雅，徐凌隨意地將手機放到桌上，彎彎脣角，不甚在意來電人是誰。單手支頭，姿態慵懶，睡袍披在身上略顯鬆垮，鎖骨以下若隱若現，肌若白雪、膚如凝脂，半張的紅脣彷彿在誘人嘗上一口。

桌上的紅酒僅剩半瓶，酒香四溢，令徐凌感到些許飄然，暫忘了那人的喜事。

嘩。

瞇起的眼睜開，徐凌輕笑一聲，那笑意卻不達眼底。

「徐凌，妳——」

對上郭向維微怒的俊容，徐凌似笑非笑地仰視他，「我怎麼了？不是做了『對』的事嗎？」

看向郭向維手中的磁卡，徐凌彎彎脣角，「我就說吧，你總有一天會用上的。」

郭向維低下身，握緊放在大腿上的拳，近乎低吼地說：「妳怎麼可以說不要就不要？說結束就結束？妳對我做的那些到底是什麼？」

徐凌收起幾分笑容，沉靜幽深的目光直盯著郭向維瞧。那個溫文儒雅的青年，原來也會如此失態、如此失控……

徐凌翻過身，擺擺手，「玩膩了，就這樣。」

原以爲青年聽到她如此直言，會憤而甩門離去，然而，她斜躺的沙發陷了一角，一雙手臂伸來，將自己往懷裡按。

下一刻，她聽見低沉的嗓音滑過耳際，如此低喃……

「我不要跟妳再無瓜葛。我承認，我輸了。我想我眞的……喜歡妳了，妳肯定也有一點喜歡我的吧？」

徐凌閉上眼，心跳平穩，毫無波瀾。

「秦如初，我是妳第幾個女朋友妳自己說！」

「最後一個。」

「她要結婚了，三個月後。」

郭向維聽到徐凌的低語，輕得如陣風，颳進他心裡。

「我的自甘墮落、我的作繭自縛，都沒能讓她回心轉意。」徐凌睜開眼，視線一片模糊，

「我……」

眼淚滴滴答答地流下，再說不出半字。

第四章

「副總。」

聞聲，秦如初抬起頭，朝著人事部的Vicky微微頷首，「麻煩妳了，謝謝。」

秦如初快速掃了眼文件，叫住本該遞完資料就離開的Vicky問道：「當初面試陶董的人是妳嗎？」

「我在場沒錯。」Vicky畢恭畢敬地站在秦如初辦公桌前，微垂著頭，不太明白秦如初怎麼會問起一個小小的專員？

「那天的面試情形跟我說一下，就妳記得的部分。」

Vicky雖感疑惑，但還是簡單陳述一遍。過程中，秦如初只是安靜傾聽，並未多加發問，態度隨意，好似聊著家常話似的，讓Vicky有些放鬆下來，在秦如初鼓勵的眼神下，愈說愈多。

「……總之，我直到現在仍然想不明白，爲什麼陶董願意離開A公司到我們U公司來，不是說我們公司不好，就是、就是、就是……」

「就是規模稍微小一些。」秦如初微笑接話。

Vicky點頭如搗蒜，堆起討好的笑容又說了許多抱大腿的話，秦如初也順著讓她多美言幾句，心思卻有些飄遠。

是啊，爲什麼願意離開A公司？不是A公司解僱，是她主動離職到公司來面試的。確實，公司的福利或許不輸A公司，但畢竟是新創公司，而A公司是穩站業界龍頭的集團子公司，相較之下公司遜色許多。

「或許……就像她說的，工作適應不良？」

秦如初微微一笑，點頭附和了Vicky的說法，可兩人皆心知肚明——不太可能。憑陶董在公司的表現，不可能是因爲如此簡單的原因離開前公司。

閒聊幾句，秦如初便讓Vicky離開辦公室去忙工作，自己則是拿起陶董的面試資料陷入思索。果然還是要問本人嗎？

據Vicky所言，面試當天陶董提起前公司態度坦然，並無顧左右而言他，僅一句「我自己適應不良」簡單帶過，事實上到底發生了什麼，無人知曉。

家住南部，父親已歿，孤身北上掙錢的女孩，唯一的依靠或許就是那傳說中的男友。

秦如初放下資料，拿起手機，有些猶豫，最後還是撥了電話。

「……秦如初？是妳吧？妳居然會——」

「我要問一個人。」秦如初淡淡地打斷那人，繼續道：「之前在A公司的陶董，我想知道她離職的原因。」

「哦？可以啊。」那人饒富興味地道：「跟我上床一次啊。」

秦如初眉也不皺，淡淡道：「不要。」

「別這樣啊，不是跟徐凌分手了？」

聽著對方隨意的口氣，秦如初低嘆，「這不代表我就會跟妳上床。妳不幫，我也可以找別人。」

聽著秦如初欲切割的口氣，她才連忙道：「好好好，我就開個玩笑，妳這冰山快凍死我了。回歸正題，妳想查的人是？」

「陶董，我們公司的一個專員。」

「然後？」

「就這樣。」

「最好是。」她擺明不相信，繼續質問：「能讓妳上心的，不是特好，就是特壞，這個陶堇她是哪一種？」

「我要掛了。」

「別別別，兩天內給妳。不過一頓飯肯定是要請的。」

秦如初應了後，便掛上電話，閉上眼向後靠著椅背輕吁口氣，直到手機提醒鈴聲響起時，她才睜開眼，慢悠悠地站起身。

再不願意，也是得去的。

走出辦公室時，餘光瞥見熟悉的身影，她跟了上去，腳步放輕，站到一旁，側耳傾聽逃生門後陶堇的通話。

「媽，妳把我匯給妳的錢給哥了是不是？」

秦如初見過陶堇許多樣子，卻沒見過她這般凝重的表情，那樣的眼神……

「……我不是不給哥錢，可我自己也——」

秦如初聽不太清楚，但也能從破碎的字句中組織一些事實。陶堇又說了幾句，聲音愈來愈小，直至沉默不語。

幾分鐘過去，秦如初有些耐不住，又往裡頭偷瞄一眼，竟見到她眼角有淚。

陶堇……在哭？

最後，她聽到陶堇開口道：「我知道……我的錢，就是哥的錢，一家人就是要互相幫助，我知道……」

秦如初皺眉，抿了抿嘴，頭也不回地往前走，走到轉角處等著陶堇走來，佯裝彼此是巧遇。

「副總。」陶堇來不及整理好的情緒撞入秦如初眼裡，她強裝鎮定，朝著秦如初稍稍點頭，「我先回去了。」

「等一下。」

陶堇停住，視線落到握住自己手腕的那隻手。抬眼，迎上一片沉靜夜空，彷若有星點閃爍。

很久以後，陶堇仍記得秦如初掌心渡來的溫熱；那拉住她的手，彷彿將她拉出深淵。

卻也將她推入另一個地獄。

「妳願不願意陪我去個地方？」秦如初問。

陶堇微愣，聽她又說道：「我會跟妳們經理說一聲的。」

「……去哪？」

「陪我挑婚紗。」

❄

婚紗，對陶堇而言是遙不可及的美夢。

對她而言，穿上白紗是人生中從未剔除的生涯規畫，然而真正踏入婚紗店時，她卻有種恍若置身夢境的錯覺。

很近，卻很遙遠。

禮服祕書忙著接待秦如初，同時也禮遇一同前來的陶堇。當問起兩人關係時，陶堇心裡一陣緊張，然而秦如初不過笑答：「很重要的朋友。」

重要。

陶菫有些恍惚地想，多久沒有聽到有人這般看待自己了呢？就算只是隨口說說，她的心還是被微微一扯。

秦如初從容地主導這一切，不過半晌全打理好，便請閒雜人等先離開包廂，獨留她與陶菫與幾套婚紗在這個舒適的空間。

「那個……」

「嗯？」秦如初是應了，可視線仍停留在眼前幾件婚紗上。「怎麼了？」

「爲什麼要帶我來這？」

「我在車上跟妳說過的呀，我不想自己來，剛好碰到妳。」

陶菫默了會，又開口：「那……」

「妳想問我未婚夫？」秦如初伸手撫摸婚紗，微垂的側臉優雅迷人，那不帶笑意的面容卻令人望而生畏。

「他啊……不會出現的，這種事情，我也不需要他。」

——這到底是談生意還是結婚？

差一些，就差一點，陶菫險些逾越本分如此直言，但她一見到秦如初拿起婚紗時，便硬生生地吞下。

「我進去換婚紗。」秦如初落下這句便進了試衣間。

陶菫輕嘆口氣，不明白爲何自己的情緒會如此波動？是因爲被母親氣到，還是因爲被哥哥刺激到呢？

無論如何，都與秦如初無關。

陶菫微愣。

「妳能進來幫我嗎？」

坐在沙發上的陶菫回過神，站起身走向試衣間，「怎麼了？」

「陶菫。」

鏡中一身純潔白紗襯得秦如初身形玲瓏有致，帶著淡妝的面容精緻動人，可面上的淡漠神情讓人感到疏離，彷彿穿在身上的不是嫁紗，是囚衣。

進了試衣間，陶菫掩上門，背靠著門板，一時間有些說不出話。

——很美。

她知道秦如初很美，但沒想過能美得如此驚心動魄。一眼，僅此一眼便使她失了魂。

「我拉不到後面。」秦如初清淡的嗓音喚回思緒，陶菫回過神來，入目之處是裸露的美背，背脊優美的弧度隱入裙下，浮想聯翩。

指尖捏住拉鍊，目光所及之處是白皙的後頸。簡單盤起的長髮，令她看上去多了幾分優雅與從容——若不是眼神那樣平靜無波，那麼或許，會多幾分應有的幸福感。

捏住拉鍊順著背脊緩緩往上拉，陶菫垂眸，因此錯過了秦如初幽深的目光。

「嗯……」

陶菫的指腹不經意擦過秦如初玉白的肌膚，引起陣陣酥麻，輕得如根羽毛撫過。秦如初瞇了瞇眼，忽地迎上一雙清澈的黑眸。

陶菫正瞧著自己發呆。

「好看嗎？」

陶菫回過神，迎上秦如初似笑非笑的目光，默了會，開口道：「妳喜歡嗎？」

美，很美，或許是陶菫所見過的人中，最美的那一個。但是……

「我覺得，妳喜不喜歡比較重要。」

秦如初別開眼，望向眼前的連身鏡。鏡中的她，傲人美麗，眉眼含媚，脣角的弧度恰如其分，優雅迷人。

可是，不眞實。

從那樣的笑容中，陶菫感覺不到任何喜悅，絲毫不像是將迎大喜之日的新娘。

忽地，秦如初彎起脣角，看向陶菫，眼裡彷若有光，開口道：「我想看妳穿。」

陶菫一愣，連忙搖頭，「我不——」

秦如初的眼眸近在眼前，彷彿看進了自己的眼底深處。

「妳是要自己穿呢？還是要我幫妳穿？」

陶菫雙眼圓睜，又瞇了瞇，「妳——」

「開玩笑的。」秦如初收回身子，神色一斂，輕道：「我只是覺得……妳穿白紗一定很美，至少看起來肯定會比我幸福。」

「那妳爲什麼非得結婚？」

話一說出口，兩人皆是一愣。陶菫眉頭微微一皺，抿抿脣，垂著頭不置一詞。

「陶菫。」

秦如初的嗓音擦過耳際，屬於她身上的淸香縈繞四周，彷彿擁抱著她。

陶菫想到相擁的那一晚，她也曾靠得如此近；她的味道，也曾這般包裹住自己。

「因爲這樣，我才能給她自由。」

秦如初的聲音很輕、很低，是蜿蜒小河，是春日暖風，是夏夜蟲鳴——是陶堇所喜歡的一切。

「……不過，說來也只是我太自私懦弱而已。」

秦如初收回身子，面上掛著淺淡的笑容，眼裡是來不及收起的情緒，撞入了陶堇的眼眸。眼底深處，如團迷霧。

陶堇覺得，自己不該探究、不該好奇，可一旦激起了漣漪，又該怎麼戛然而止……

「如果，妳想說的話，我願——」

「不好意思，兩位在裡面還好嗎？」

一道女聲介入其中，陶堇身軀一顫，險些撞到一旁門板，是秦如初眼明手快地伸手一撈，按進懷裡。

秦如初朝外邊喊：「沒事，麻煩妳幫我拿衣架上另外一套水藍色的禮服。」

「好的。」

陶堇怔怔地看著秦如初微仰的側臉，尚未回過神來，秦如初便微微拉開距離，低眉淺笑，「嚇到了？」

陶堇神色一斂，別開頭，伸手推開試衣間的門，不再與秦如初錮於這空間。

眞的，太危險了。

瞧她有些慌張卻強忍鎮定的模樣，秦如初噗哧一聲，眼神柔了幾分，跟著走出試衣間。

「您穿婚紗的樣子眞的非常好看。」禮服祕書將手中的水藍色禮服遞給秦如初，邊誇讚她，「相信這件水藍色婚紗也很適合您。」

「不，不是我要穿的。」秦如初毫不遲疑地將禮服塞進陶堇懷中，朝著禮服祕書笑道：「接著我來處理就可以了。」

待禮服祕書順著她的話離開包廂後，陶菫才抗議道：「我沒有要穿！誰說我要穿了？」

秦如初看著她，微微彎脣，「不穿嗎？我覺得這顏色很適合妳。」

「不是這個的問題……」

「如果，妳穿給我看，我就告訴妳我爲什麼結婚，如何？」

陶菫一愣，視線落到秦如初手上那件水藍色禮服，一時心神恍惚，想起與郭向維參加的每一場婚禮，她都曾想像過那站在紅毯上的是自己。

可她卻沒辦法深刻地、清晰地描繪郭向維西裝筆挺迎娶自己的模樣……

陶菫望向鏡子，見到了有些忐忑的自己。被婚紗包圍的她看上去有些不自在，甚至讓人感到不協調——

這樣的自己，眞的可以跟郭向維踏入婚姻嗎？

見陶菫遲遲未接下，秦如初收起幾分玩笑，淡淡道：「開玩笑的，要結婚的是我不是妳啊……我進去換。」

話落，秦如初便轉身走進試衣間裡。

秦如初手摸到背後，欲拉下拉鍊時，門忽然打開了。她抬起頭，迎上陶菫有些複雜的目光，輕抬眉稍，「怎麼了？」

陶菫拿過那件水藍色禮服，開口道：「我想知道……妳結婚的理由。」心一橫，她關上門，再次將自己鎖回此處。

眞的……是很有趣的人。瞅著陶菫的背影，秦如初如此想。

彷彿是下了什麼決心似的，陶菫動手脫下衣物，一邊告訴自己不過都是女人沒什麼好顧忌的，卻隱隱感覺到背後有一道灼熱的目光。

她感到渾身燥熱。

很快地，她脫下了上衣與長褲，套上了禮服。或許是第一次穿上正式禮服，她的動作看上去有些遲疑。秦如初忍住笑，往前跨一步貼近她，開口道：「別動，我幫妳用。」

陶堇杵在那，在鏡中見到一張精緻面容在自己身後，與她穿著相仿的婚紗，一白一藍，猶如外頭的藍天白雲那般和諧。

看上去，竟一點也不違和。

「妳介意我幫妳弄一下嗎？」秦如初指著陶堇的胸口，她微微一僵，輕輕點頭。

手輕巧地從領口滑進，順著領子弧線深入，手掌托住乳肉輕輕向內調整。秦如初面色不改，神情認真，目光清淡，讓陶堇覺得是不是自己太小題大作了。

掌心的觸感軟嫩，要比自己所想得更大些，藏得倒是挺好的。秦如初一邊想一邊滑出領口，指腹不經意擦過乳尖，她明顯感覺到陶堇柔身一頓。

秦如初神情鎮定地拉開另邊領口伸手探入，心思有些飄遠。

陶堇抿了抿脣，並未表現什麼，可自己的身體她最清楚……秦如初的指腹輕輕滑過乳尖時，她險些輕哼出聲。

不知道是不是因爲是在試衣間內，又面對的人是稍稍熟識的上司，陶堇心裡仍有些緊張與忐忑，身體的反應要比平常更敏感些。

「陶堇。」

忽地，秦如初將手搭在陶堇的肩膀上，從後貼近。陶堇的心登時一跳，可並未掙扎。

陶堇強裝鎮定地問：「怎麼了？」

「妳很美。」

陶堇一愣。

「妳比自己想像中的更好、更美，所以……妳要更愛自己一點，也要相信自己是能被愛的。」

她的胸口微熱，心頭一緊，心底湧上不知名的情緒。

鏡中的她，美麗動人，讓陶堇感到陌生，可是……不討厭。秦如初雙手搭上她的肩膀，唇角勾起美麗的弧度，「我眼光不錯。」

陶堇跟著笑了，可是連她自己也不知道爲什麼。

她轉過頭，迎上秦如初彷若含光的眼眸，「副總，我——」

叮鈴。

那是陶堇的手機鈴聲。陶堇低下頭，話吞回肚裡，從一旁衣物中翻找手機。拿起一看，是郭向維。

「陶堇，妳現在在哪？我去公司接妳但沒看到人。」

陶堇一愣，默了下，便報了婚紗店地址。

「好，那我現在過去找妳，要一起吃晚餐嗎？」

陶堇看了秦如初一眼，不知爲何，此刻她更想與秦如初待在一塊，聽她的心事、她的祕密，以及她不爲人知的那一面——

「……好。」

但最後，她還是選擇了郭向維。

兩人走出試衣間，皆換回了自己的衣服。禮服祕書進來關心情況，秦如初不冷不熱地回答著，隨手就指定了幾件婚紗，可不包含陶堇試穿的那一件。

陶堇在旁目睹這一切，心裡梗了什麼說不清楚也講不明白。

秦如初領著陶堇到店門口旁的貴賓休息區，「妳在這休息一下，妳男友應該很快就到了。」

陶堇微微頷首，順著她的話坐到沙發上。

秦如初的嗓音清清淡淡的，如此疏離，彷彿兩人從未親暱過，方才的一切不過是自己的幻覺。

看了眼手表，秦如初道：「那我先走了。」也不待陶堇回答，便逕自走向門口。

陶堇輕抿下脣，未開口叫住她。

叮鈴噹啷。

門上風鈴隨著門把推開響起一串清脆悅耳的聲音，卻不是來自秦如初。

「陶堇？等等！妳……」

站在秦如初面前碰得正著的，正是郭向維。

三人面面相覷。

風起了，門上那串風鈴搖曳不止，久久未息。

「向維。」

陶堇站起身，走向門口，欲開口卻先被秦如初搶先道：「妳男友？」

秦如初側過身，面上掛著淺淡的笑容瞅著陶堇。明明是問句，不知為何卻讓陶堇覺得，那不過是個直述句。

「回去小心，我們下次再聊。」

秦如初的態度坦然，可郭向維並非如此，從腰上緊摟的手來看，郭向維很緊張，而這是郭向維自己都不知道的習慣。

但是，陶堇知道。

陶堇瞅了眼秦如初，再看向面上強裝鎮定的郭向維，「你認識我上司？」

郭向維的心登時一跳。

「認識。」

郭向維睜大眼，面色驚愕，眼裡的慌張顯而易見，然而陶菫的注意力全放在秦如初身上，對郭向維的異常絲毫未覺。

「我一個朋友是他的同事。」秦如初掛在脣角的弧度完美得無懈可擊，彷彿說著什麼家常事一般，「有聽說過你。」

至於聽說過什麼事，秦如初並未多言，只是那目光看得郭向維心底發寒。他感到一陣悚然心驚，不知是因爲秦如初，又或者只是自己心虛。

郭向維朝著秦如初微微頷首，「沒想到妳是陶菫的……上司。」

一時間，郭向維沒法將眼前掛著淡淡笑容的女人與那晚一臉冷冽的人聯想在一起。

可是，她的確是那個女人，那個什麼都知道的女人——包括，他的不忠。

思及此，他拉著陶菫就想往外走，「陶菫，我們該走了。」

「嗯？好……」陶菫怔怔地讓郭向維拉著自己走出店外。上車前，陶菫又回頭望向婚紗店，發現秦如初仍在那。

秦如初就站在那裡，沒有離開。

上了駕駛座，郭向維鬆了鬆領帶，仍覺喘不過氣。只要想到秦如初與陶菫待在一塊，便令他頭皮發麻，身上彷若有數萬隻螞蟻爬過，讓他焦躁難安。

他的煩躁也讓陶菫看出來了，她皺眉問：「你怎麼了？你怪怪的。而且今天怎麼有空過來找我？」

郭向維輕吁口氣，強裝鎮定地答：「跟阿哲約吃飯，今天經理不在比較好跑，吃完後想說在妳公司附近，就順便來接妳下班。」

「阿哲啊，你們很久沒約了吧？」

郭向維暗自慶幸話題轉移到舊友身上，他鬆下心神，淺哂道：「是啊，他就忽然約我吃飯了。」

話題繞著許久未見的舊友身上，兩人簡單聊著，一切都很自然正常，可陶菫還是感到一絲不對勁，卻說不出哪裡怪。

車停到巷口旁，忽然下起了雨。

陶菫解開安全帶，低頭翻找雨傘，一隻大手卻忽然覆在她的手上，令陶菫停下動作。

「怎麼了？」

郭向維默了會，將話嚥下，改道：「雨大，我送妳過去。」便下了車，在大雨中與陶菫兩人肩並肩。

家門前，郭向維拉住陶菫，忽地緊擁住她。陶菫一顫，雙手放到他的背上輕輕回抱。

心貼得如此近，可為什麼，郭向維感受到的那股冷意仍舊徹骨呢？

「早點睡。」

陶菫點點頭，「你也是，開車小心。」便頭也不回地走進家中，關門時，也掩去了郭向維欲言又止的神情。

他回到車上，在漫天大雨中失了神，想起早些的事。

「小郭啊。」昔日舊友梁斯哲拍拍郭向維的肩膀，「兄弟一場，我就老實說了，你們經理不行的。」

郭向維點點頭，悶著喝酒。

在嘈雜的居酒屋中，兩人在吧檯並肩而坐。今晚是郭向維請客，一句話梁斯哲就跳上捷運直赴而來。

——阿哲，我在想，或許跟陶菫分開會比較好。

衝著這句話，下班後他直奔居酒屋，見到神色黯淡的郭向維，二話不說將人拉進店內。

「怎麼了？跟陶菫不是好好的嗎？」

郭向維揉著眉頭，幾杯黃湯下肚，一五一十地全說了。

「……所以，我也不知道怎麼辦。」

與郭向維十幾年好交情的梁斯哲不可思議地看著自家好友，心裡暗嘆男人似乎都是一個樣，縱然是郭向維也無法倖免其中。

「你聽我一句，生活還是重要，戀愛不能當飯吃的。你自己想想，就算你現在真的跟陶菫分手去找經理好了，你又確定她只有你一個？她就是老手，你是其中一個備胎，她壓根兒看不上你。」

梁斯哲一邊替他倒酒一邊勸道：「你只是被一時的新鮮感沖昏頭，我就摸著良心說一句，要是有個熟女貼上來勾引我，我也是沒法抗拒的，這或許不能怪你定性不夠好，可你自己要知道分寸。玩玩可以啦，不要眞的栽下去，到時兩頭都空。」

瞧郭向維不發一語，梁斯哲拉過他的肩膀道：「小郭，認眞的，陶菫挺好的，適合結婚一起過日子，你那個經理就是刺激有趣，可是不長久啊。」

郭向維頻點著頭，梁斯哲拍拍他繼續說：「你再想想，你跟陶菫在一起也五年了，你眞的要爲了那個經理放棄陶菫嗎？她沒什麼不好的地方，成熟聰明又懂事，適合當老婆的，而且……」

郭向維抬起頭，瞅著手邊玻璃杯內的酒聽著梁斯哲說道：「她是眞的，很愛你。」

或許，這才是讓郭向維最難受的。

「那個經理明擺著逢場作戲，你在跟人家假戲眞做什麼？你這是被耍著團團轉，醒醒好嗎？」梁斯哲的語氣透著無奈，今晚無論如何都要把郭向維給拉回來。

「我……」郭向維啞著嗓，嗓音低緩地說：「現在滿腦子都是經理，我也覺得好煩、好亂。」

「那做點別的事啊！」從他遲疑的字句中，梁斯哲知道郭向維並不是完全倒向徐淩那，怎麼樣也該勸回來。

郭向維的心正蠢蠢欲動，初竄起不安分的火苗，不趕快捻熄，就怕星星之火成燎原大火，那麼屆時，怎麼也挽回不了了。

「你們下星期不是要去泡溫泉，那就順便求婚啊！先訂個婚把自己的心跟陶菫都定下來，你覺得呢？」

郭向維茫然地看著他，遲疑開口：「這樣……眞的沒問題嗎？」

「會有什麼問題？你們也差不多可以結婚啦，聽我的，現在去找陶菫，跟她聊聊天、抱一抱，然後回去準備求婚。」

雙手搭在郭向維肩上，梁斯哲定眼看著他，「一切都會沒問題的，只要你跟那位經理到此爲止——你還是那個溫柔負責的郭向維，陶菫仍是深愛著你願意與你生活的女友，這樣不就好了？」

郭向維點點頭，這事暫且也就定了。離開前，梁斯哲買了單，按下郭向維的手。

「我希望下次是你跟陶菫請我喝喜酒。」他說。

郭向維向後靠著椅背，輕閉上眼，「我也這麼希望……」

這場漫天大雨，也落到秦如初的窗前。

回到家的秦如初將禮服掛在衣櫃前。她安靜凝視眼前的水藍色禮服，伸手輕撫衣上蕾絲。

縱然大雨滂沱，也沖刷不掉印在她腦海中，陶菫一身藍紗的模樣。

「妳們家那個陶菫啊，我去查了一下，妳知道她前上司是誰嗎？徐俊安！」

「她居然是跟徐家有關的人，這是太巧了、還是太不巧了呢？」

「只能說，妳的前任一家還真是陰魂不散啊……」

後面方玟說些什麼，秦如初已經不太記得了，她只記得那三個字，徐俊安。

徐俊安……正是徐凌的哥哥。

❄

徐家有兩個孩子。

但對徐凌來說，徐家的孩子只有一個，那便是她自己——至少在她上小學前，皆是如此。

父母親在徐凌眼裡恩愛甜蜜，徐凌從未想過，幽默風趣的父親與溫柔婉約的母親，這對人人欽羨的神仙眷侶，有天會反目成仇，琴瑟不調。

甚至，與自己有關。

「我就說了，我也想生個兒子啊！」

那日晚上被爭吵聲吵醒的徐凌躡手躡腳地走到父母房門前，站在門邊聽那從半掩的門傳出的爭執。

「……所以你這是在合理化自己外遇的行為？」

她瞅著平日總愛逗她笑的父親焦躁地來回踱步，神色不耐地說：「就說是以前的事了，妳計較什麼？俊安的媽媽死了，妳又沒生兒子，接過來不就剛好？」

徐凌心口一跳，父親的話彷彿掐住她的心，直叫她喘不過氣。她從未見過父親對著母親大小聲，也沒見過那張俊容露出這般輕藐又煩躁的表情。

這樣的父親，讓徐凌感到陌生。

「你不覺得你太自私了嗎？」

「那妳想過我只想要兒子不想要女兒的心情嗎？我當初就說了，我不想要女兒，可妳堅持要生下來，好啊，那很好，但妳就是沒本事再生一個兒子，現在我要接俊安過來妳憑什麼跟我鬧？」

「鬧？我鬧？你有想過你這個『兒子』是你跟小三生的嗎？」

說到最後，母親早已泣不成聲。

徐凌縮在一旁，不敢出聲。她該回房，不該留下繼續聽父親殘忍的話語。

「……妳口中的小三，是我在認識妳之前就有的。」

那一剎那，徐凌忽然明白，自己的出生是不被祝福的。她木然地站在那，天地之大，竟沒有自己的容身之處。

那天之後，徐凌被帶去上香。她一邊哭一邊被抓到徐俊安之母的遺像前，被父親抓著雙手，逼著上了香。

「我不認識她，我不要！」

徐父眉頭微皺，嗓音低了幾分，帶著濃厚警告意味地說：「妳不拜，我就把妳留在這裡。」

徐凌小小的身體一抖，抬起頭，見到父親毫無笑意的面容，遍體生寒。

父親咬著牙，說得緩而慢，一字一字往心裡刻，「我會不要妳。」

於是徐凌拜了，眼眶含淚，高舉三拜。

這些，全被大她三歲的徐俊安看在眼裡。小小的身子穿著寬鬆的黑袍，木著一張臉站在不遠處緊盯著徐淩。

那年徐淩七歲，徐俊安十歲。

「俊安。」

徐父彎下腰，朝徐俊安彎脣一笑，「你跟我回家吧。她是你妹妹，徐淩，你要好好保護她喔。」

徐俊安抬眼，望進男人眼裡，如座深潭，深不可測。

徐俊安想起母親的話——永遠不要相信你爸爸。

大手搭上自己的肩膀，將他推向徐淩。徐淩雙手捏著衣角，那樣的眼神，透露著倔強。

「徐淩，以後他就是妳哥哥了。」

看著眼前高自己半顆頭、臉白淨的男孩，徐淩抹了抹眼眶，撇開頭做出無聲抗議，因而錯過了徐俊安一閃而逝的笑容。

那天之後，媒體以大篇幅報導徐氏夫婦——徐母大方接納徐俊安成爲一家人，而徐父則是被塑造成有情有義的好男人，是一對天造地設的佳偶。

徐淩想不明白，也看不清楚，爲什麼父母不如旁人所說的那樣？對別人來說，父母親恩愛依舊，可事實上家裡不再滿是歡笑，衝突四起。

然而，這一切的始作俑者徐俊安卻每天纏著她，纏得徐淩不耐煩，衝著那張似笑非笑的面容大吼：「你爲什麼一直跟著我！」

「我們同間學校。」拎著書包的徐俊安淡淡地說：「而且妳是我妹。」

妳是我妹。

短短四個字，輕易挑起徐淩心中的怒火，可也在許多年之後，點亮她的夜空。

「經理。」

聽見叫喚聲，徐凌掙扎地睜開眼，一時間有些分不清這是現實還是夢境，直到見到郭向維清俊的面容，她才意識到方才是做夢了。

很久，沒有夢到以前的事。

辦公室內只有她與郭向維二人待著，她坐起身揉著肩膀，睨了眼郭向維，「怎麼了？」

「我來遞假單。」郭向維將假單放到徐凌桌上，徐凌拈起一瞧，淡淡道：「准了。」

郭向維站在那，抿抿脣，語調略有起伏：「妳不問為什麼？」

夢到許久以前的事，令徐凌感到身心俱疲，自然無多餘心思放在郭向維身上，便道：「好像也不是很重要。」

面對徐凌一百八十度的大轉變，郭向維心裡有什麼被梗住，下意識脫口而出：「我要跟女友求婚了。」

終於，徐凌抬頭瞅他一眼，輕笑出聲，不置一詞。

郭向維咬了咬牙，語調低了幾分：「我女友的上司就是妳前女友，妳知道嗎？」

徐凌隨意地看著他，神態慵懶，直到下句落下，神色才微微一凝。

「她們一起去挑婚紗，妳也知道？」

第五章

「最近忙嗎？」

一則訊息吸引了陶董的注意力。她瞥了一眼發現是徐淩，趕緊放下手邊工作回覆訊息：「不會，有什麼事情嗎？」

陶董原以爲徐淩不過是禮貌上加一下LINE，沒想到有天會眞的傳訊息給自己。

「要不要一起吃個飯？我最近碰到一個案子想找人討論一下，當然如果妳不方便也沒關係。」

陶董思忖了下，倒也不是不行，某種程度上來說，徐淩也是她的貴人，那次成功合作之後部門經理待她頗好，讓她在工作上順遂不少，於是一口答應。

她放下手機按揉痠疼的肩頸，決定暫時歇下忙了一早上的工作起來走動走動，於是拿起馬克杯走往茶水間。

經過茶水間必經副總辦公室，也就是秦如初辦公的地方，陶董無意間往裡頭一瞧，恰巧與秦如初對視，並見到她身旁的女人。

一頭僅至耳下的俐落短髮，高眺頎長，活像是從雜誌封面走出的模特兒，站在秦如初身邊毫不遜色，各有風情。

陶董微微頷首，方抬腳離去，餘光便瞄到裡頭二人竟朝自己走來。陶董佯裝若無其事地走進茶水間，本以爲是錯覺，直到一道陌生女聲從後喊住自己時，陶董這才停下。

「嘿，晚上要不要一起吃飯？」女人撥了撥自己的短髮，笑容大方，「我們想吃川菜，但怕人不夠正在煩惱，妳願不願意一起來？」

陶堇怔怔地看著她，視線投向一旁的秦如初，似乎不太明白這是怎麼一回事，對方的神情也讀不出究竟是想要她去？還是不去？

女人性子急，等不及陶堇的回答便道：「妳不想去嗎？我是如初的朋友，剩下的可以晚上吃飯慢慢聊。」

秦如初還是沒有任何表示，但回過神來的陶堇想起晚上已與徐凌有約，歉然一笑，「我晚上跟客戶有約了，不好意思。」

「是嗎，那只好下次了。」女人露出一絲惋惜，欲說些什麼，不料一直未出聲的秦如初突然道：「哪個客戶？」

「是徐小姐，我跟她約了吃飯。」

「哪個徐小姐？」女人的視線在陶堇與秦如初身上來回掃視，顧慮到這是公司內部的事，陶堇不知道能不能多說，於是將視線投向秦如初身上。

「就是徐淩。」秦如初接答。

秦如初面色平靜，目光幽深，讓人探不清虛實。相較於她的平淡，一旁女人瞬間雙眼圓睜，語氣帶著幾分難以置信：「徐淩？」

「嗯。」

眼前二人似乎都認識徐淩，且陶堇隱隱感覺到三人關係並不一般，縱使不是朋友，也不可能僅止於商業合作如此而已。

女人收起訝異，思忖了下，掏出名片遞給陶堇，「似乎還沒自我介紹，我是方玟。」

陶堇瞥了一眼名片後小心收起，微微一笑，「久仰。」

想來是秦如初的朋友，隨手一撈便是老闆經理倒也不稀奇，但沒想到眼前的女人是那個業界知名的W企業方執行長——

「我也是，久仰。」方玟彎彎脣角，富含深意的目光緊盯著陶菫，要不是感覺到一旁的秦如初視線帶著淡淡的警告，恐怕光是眼神就可以吞人下肚。

陶菫正感侷促，秦如初出聲道：「我先送方玟下去，等會找妳。」

話未完，便聽到方玟挑高語調調侃：「偷偷約會嗎？」

然而秦如初只是擋在陶菫面前，手一勾，不過是一眨眼，兩人便進了電梯。

視線投向電梯，陶菫呼吸一滯。

——方玟吻了秦如初。

眼一眨，電梯門安靜關上，可陶菫心裡轟然巨響，腦海一片空白。驀地，她想起在試衣間裡那雙瞅著她的眼睛，眼底有她看不明白的情緒。

那樣的眼神、那樣的目光……竟有那麼一剎那，令陶菫如墜深淵，耽溺其中不能自拔。

「陶姊？」

一旁的喚聲使陶菫回神，來人是呂于婷。她親暱地挽著陶菫關心問：「陶姊還好嗎？怎麼在發呆？」

陶菫壓住胸口溢上的莫名情緒，微微一笑，「沒事，我在想工作的事。」

兩人正在秦如初辦公室旁，呂于婷左顧右盼，壓著嗓說道：「陶姊有沒有看到方執行長啊？」

茶水間本就八卦滿天飛，陶菫隨意點頭應著，在那衝擊中仍有些緩不過神，聽著呂于婷繼續嘰嘰喳喳：「聽說啊，她對男人一點興趣都沒有。」

手一顫，水灑出了些。見狀，呂于婷趕緊抽幾張衛生紙擦拭，「有這麼嚇人嗎？是滿讓人訝異的啦，那麼漂亮的女人……」

後來呂于婷說些什麼，陶堇一個字都沒有聽進去。

一個吻——不過一個吻，卻猶如星星之火瞬間燎原，在陶堇心上大火燃燒，迅速蔓延。

她想起相擁而眠的夜晚、半裸相對的試衣間、輕撫前胸的手指……那直視她的雙眼，彷彿要將她吞噬一般。

不對，這樣眞的不對……陶堇後知後覺地意識到哪裡不對勁。

然而陶堇的驚懼，在另一個人眼裡不過是隨興逗逗，好生有趣。

「方玟。」

聽見秦如初壓著嗓的喚聲，飽含濃烈的警告意味，方玟輕咳一聲，「哎，妳沒看到她那個表情……」

迎上秦如初冷冽如冰霜的目光，方玟心中一凜，收斂幾分神色道：「好好，我做得太過火了。」

正在副駕駛座的秦如初輕嘆口氣，在人來人往的停車場中，她實在很想就這麼擠到駕駛座揚長而去。

「這樣我還得跟她解釋。」

聞言，方玟猛地看向秦如初，眉梢輕抬，「妳會跟人解釋？那怎麼不跟徐凌解釋？」

秦如初沉默不語，面上涼薄，一如既往地淡然。她總是這樣平淡，對待許多事也總是那樣無所謂，讓人無力、讓人疲憊。

深受其苦的，眼前就有一個。

思及此，方玟的笑容多幾分苦澀，卻又裝得鎮定，隨意地說：「晚上肯定很有趣。」

「如果陶董不願意我是不會勉強她的。」

「但妳不好奇爲什麼徐凌要找陶董吃飯嗎？」

方玟尚不知道徐凌與陶董的事，然而秦如初是知曉的——包括那個男人，郭向維，是陶董的男友。

關於徐凌的事，秦如初什麼都知道，然而陶董什麼都不知道。

沉默了幾秒，秦如初才淡淡地開口道：「任著徐凌去吧，事情也不會更糟了。」

「是啊。」方玟笑了幾聲，冷冷淡淡的，「有什麼比妳嫁給季裕航更好的呢？」

秦如初置若罔聞，看了眼手表，「我該回去了。」手正攀上車門卻被方玟叫住。

她一轉頭，眼前是一張急遽放大的美顏。

「秦如初，我還在等妳。」

秦如初眼底波瀾不興，看得方玟心底一片荒蕪。低下眼，避開了那樣炙熱的眼神，秦如初輕嘆口氣，微微向後靠，話語輕吐而出。

「這樣妳跟徐凌又有什麼差別呢？」

——妳們的喜歡都給我莫大的壓力。

車鎖打開，秦如初頭也不回地離去，最後走進了電梯，方玟才收回視線，閉上眼，仰頭靠著椅背。

那爲什麼是徐凌，而不是我呢……

電梯門打開，恰逢午休時間，湧進一批員工。秦如初往裡頭站了一些，幾位認出她的員工向她打過招呼，秦如初也禮貌回應，最後視線落於刻意迴避她的陶董身上。

陶菫低著頭，不確定秦如初有沒有看到她，但她只想裝作沒有看見秦如初。

電梯上了一層，又擠進了一些人，陶菫不得不向後退，一個踉蹌正重心不穩時，她的手臂被拉過而撞入一個懷裡。陶菫猛地抬頭，呼吸一滯。

秦如初低眼瞅她，微低下頭，湊在陶菫耳邊話語輕吐：「沒事吧？」

她的嗓音很低，呼吸很輕，卻徹底燙紅了陶菫的耳根子。

「妳看到了，是不是？」

陶菫抿抿脣，不置一詞。或許是距離太近、或許是耳朵本就是她的敏感帶，又或許是意識到什麼，使她渾身不自在。

眼看電梯卽將到達樓層，秦如初心一橫，微微張口，落下一句令陶菫心底又酥又麻的話。

「陶菫，我確實只喜歡女生。」

❄

純白的被褥上，是一片散落的照片。

拉起的窗簾隱約透著外頭的光，微弱地映在卸妝後清秀幾分的面容上，那雙彷彿會勾人的丹鳳眼低垂，正凝視手上的畢業紀念冊。

照片中，是大學的徐凌與秦如初。

徐凌難得請了一天假窩在床上，心情煩悶的她動手整理房間，卻意外翻出了舊照，就這麼一張張地翻覽而過。時而脣角上揚，時而微微皺眉，沉浸於時光之中，忘了時間，也忘了現在的她們，不再如此。

年少的喜歡那樣純粹、那般直接，不迂迴、不曲折，不去計較薪水高低、是否有車有房，喜歡的，只是妳。

是妳這個人，不為別的。

秦如初是徐凌的白月光，也是紅玫瑰；是遙不可及的存在，卻也在觸手可及的地方。

在秦如初之前，徐凌遇上幾個人。在父親那得不到的愛，她從其餘男人身上索求，她撫摸過他們的身體，也曾吻落四處，曾聽過一聲聲的「喜歡」，徐凌卻不曾眞正地感受到何謂「喜歡」。

那些投以她的情愛，令徐凌感到陌生。她試著扮演好女友的角色，可每一個人最後皆離她而去。

「愈喜歡妳，愈覺得寂寞。」

最後一任男友是位斯文青年，交往前後始終溫柔體貼，縱然多年過去，徐凌仍記得他啞著嗓對自己說：「妳曾眞正喜歡過誰嗎？」

藏在鏡框後的雙眼布滿血絲，青年顯然哭過一場。徐凌沉默著，什麼話都說不出口。

在他之後，徐凌再不曾與誰交往過——直到遇上秦如初。

徐凌這才明白當年青年的話為何——

愈喜歡一個人，愈感到寂寞。

總有人說，秦如初是高嶺之花，冷冷淡淡的，低調安靜不張揚，是夜裡的明月。

而徐凌耀眼明媚，燦如豔陽，自信傲人，人群中一眼望見，是高懸空中的烈日。

兩人截然不同，卻無可遏止地彼此吸引。

歷史總是如此相似，令人遍體生寒。

——是徐凌先喜歡秦如初的。

生於富裕家中卻不得寵，自小見過世間冷暖，經過一些人，也走過幾段感情，漫無目的兜轉著，徐淩以爲，這輩子就是如此了。

直到遇見了秦如初，直到擁有了她，徐淩才真正地嘗到何謂喜歡、何謂愛。

也是秦如初教會了她何謂痛不欲生。

手機響起，徐淩放下畢冊往床頭櫃一撈，眉頭微皺，接起道：「怎麼是妳？」

「這麼久沒聯絡，第一句話怎麼好像是我爲何還沒死之類的。」方玫抱怨道。

「是也沒錯。」

方玫聳聳肩，不甚在意地繼續說：「聽說晚上妳跟陶董有約，但人被我搶了，所以一起吃川菜，或許晚點陶董會跟妳說聲。」

「……妳去找秦如初做什麼？」

方玫心中暗嘆徐淩這人眞死心眼，永遠將秦如初擺在第一位。這些年來這事一直沒有改變，彷彿將秦如初禁錮在她所建的銅牆鐵壁，不讓任何人接近。

或許一般人會感到窒息，可這卻是當初的秦如初最需要的。

甚至可以說，她因此活了下來，在這些年後安然地活著。不得否認的是，如果那時徐淩沒有出現，或許也不會有現在的秦如初。

不過，方玫嘴上仍是輕佻地說道：「她又不是妳的了，爲什麼我不能去找她？我去找她又關妳什麼事？」

「方玫。」徐淩聲音低了幾分，「妳——」

「反正晚上我跟秦如初都會去，妳可以來吃飯。」然後電話就這麼掛了。

煩躁感油然而生，滿溢胸口。徐淩將手機扔至一旁，見著散亂的照片，彷彿嘲笑著掛念過去的，一直只有她。

秦如初……妳眞的可以往前走了嗎？走到沒有我的以後。

正在一間咖啡廳的方玟掛上電話，向後靠著沙發，一手拿著秦如初的喜帖，心底說不上是什麼滋味。

爲什麼新郎偏偏是季裕航呢？

方玟想不明白，也知道無法從秦如初那得知些什麼，就是問起了，秦如初也只會給予淡淡的微笑。

從一開始的不敢置信，到現在的不得不接受，方玟只得苦笑以對，佯裝滿不在乎的樣子。

「妳還眞是讓我相信愛情啊，秦如初。」到秦如初辦公室拿過喜帖時，方玟這麼哼笑道：「就算是妳，最後也會走回男女婚姻的正軌，是不是？」

秦如初默然一笑，一臉雲淡風輕。

見狀，方玟有些來氣，語調高了幾分：「這眞的是妳要的？」

不料，秦如初不正面回應，淡淡說：「這樣我就什麼都有了。」

「可妳沒有了自由！」

面對方玟直面而來的話語，秦如初卻只是沉默不語。

看著眼前默不作聲的秦如初，方玟順了順自己的短髮，試圖讓自己冷靜些，「好……那我問妳，徐淩怎麼辦？妳打算讓她當妳的地下情人嗎？」

「所以，我才跟徐淩分手了。」秦如初涼薄的面上始終掛著淺淡的笑容，「我可以接受，她不可能的。」

因爲是徐淩，愛得毫無保留、無分毫空隙的她，又怎麼能接受自己屈於陰暗，做個見不得光的情人？

對徐凌而言，這才是最好也最殘忍的決定。

「那爲什麼是季裕航？季裕航是季清晨的堂哥不是嗎？」

秦如初不置一詞，便是默認了。

「妳……」方玟不敢置信地看著秦如初，急道：「妳不會到現在還跟季清晨有聯絡吧？」

辦公室外晃過陶堇的身影，秦如初隨手一指，就這麼轉移了方玟的注意力。

想著這些荒唐事，方玟搖頭，將喜帖撕成兩半扔到垃圾桶裡。

秦如初……妳到底在想些什麼？

❄

直到車停在餐廳外時，陶堇仍在猶豫。

秦如初停好車後，望向副駕駛座，見到陶堇臉上的遲疑，開口道：「如果妳覺得不舒服，其實不用勉強自己吃這餐。」

陶堇轉頭，迎上秦如初平靜無波的雙眼，下意識迅速別開。

秦如初掛在脣角的弧度多了幾分無奈，其實，這感覺也不陌生，就是有些感慨。

陶堇望向車窗前，瞥到方玟的身影走進餐廳裡，想起秦如初方才的話，不禁問：「所以，妳眞正喜歡的人是方執行長？」

「不是，我不喜歡她。」

秦如初失笑幾聲，那樣的笑容映在窗面上，竟是如此扎眼。

「我知道妳在想什麼，本來覺得沒必要特意解釋……」秦如初輕嘆口氣，道：「她並沒有親到我，就是碰到嘴角而已。」

陶董沉默片刻，鄭重道：「我知道，我不會對外亂傳些什麼。」便解開安全帶，逕自打開車門走下車。

秦如初深深地看著那背影，這才一同下了車，走進餐廳。

兩人一入內，便吸引了已在席上的方玟與徐凌兩人的目光。秦如初臉色平淡，視線淡淡掃過徐凌精緻的面容，坐到了對面。

「妳們兩個也太慢了吧？」方玟隨意說道，邊倒起酒來，「我已經叫好代駕了，大家別顧慮，多喝一些。」

忽地，方玟的視線落在略顯侷促卻佯裝鎮定的陶董身上，她彎彎脣角，道：「小朋友，妳能喝酒嗎？」

陶董略皺眉，「小朋友？」那滿臉的不敢置信，惹得方玟大笑幾聲，還想說些什麼，不料一旁的秦如初倒是先開口：「沒事，我顧。」

此話一出，方玟噤了聲，覷了眼臉色不甚好看的徐凌，摸摸自己手臂起的雞皮疙瘩後，連忙舉手招來服務生化解這尷尬。

杯中的黃澄酒液讓徐凌想起那年的營火。

那時宿營營火前相偎喝酒的她與秦如初，能想到幾年後的她們會隔著一張圓桌，身旁的人不再是彼此嗎？

甚至，連見上一面都難。

什麼都不知道的陶董坐在這，感到莫名的違和。徐凌的目光太炙熱又太明目張膽，毫無掩藏之意，與之前三人碰面時感覺完全不同。

那時的秦如初與徐淩互動平和，看不出兩人關係不一般，可若眞的關係平平，此刻的目光又怎會如此？

佳餚送上，暫且打斷陶堇的思緒。四人動筷，氣氛詭異得讓方玟忍受不了，她舉起酒杯道：「哎，怎麼說我們三個算是老友了，以後陶小朋友也是自己人，就別拘束了。」

陶堇先拿起酒杯，不忍直言她與方玟也不過是早上見過一面，喊得這麼親熱還眞讓人受寵若驚。

一旁的秦如初似乎感覺到什麼忍俊不禁，也拿起了酒杯。

徐淩跟著徐緩地拿起酒杯。

「所以，妳們認識很久了？」陶堇問。

「我跟妳旁邊那位大冰山從高中就認識了。」方玟搶先說道，神情慵懶，說出的話卻不是那麼平淡。

「認識多久，就想上她床多久。」

「咳、咳……」方喝口湯的陶堇被噎著了。

秦如初面色波瀾不興，遞了張衛生紙給陶堇，眼神銳利地掃了方玟一眼，彎彎脣，「方執行長這麼愛說笑，怎麼不說自己跟特助的事呢？」

方玟臉色一陣紅一陣白，雙眼圓睜，期期艾艾地說：「妳、妳怎麼……」

「怎麼知道？」秦如初一如既往地優雅從容，視線明明是溫淡的，可定在方玟身上卻冰霜滿布，「這很難知道嗎？我知道的事情，還不只這些。」

話落，視線便移往方玟身旁的徐淩，也是在入座後，第一次與她四目相接。

僅此一秒，兩人同時別開了。

「咳，好好好，不開玩笑了，都吃飯啊，再不吃就可惜了這一桌好菜了。」方玫趕緊說道。

陶堇默默動筷，見業界人人皆知，近乎傳奇般存在的方執行長私下的這一面，她有些受到衝擊，可似乎也揭開了一些秦如初不爲人知的過去。

秦如初是不喜歡方玫，那方玫呢？喜歡秦如初嗎？又徐凌怎麼會在這，原本是要找自己談什麼案子呢……這些事縈繞思緒，一時間讓陶堇覺得頭有些疼。

檯面上平和的隨意聊著，徐凌話不多，酒倒是喝得不少。一桌菜四人分食剛剛好，可就是有些食之無味。

陶堇發現，比起認眞品嘗眼前一道道名菜，她更想專心聽進所有與秦如初有關的、她不知曉的事。

方玫彷彿是知道自己觸碰到秦如初的逆鱗，後來飯間不再出言調侃，就聊些家常瑣事，兩人對於徐凌異常的安靜也不置一詞。

菜餚入肚，空盤滿桌，方玫滿足地說：「這家太好吃了，下次我們再來吃一頓。」

秦如初點點頭，拿起酒瓶道：「我們把它喝完吧。」

「不了，我喝。」徐凌出聲說：「我也不用代駕，等會有人會來接我。」

「呦，這在炫耀嗎？」方玫咂咂嘴。

秦如初看了徐凌一眼，平靜道：「分掉吧，妳喝太多了。」儘管說得如此平淡，仍輕易地掀起了徐凌心裡的波瀾與心酸。

盈盈雙眸乘載千言萬語，卻是什麼也說不出口。

喝得過猛、過烈，後湧上難以抵抗的飄然。方玫皺眉，起身時伸手扶了徐凌，見她想掙扎，方玟壓著嗓音道：「我不扶妳，就沒人管妳了。」便讓徐凌乖乖地往前走。

徐凌彎彎唇角，眼裡沒有任何笑意。

方出餐廳，陶堇摸了摸手提包，對著她倆歉然道：「我鑰匙沒拿到。」轉身走回餐廳。

陶堇前腳一走，後腳一輛轎車便停到了餐廳前。那從駕駛座下來的男人，讓秦如初瞬間僵了臉色。

「郭向維。」

郭向維身子一震，臉色鐵青，但他終是爲了徐凌而來，硬著頭皮走向她們，「我來接人。」

秦如初冷寒的視線掃了徐凌一眼，只得到一個什麼都明瞭的笑容，那瞬間秦如初意識到什麼，立刻轉身走向餐廳。

「我拿好了，可以——」

親眼見到的背叛，需要多久、多長時間才可以忘記這椎心之痛？

陶堇愛了郭向維好久、好久……久到她可以在茫茫人海中一眼望見郭向維，也清楚地看見徐凌捧住他的臉，深深地吻了他。

郭向維的表情，並不慌張、訝異，直到見到陶堇才面露應有的驚慌。

徐凌軟綿綿地靠在郭向維懷裡，嗓音甜膩：「這是我男友，想說讓大家認識一下。」

陶堇的心狠狠一縮。

「不，我……」郭向維看了眼徐凌，又再看向陶堇，「不、不是，她、她喝醉，我……」

陶堇木然地站在那，看著這場鬧劇。

郭向維回過神來，急著從西裝外套掏出戒指走向陶堇，一身狼狽，「陶堇，我這星期要跟妳求婚的！」

見陶堇毫無反應，郭向維急了，雙手握住她，「妳知道的，我就是要娶妳——」

陶堇覺得，自己的胸口開了一個大洞。

「陶堇！」

陶堇抬眸，看進郭向維的眼底，感到陌生。這樣的陌生，卻讓陶堇覺得很熟悉。

這雙眼，從來沒有她。

「郭向維，我們分手吧。」

❄

窗外山清水秀，美景令人目酣神醉，可惜陶堇無心欣賞。

她坐在飯店床上雙手抱膝，面著一片海景，眼神空洞，面上看不出是喜是悲。

原本，陶堇是要跟郭向維一同來的。

眼下淡淡的青色彰顯陶堇幾天下來睡不安穩的疲憊，無法擱置的工作與不停驚醒的夜晚，折磨著她的身心。可偏偏，她必須表現得一如往常，沒半點差錯。

陶堇不斷想起那枚銀戒。

郭向維打給她，她不接，他便改傳訊息，不斷的解釋與寥寥數句的道歉，陶堇都看在眼裡，但無任何回應。

原本陶堇是不想來的，但被宋安琪給推來了。

「妳就當是自己一個人的旅行，好好放鬆，出去走走，什麼都別想。」宋安琪紅著眼眶繼續道，「要不是忙著籌備季小開的婚禮，公司不給請假，我肯定跟妳去。」

陶菫揚起脣角，摸摸宋安琪的手，給她一個寬心的微笑，「我沒事，至少不是在結婚前夕才發現。」

說到底，陶菫並不意外。與她相比，郭向維的條件要好上許多，他有大把大把的選擇，不缺一個陶菫。

只是這天來得太緩、太慢，久得讓陶菫忘了兩人之間的差距。五年……也夠長、夠久了，可以了。

陶菫一向不是追根究柢的人，此刻更是。當徐凌捎來一句「需要聊一下嗎？」時，陶菫只回了四個字：不需要了。

她不想知道，也沒必要知道了。

陶菫往後躺，看著天花板上的水晶燈飾發呆，深深的無力與惆悵緩緩湧上，如海浪一般將她捲入無盡的悲傷之中。

理性上知道一段感情的結束與開始都是無法預料的，感性上還是難以忽略胸口被挖走大半的空虛。

郭向維的離開，帶走許多美好回憶。這五年回想起來，陶菫是開心的，只是不那麼踏實。

雙腿蜷曲，陶菫窩在床上，閉上眼，眼眶有些酸。

眞的都結束了。

日光滿溢到薄暮將至，對陶菫而言沒什麼眞實感。她不知道自己究竟躺了多久，也不知道自己何時睡著的。

叫醒她的，是一聲聲悠揚的鋼琴聲。

陶菫慢慢睜開眼，大片落地窗外是星海一片。夜晚了，琴聲清晰優美，讓陶菫忍不住起身下床，走向陽台。

打開落地窗，陶菫走到陽台上，往下一看，頓時愣住。

花園中那架白色鋼琴前，正坐著一位身穿杏色西裝套裝的女人。美顏低垂，長髮隨風飄逸，四周的燈灑落鵝黃色的暖光，淡淡地暈染一身，如落星點。

陶菫不禁移位到花園，就爲一探庭中女人的眞面目。她在人群中伸長脖子，被琴聲深深吸引。庭院四周滿是房客與前來用餐的客人，全爲這琴聲駐足，衆人屛氣凝神，就怕干擾了眼前的完美演奏。

細雨忽地落下。

琴聲依舊，女人坐在鋼琴前，絲毫不受綿綿細雨影響，修長的手指仍在琴鍵上飛舞。朦朧雨絲中，一切如夢似幻。

陶菫甚至不確定自己是不是身處夢境，直到最後一個音落下，掌聲四起時，她才回過神來。驀地，陶菫迎上一雙極爲熟悉的眼眸，深沉幽暗，探不清虛實。

——秦如初！

秦如初彎彎脣角，站起身對著四周點頭致意。本是見了許久未碰的鋼琴萌生趣意，隨手彈奏，卻是愈陷愈深。

「妳爲什麼在這？」

順著聲源望去，一抹急匆匆的身影撞入眼簾，秦如初幽深的黑眸染上一絲笑意。

「因爲妳在這。」

陶菫一時失了聲，怔怔地看著不該在這出現的秦如初。

縱然只是細雨，水滴落在皮膚上仍令人感到寒冷。秦如初撫著自己的手臂，陶菫回過神來，上前拉她，「妳跟我過來。」

秦如初輕輕挑眉，讓陶菫拉著自己離開花園，怎麼也沒想到會直接被塞進房裡。

秦如初站在門口，瞧陶菫忙進忙出，忍不住出聲：「妳現在是要？」

沒想到陶菫剮來一眼，手拿著浴袍逼近自己，「進去洗澡，出來穿這浴袍，衣服就放在門口我待會洗。」

秦如初沒接下，瞅著她的眼神多了幾分興味，「擔心我會感冒？」

陶菫不語，直接把人塞進浴室裡。秦如初背靠門板，低頭看著手中準備齊全的換洗用品，輕笑一聲。

原本只是早上工作結束後，她有些掛念這個悶葫蘆，於是開車到陶菫家樓下，不料在門口遇到正準備出門上班的宋安琪。

宋安琪一眼認出即將與Z飯店董事長兒子——季裕航結婚的秦如初，面露訝異。

一問之下，才知道秦如初是陶菫的頂頭上司，而宋安琪是陶菫室友。

「能告訴我陶菫去哪嗎？」秦如初問。

宋安琪猶豫半晌，但也確實擔心陶菫獨自一人想不開，有個人顧著也好，對方又同為女性，還是頂頭上司，不是完全無關的人……想想應該挺安全的，便將陶菫入住的飯店透露給秦如初。

不過那時的宋安琪並不知道，或許讓陶菫一人還較安全些。至少，不會有隻貪饞的狼披著乖順的羊皮去見陶菫……

陶菫坐在床上，聽著淅瀝嘩啦的水聲，腦袋迴路有些當機，轉不過來。

今日外出旅遊的住宿地點，應該只有郭向維與宋安琪知道，那麼秦如初是怎麼找到這的？

陶菫唯一能想到的可能，就是秦大副總跑到她家找人，然後不知道為什麼，宋安琪告訴了秦如初這事。思及此，陶菫立刻拿起手機傳訊問宋安琪。

宋安琪是沒回訊息，那安靜一陣子的哥哥陶岳卻忽然打來，陶菫眉頭微皺，接了電話，「喂？」

「喂！妳錢還沒匯給媽是不是？不要拖趕快匯給她啊！」

陶岳的語氣聽上去有些急，陶菫眉頭皺得更緊，「幹麼？」

「哎……就之前我留老家地址，現在有人去我們家裡啦！」陶岳煩躁地說：「啊妳不是都月中就會匯了？」

陶菫一個心涼，急問：「什麼意思？所以現在誰在我們家？」

陶岳支支吾吾地說：「錢不夠用啊！先跟人拿一點周轉啊！我怎麼知道會這麼快來討……」

陶菫愈聽愈不對勁，聲音揚高：「到底是跟誰借？」

被這麼質問，陶岳惱羞成怒地吼道：「啊還不是妳不給！給了又沒多少！我就跟一些大哥借了啊！」

陶菫的心涼了半截，逼著陶岳講了來龍去脈後，立刻撥通電話給在老家的母親，心跳得劇烈而疼痛。

「媽！妳還好嗎？」電話一接通，陶菫急聲詢問，陶母氣若游絲地低道：「還好，就是幾個看起來逞凶鬥狠的大男人來家裡說什麼陶岳欠錢……妹妹啊，妳沒幫妳哥哥嗎？」

陶菫的心好像被一隻大手緊緊掐住，她咬著下唇，壓抑著翻攪的情緒，安靜不語。

陶菫很想尖叫、很想大叫，可是她不能，因爲電話另頭是她身體不好的母親。

她已經失去郭向維了，不能再接受誰的離去。

陶菫的世界很小，心也是。認了誰、讓誰進來後，滿滿的都會是那個人，沒有自己的容身之處。

「妹妹啊……妳就幫幫妳哥哥，我讓那些人去找妳，你們兄妹倆好好面對，能幫多少就幫多少，知道嗎？」

心登時一跳，陶董難以置信地說：「妳讓討債的來找我？妳明知道我有室友——」

「室友會比家人重要嗎！」

陶母歇斯底里的尖聲質問掐斷在秦如初的指腹。陶董的手機被輕易奪過，而秦如初優雅地按下掛斷鍵。

「妳——」

「妳不該這麼委屈。」

簡單一句話，讓陶董瞬間說不出任何話。一雙帶著不滿的黑眸微瞇，直視陶董溼潤的雙眼，想看到一絲脆弱，卻只見到逞強。

秦如初將手機還給陶董，走到梳妝鏡前拿著吹風機開始吹髮。她對於自己偷聽的行爲大方坦然，「我直說吧，我全都聽到了。」

陶董眼眸劃過一絲驚愕，接下來的話，更超出了她所想。

「妳現在住的地方不安全，妳先來跟我住，宋安琪我會讓她住在Z飯店，至於去妳家討債的人，我會讓人過去協調。」

秦如初說得平靜淡然，彷彿在描述今天吃了些什麼一般，陶董愣了好幾秒才回過神來，「不行！」

秦如初眉梢一抬，「爲什麼？」

「因爲這是我自己的事情。」陶董答得極快，沒有半分猶豫，「我自己處理。」

「妳是我的員工，是公司資產。」秦如初搶在陶董前答：「而且，妳能處理好嗎？一個弄不好，連妳室友都會連累到的。」

陶董的神情明顯動搖了。秦如初關上吹風機電源，走近床，微彎腰與陶董平視。

「而且，我們也算是朋友了吧？」

朋友。

陶董露出一絲茫然，映在秦如初波瀾不興的黑眸之中，如投粒石子，泛起一圈漣漪，細微卻無法忽視。

「陶董。」秦如初目光放柔，眼神溫潤幾分，「妳不用出面，這些，我都可以處理好。」

「……爲什麼？」

秦如初不明白地看著她。

「爲什麼要做到這種程度？」就是郭向維也不會對她如此好過，爲什麼眼前的女人願意？

秦如初挺直身子，拉攏有些鬆垮的純白浴袍，垂眸道：「大概是，那種被家人勒索的感覺，我能體會吧。」

陶董輕嘆口氣，心一橫，道：「知道了。那麼，我要用什麼交換？我不能平白無故地接受。」

「妳覺得，妳可以用什麼交換呢？」

秦如初坐到一旁小沙發上，慵懶地交疊雙腿，神態閒適，單手支頭看著床上的陶董，微彎脣角。

沙發後是一片落地窗，落地窗外是一片星海。一放鬆下來，陶董這才被眼前的美景驚絕。

那樣的美景中，秦如初占了大半。

方吹乾的髮蓬鬆柔順，少幾分平日的精明幹練，多一些愜意與狂傲，是平常絕對無法輕易見到的模樣。

「嗯？」微揚的單音如隻手撫過背脊，竟引起一陣顫慄。

視線落到秦如初修長迷人的手指上。

感覺到陶堇的目光停駐，支著頭的手收起，下移，覆到領口的浴袍上，向旁拉鬆了些。

秦如初站起身，走近床，向著陶堇走去。

她站定在陶堇身前，微彎腰，浴袍之下若隱若現。陶堇微仰頭，視線所及之處，是迷人的鎖骨。

「陶堇，想好了嗎？」

屬於秦如初迷人的淡香縈繞四周，就算用了飯店花香沐浴乳，仍掩蓋不了秦如初給她的壓迫感。

逃不開、走不了——在她看進秦如初那雙黑眸時，她忽然覺得自己已落入秦如初的蛛網之中。

「妳……想要什麼？」

秦如初輕笑一聲，彷彿早就料到陶堇不會乖乖回答。

秦如初低眸，手拉過陶堇的手，覆在自己腰間的浴袍綁帶上。

「如果，我說，我想要的在浴袍之下呢？」

第六章

初見陶堇時，她正在處理徐淩的案子。

她表現得不卑不亢、不搶風采，低調安靜卻俐落乾淨，是秦如初欣賞的那樣。

陶堇也確實以實力證明，即使面對的是如此棘手難辦的客戶，她也能完美拿下這個案子。

再後來……是那個下午暖胃的粥，驅散了在季氏夫妻，也是她未來公婆那受的冷嘲熱諷。

陶堇是一座湖，平靜無波，投以什麼都安靜吞下，不起波瀾——包括家人不合理的情緒勒索，也一一接下。

宛若自己那般，困在親情的枷鎖之中，沒有自由。

是，她是秦如初，秦副總，人人避而遠之，連大股東也得讓幾分的秦如初，只有陶堇不畏懼、不另眼相待，願意伸手擁抱她。

卻不帶任何一絲感情。

喜歡一個人而做的付出，都是必須回報的。建立在喜歡之上才有的心甘情願，都不長久。

唯有利益、處在互惠的基準上各取所需，才是誰也不欠誰。

看著陶堇，秦如初彷彿看到那個不夠強大的自己。看著她總是波瀾不興的淡然冷靜，秦如初很想看看，陶堇還會露出什麼表情。

目光流轉之間，陶堇不明白秦如初心裡在想些什麼，只是直視她的雙眼，不閃也不躲。

秦如初笑了。

驀地，秦如初湊近，咬了下陶堇的唇，不輕不重。陶堇這才往後退，單手抵在秦如初胸前隔開彼此過近的距離，另一隻手覆上自己的唇。

「妳到底……妳從剛剛開始就在胡言亂語些什麼？」陶堇怒目對視，情緒難得有些波動，「妳在玩我？」

「不，是跟妳談一筆交易。」秦如初挺直身子，看上去仍然游刃有餘、從容不迫，「一筆能解決妳所有問題的交易。」

陶堇警戒地看著她，秦如初低眸，瞅著陶堇下意識輕舔唇上被咬出瘀紅地方的舌，體內流竄細微的騷動。

秦如初不著痕跡地輕吁口氣，壓下衝動，轉身拿了另一件浴袍遞給陶堇，「洗完澡再說。」

陶堇看了她一眼，拿過浴袍直走進浴室，臉色鐵青，一語不發。

見陶堇進了浴室，秦如初便躺到床上閉目養神，然而一門之隔的陶堇就無法那麼放鬆了。

什麼意思？秦如初是什麼意思？

陶堇一向冷靜分析事情的腦袋有些發熱，一時間有些轉不過來。她知道秦如初喜歡同性，方得知時也是有一點訝異，但很快地便覺得沒什麼了。

可這不代表她可以接受秦如初對她釋出的好感……不，是侵略，很濃、很危險的氣息。

偏偏，秦如初那雙眼眸裡帶著一絲溫柔，讓陶堇摸不著頭緒。

再想不明白，方才在花園裡陶堇也淋了些雨，還是得先洗澡再說。她轉開水龍頭，熱水灑下，洗淨一身疲倦。

秦如初睡了一輪，睜開眼時，陶堇仍在浴室裡。秦如初坐起身，走向浴室門口朝裡頭喊：「陶董？妳還好嗎？」

匡啷。

聽見浴室裡頭傳來的碰撞聲，秦如初顧不得隱私立刻推門進入，竟見到陶董身穿浴袍跌坐在溼漉漉的浴室地板上，吃痛地小臉皺起。

「妳這是？」秦如初彎腰拉起陶董，「滑倒？」

陶董瞪她一眼，「是妳突然出聲嚇到我的。」

秦如初沒忍住地噗哧一聲，放軟語氣：「好好，我不對，出來擦乾。」便將人強拉出了浴室，放開手解開自己的浴袍。

「妳幹麼？」

秦如初揚眸掃她一眼，淡淡道：「妳的溼了，穿我的。」自然地拉開浴袍，再優雅地脫下。

驚愕的目光下，是毫無贅肉、線條優美的胴體，坦蕩蕩地展露在自己眼前。秦如初走向自己的提包，從裡頭拿出一件休閒白襯衫往身上套。

她的眼眸深沉，眉梢含媚，透出一絲風情。隨著釦子一顆一顆地扣上，掩住了略有線條的腰腹，精實得恰到好處，迷人風雅。視線上移，飽滿的雪乳形狀漂亮，乳尖似接觸冷空氣而挺立著，看上去彷彿誘人嘗上一口。

襯衫勉強蓋到大腿根部，襯托出秦如初此刻的閒適，隨意散著的髮更添幾分慵懶。

「看什麼？」當秦如初冷然的嗓音落下時，陶董這才回過神來轉過身，跟著解開溼透的浴袍脫到地上。

順著浴袍滑下，優美的背脊展露無疑。臀瓣意外翹挺，透出一股年輕的致命吸引力，要比熟女更青澀稚嫩，卻又比少女更成熟嫵媚，正值最好的年華。

陶堇平常衣著樸素，脫下後，才真正讓人驚豔，難以不爲之著迷。

一道炙熱燙人的視線落在後背，陶堇不可能沒有感覺到，卻有些不以爲然。與秦如初一比之下，她黯然失色。

同爲女人，已經不是忌妒的問題，而是望塵莫及，她倆簡直是雲泥之別，只讓人感到無力。秦如初太完美了，完美得無懈可擊。

這樣的她，爲何需要委身嫁給Z飯店的董事長兒子，陶堇不懂……這不是麻雀躍上枝頭，而是鳳凰低身棲枝。

打好腰間的結，鼻尖縈繞秦如初身上的淡香。忽地，那淡香馥郁濃厚，從後而來，將她困住。

「陶堇。」

僅是一聲輕喚，竟激了一身哆嗦，如電流流竄全身。

陶堇沒回頭，怕這一回頭了，便會墜入深淵之中。

「我可以處理妳的哥哥、打點妳的母親，改善妳家裡的情況，我能提供的不只是金援，還有人脈，妳生活中的所有障礙，基本上現在的我都可以解決。」

陶堇身子一震。

「……妳要什麼？」

秦如初終於耐不住將陶堇推到床上，跨坐到她的大腿上，拉過她的手往自己腿間摸去——

「操我，現在。」

「……我沒有碰過女人。」

這是陶堇意識到此時狀況時，唯一想到的一句。明明有千言萬語，可當秦如初的輕笑聲拂過耳際時，喉頭發出的卻是陌生的呻吟。

「耳朵很敏感嗎?」

陶菫偏頭躲開，「……沒有。」溼熱的軟舌追逐過來，纏上柔軟的耳根子輕吮，激起一身雞皮疙瘩，酥麻陣陣，紅了耳根子。

秦如初的眼眸暗熱，眼微瞇，鼻尖縈繞屬於陶菫的木質香，很淡，很舒服。脣貼上白皙側頸，柔身一抖，秦如初揚脣，舌傾幾吋，貼上微涼的肌膚，順著優美的線條自耳下親吻而下。

「嗯……」

呻吟自脣角溢出，手欲拉開距離，卻不小心碰到秦如初柔軟的胸前，手一顫，抽回的手立刻被抓住。

「不好摸?」秦如初湊近陶菫耳邊低問，邊解開自己襯衫的上方幾顆鈕釦，拉過她的手探進衣領。

很軟。

很……好摸。

自己不是沒有，可這是陶菫第一次摸其他女人的胸部，竟讓她感到一絲陌生，下意識地輕捏了下，盤在腰間的雙腿夾緊了些。

「大力一些啊。」細吻流連在線條分明的鎖骨，語氣挑起，猶如挑釁。「妳也是女人，應該知道……哪裡很舒服才是。」

陶菫腦海閃過一瞬空白。

與郭向維的性愛最後都以疼痛結束，或許有感到舒服的，可是疼痛大過於舒服，且郭向維看上去總是那樣奮力。

秦如初不一樣，她看起來……很放鬆，很游刃有餘。

肩膀向後推，順著往後躺，雙雙倒臥在柔軟的純白床褥上。

「陶堇。」

一雙暗湧的眼眸自上而下凝視自己，那目光燙人，拂過她身體的每一吋，只是被如此注視著，陶堇竟感到渾身燥熱。

怎麼回事？

與女人的性愛對陶堇而言是初次，是從未想過的事，可她卻一點也不討厭……

來不及細想自己是怎麼了，那忽然跨坐在腹部上壓制她的秦如初，在那一瞬間奪走了她的呼吸。

很美。

秦如初將身上白襯衫的鈕釦全數解開，隨意敞開。飽滿的雪乳展露在陶堇眼前，接觸空氣挺立的乳尖如粒果實，誘人嘗上一口。

「唔。」喉頭發出單音節，在秦如初搖擺起腰時。毫無贅肉的腰肢前後搖擺著，正在自己的腹部上磨蹭，蹭得陶堇下腹一股熱流汩汩而出。

這女人……

平日精明幹練，面無表情地忙於工作，一絲不苟，竟能有如此風情……

手摸上那不安分的腰，秦如初勾脣一笑，低下身在陶堇耳邊說道：「被我蹭溼了？」

咬了咬牙，陶堇挺起身，將秦如初按在身下。雙手撐在秦如初兩側，瞇了瞇眼。

怎麼可以慌張的只有她？

秦如初好整以暇地仰望陶堇，瞧那張清秀的面容正在虛張聲勢，彎彎脣。

「……為什麼是我？」

秦如初一頓，抬手摸上陶堇的臉頰，目光深沉卻柔軟，「只能是妳，陶堇。」

陶堇茫然，可當冷風鑽進浴袍時，她才回過神，意識到自己的浴袍被秦如初很快地拉開了。長髮自然垂下，幾綹髮絲落於白皙的肌膚上，在秦如初的眼底緩慢加溫。

「妳——嗯！啊……嗯……」

秦如初仰頭，張口含住眼前雪乳上的乳粒，脣舌舔玩，另邊兩指夾弄，惹得陶堇呼吸開始不穩，急促而柔軟。

郭向維沒這麼對待過她。

印象中，男人的前戲總是急躁，剛感覺到些什麼，已被脫下褲子，兩人全裸相對。

她沒有被這麼挑逗過，竟全身酥軟難耐。

「陶堇、陶堇……」秦如初的嗓音拂過耳際，搔得她有些癢。或許是摻了點情欲，聽上去竟多幾分沙啞。

秦如初伸手擁她入懷，收緊擁抱，柔身相貼，滾燙炙熱。

順著擁抱陶堇低下身，靠在秦如初的頸窩，屬於秦如初的淡香包裹自己。那擁抱的感覺，與郭向維完全不同。

郭向維……那個說著喜歡她的郭向維……

鎖骨感覺到溼潤，秦如初愣了下，連忙拉開彼此的距離，那掛著兩行清淚的清麗面容，扯了下秦如初的胸口。

「妳怎麼了？」

陶堇只是安靜地看著秦如初，眼淚滴滴答答地落下。指腹接了眼角的淚水，輕輕抹去，秦如初嗓音放軟，輕道：「如果我讓妳覺得不舒服，我會停，我不會勉強妳。」

「妳想要我是因爲喜歡我嗎?」

秦如初微愣。

陶堇露出笑容,眼淚未停,「我就只喜歡郭向維,他是我第一個喜歡的人,直到現在,我仍覺得他就是我最後一個喜歡的人,可他早就不愛我了……」

陶堇的笑容讓她看得很難過。

秦如初的目光淡了幾分,翻過身,便輕易地將陶堇壓在身下。她順著陶堇的髮,不急於出聲安慰,而是低頭親吻她的眼淚,再親了口臉頰。

「我……」陶堇閉上眼,想的都是那五年,有郭向維的日子。「不會再愛上任何人的,對不起。」

等了會,陶堇沒等到秦如初的離開,因此張開眼,不禁一愣。

秦如初在注視著她,雙眼平靜無波,神情未有絲毫動搖。

「我也不會喜歡妳的,陶堇。」秦如初目光溫柔,溫聲道:「妳也別喜歡我,好嗎?」

陶堇怔怔地看著她,找不出一絲虛僞。

——秦如初是眞的這麼想。

「……妳到底要什麼?」陶堇啞著嗓,「妳想從我身上得到什麼?」

秦如初張腿坐到了她的腹部上,徐緩地脫下自己的襯衫扔至一旁,身上只著一件輕薄的內褲,隱約能在褲底見到水漬。

——那是她動欲的象徵。

秦如初低下身,直視陶堇哭過後溼潤的雙眼;看進秦如初眼中,陶堇彷彿見到一片海。

「當我情婦吧。」

然後,絕對不要,原諒我。

❄

陶董沒想過有一天會成為別人的情婦，對方還是個女人。

這個女人，甚至是秦如初。

——她的上司。

陶董能想像伴侶不是郭向維，可在此之前，她壓根兒沒想過自己有天會在女人身下承歡。

甚至，她是願意的，縱然是筆交易。

陶董一直覺得性愛無法分離，沒有喜歡到一種程度，她無法對誰寬衣解帶，可為什麼郭向維可以呢？

郭向維可以的，她是不是也可以去試試看？陶董沒想過在郭向維之後，能再與誰如此親密，然而身上的女人，卻一次又一次改變自己的想法。

修長的手指挑開浴袍領子，探進，微涼的指尖摸上肩下白嫩肌膚，如根羽毛輕輕搔過皮膚，引起陣陣酥麻。

秦如初低垂的眸子是片幽暗的夜空，隱約見著星火，又明又滅。

低下頭，略薄而柔軟的唇貼上脖頸，溫熱的吐息如團炙焰，體溫升高，令陶董焦躁難耐，下意識偏頭想躲，唇又追逐過來，含住耳朵，細細吮咬。

「等會，我也會這麼舔妳。」舌尖捲起耳珠玩弄，又順著耳廓由上至下輕舔，「扳開妳的雙腿，拉下內褲，這樣舔。」

陶董夾緊雙腿，秦如初擠入雙腿之間，讓腿盤上她的腰。秦如初朝陶董勾唇一笑，那一笑，看得陶堇有些失神。

失神的片刻，一陣刺痛感拉回她的注意力。往下一看，秦如初竟咬了下她的乳尖。

「妳不專心。」

陶堇還來不及反應，隨即另一股奇異的感覺占據她的感官。秦如初含住雪乳上挺立的乳尖，彷彿是個誘人嘗上一口的鮮嫩果實，唇舌挑弄下，陶堇只覺得很癢、很陌生……但很舒服。呼吸逐漸不穩，偶爾自唇角溢出幾聲呻吟，入了秦如初的耳裡，無疑是種鼓舞。

看起來是秦大副總壓著陶堇，可事實上，是她在取悅陶堇。

忽地，秦如初的腹部被蹭了下，她停下，瞅了眼陶堇，眼波水光粼粼，雙頰泛紅，眼裡卻仍透著倔強。

秦如初彎彎唇，手在毫無贅肉的腰側上下輕撫，低道：「受不了這種挑逗了?」

陶堇瞇了瞇眼，別過頭，短而急促的呼吸卻令這事實昭然若揭。秦如初不疾不徐地挺直背脊，忽地扳開了陶堇的雙腿，陶堇猛然看向她，欲收起腿卻讓秦如初占了優勢，在秦如初的眼底呈現M字型。

秦如初抓著她的小腿，側頭親吻上去，陶堇赧然，不住掙扎著，秦如初瞅她一眼，輕道：「看我怎麼上妳的，不好嗎?不是說沒碰過女人?」

——流氓!

陶堇咬緊下唇，清麗的面容浮上淡淡紅暈與夾著被調戲的惱色，見此，秦如初目光放柔了些，一路親至大腿內側，語氣柔軟得似是安撫，「妳知道，妳很美嗎?」

那幽深的眼神，一對上，便讓陶堇不自覺軟下，全身放鬆。

放下雙腿，秦如初低頭，埋進陶堇的雙腿之間，手繞過大腿下方，按住腰，免得陶堇跑了。沒被如此對待過，陶菫扭著身，下一秒，腰卻不自覺拱起。

始終不肯鬆口的呻吟，也陣陣溢出。

秦如初的脣，貼上了她的褲底，那熱液汩汩流下的芳處，藏在衣褲之下，誘人一探究竟。秦如初強壓直接拉下內褲一嘗芳澤的衝動，脣先隔著褲底輕貼而上，舌尖隨即隔著輕薄的布料抵上腫脹而溼潤的肉粒。

難耐的快感如電流迅速竄過全身，又如海潮一般湧上，淹沒了自己。就算是陶菫，這一刻也被挑得再禁不住，甜膩的呻吟陣陣，悅耳而迷人。

秦如初的脣與舌如此輕柔，不疾不徐、時重時輕，陶菫清楚感覺到下腹的燥熱，漸漸沾溼了褲底。

陶菫搖擺起了腰，迎合秦如初的脣舌，以及手指若有似無的掃過，這些，終讓陶菫失守。

秦如初彎彎脣角，「溼了嗎？」抬眼一瞧，胸口被扯了下。

「嗯。」陶菫眼眶溼潤，低下手，摸上秦如初的後髮，「舔我。」又這麼張開自己的雙腿，拉開褲縫，讓那溼得一塌糊塗的芳處毫無保留地展露在秦如初眼前。

秦如初動手拉下陶菫的內褲，放至一旁，急迫地再次低頭湊近。

「啊！嗯、嗯……哈啊……」

陶菫閉眼承歡，接受秦如初所給予的，陌生卻又極致的快感。郭向維不曾這麼低頭取悅過她，她倒是會在做足心理準備後拉下男人褲頭，摸上那滾燙的肉刃，忍著鐵鏽與腥味吞吐陽物。

「菫。」

陶菫睜開眼，目光迷濛，不確定是自己聽錯了，還是秦如初真的只喚自己的單名？

「『妳的』……」秦如初舔了下自己的脣角，紅脣鮮豔，眉梢含媚，「非常好吃。」

「妳……」

剩下的抗議，全成了破碎的呻吟。脣舌順著熱液在芳處上下滑動，舔舐不止，將快感一波波堆疊而上。

陶菫全身發軟，毫無抵抗之力，身體竟是歡迎著陌生的同性性愛，這讓陶菫感到不敢置信，卻又如此自然地接受。

感覺到壓著後髮的手加了幾分力道，秦如初微微一笑，雖然很想親眼看看陶菫失神的模樣，但眼下有更重要、也更吸引她的事必須先做。

同為女人，對於彼此的身體構造更是熟悉，如何舔、如何摸，秦如初是知道的，但一想到這是陶菫的初次，她的心底便湧上難以言喻的感覺。

秦如初知道，這就是一場滿足她私欲的交易，可她還是希望，日後陶菫回想起來，是開心的、美好的，那就好了。

思及此，秦如初含住腫脹的肉粒，深深一吸。

陶菫全身緊繃，是前所未有的刺激，讓她直接驚呼尖叫，舌尖的挑弄不再緩慢磨人，而是又急又快，卻不曾弄疼她。

多一些、再多一點……

舌尖將她推到最高的浪尖上，再往下墜。陶菫閉上眼，直墜深海。身體有些沉，呼吸粗重，起伏不定地在一下又一下的拍撫下漸漸平緩。

眼皮沉重得彷彿隨時都能睡去，可她不敢睡，直到那一聲低喚入耳，她才睡下。

「辛苦了，晚安……菫。」

❄

陶董做了一個夢。

夢裡的她站在紅毯上一端，手裡拿著捧花，四周是她沒有見過的人，全向她鼓掌喝采，可她聽不見他們的聲音。在這陌生的酒店裡，陶董明明不想走，卻似乎有一股力量拉著她往前走。

於是，陶董踩著令她腳疼的高跟鞋，一步、一步慢慢往前走。

另一端，一位西裝筆挺的男人背對著她，陶董下意識地抗拒與排斥，卻身不由己，只能往前走，走到那個男人身旁。

站定在男人旁邊時，他側過頭，竟是一張陌生至極的俊容，不是郭向維，也不是任何一個她見過的人。男人溫文儒雅，一身白淨，可陶董一點也不愛他，甚至不知道他是誰。

「陶董。」

這是陶董在夢中，唯一聽得見的聲音。她猛然看向聲源，是身穿白紗的秦如初朝她走來，站定在她身前。

陶董怔怔地看著她，看著站在紅毯外的秦如初。想說些什麼，卻發現自己發不出聲音。

忽地，秦如初蹲下身，摸上陶董的高跟鞋。陶董便扶著她，讓她脫下自己的高跟鞋放至一旁。

秦如初收回身子，站起來，伸出手拿走了陶董手上的捧花。

陶董不明白地看著秦如初的笑容，不知爲何，那樣的笑容看上去有些不真實。

拿著捧花的秦如初，擠到陶董與新郎中間，陶董站到了紅毯外，忽然從新娘成了賓客。

而新娘，變成了秦如初。

秦如初不發一語，只是看著陶董，深深地凝視。那眼神，彷彿是希望陶董帶她走。

於是，陶菫上前，可才剛踏出一步，四周竟轉爲一片黑暗，她墜入了深淵……

陶菫猛地睜開眼，眼前是一片陰影。

挪開手，光線刺入眼裡，令陶菫不適地瞇起眼。那隻手再次覆在眼前，遮了大半的光，伴著一聲熟悉的低喚，陶菫才有了回到現實的眞實感。

「陶菫，醒了嗎？要再睡一下嗎？」

陶菫揉揉眼睛，伸懶腰時感覺到後腰上有股涼意，往下一摸，摸到了乳狀液體。

「那是舒緩膏。」秦如初正坐在一旁低頭看平板，頭也不抬地說：「這樣腰才不會痠。」

陶菫看著自己的手凝視幾秒，輕輕嗯了聲，低頭一看，身上已不是昨晚那件浴袍，是件材質舒適柔軟的大尺寸棉T，包括內褲也是。意外的是，私處還無黏膩感，令陶菫有些茫然，不禁懷疑起昨晚的眞實性。

「妳的衣服都在洗衣機。」秦如初放下平板，側過身，單手支著頭，「身上這些都我帶來的。」

「……妳是多帶還是？」

「預謀。」

「……」這人果然是有意爲之吧！從秦如初從容不迫的態度來看，這些似乎不是意外，也不是巧合，都在秦如初的意料之中，所以才能備品齊全。

瞧陶菫糾結的小臉，秦如初輕笑，陶菫這才發現她身上仍是昨晚那件白襯衫，只是多了幾處皺痕。

順著陶菫的目光往下一看，秦如初眼底泛起一絲笑意，「妳在欣賞自己抓出來的痕跡？」陶菫瞬間漲紅了臉，翻身就想下床，卻被秦如初從後一把撈住。

「開玩笑的，妳身上是我帶來的衣服跟內褲。」秦如初抱著她，輕道：「的確是有想過夜，再深入些的，是遲早都會發生的意外。」

「什麼意思？」

陶菫在秦如初的懷中翻過身，直面對她。

這意思是，兩人演變成這種關係，不是秦如初一時的衝動？

「意思是，遲早會這樣。」秦如初嗓音慵懶，泰然自若地閉上眼，「至於爲什麼？就是沒爲什麼——眞要說，可能是妳的個性很適合當情婦吧。」

話落，腰肉隨卽被擰了一把，秦如初疼得睜開眼，又危險地瞇起眼，「妳敢捏我？」

「怎麼不敢？」陶菫忿忿地說：「妳敢耍流氓，我怎麼不敢掐妳了？不過……」陶菫沒有再說下去，翻身下床走進浴室。

有些地方，倒也不是眞的流氓。

例如，乾爽的私處，定是用溼毛巾細細擦過一遍，再用另條毛巾擦乾；腰上的涼膏，也是顧到被折騰會腰痠所以先抹上了，連陶菫自己也常忘記的乾唇，也被秦如初抹上薄薄一層凡士林，這些，都證明秦如初沒把人給上了就拍拍屁股不管，是悉心照料過後她才跟著睡下的。

熱水灑下，陶菫有些失神。

每次與郭向維歡愛後，總是裸著醒來，對方也是。有時一起醒，便會一起沖個晨浴，更多時候，是她先醒來，沖淨身體，再回床上抱著郭向維睡回籠覺。

關上水龍頭，陶菫輕吁口氣，說是一時情緒低落也好、一時意氣用事也好，她都跟秦如初上床了。

不過，秦如初並沒有做到最後，這讓陶菫有些不明白。

在陶菫走進浴室後，秦如初再次拿起平板，專心在此之上，直到房內電話響起，這才打斷了秦如初的思緒。

「喂？」

「您好，這邊是櫃檯。有一位郭先生說要找您——」

「請告訴他。」秦如初的神情冷淡，望向浴室，「再也不要出現在我的面前，若他不肯走，打電話報警就是了。」

「好的。」

櫃檯掛上電話，將秦如初的話一字不漏地轉告郭向維，郭向維愈聽臉色愈鐵青。當初就不該全讓陶菫去處理，不然他現在就可以直接上樓了。

「我知道了。」郭向維再不情願也只能悻悻然地轉身離開，走出飯店後撥了通電話給陶菫。

這時的陶菫剛走出浴室，聽見手機震動，才剛伸手摸向床，忽然一股力量將她壓制住。

陶菫瞪著身上的女人，皺眉道：「秦如初！妳幹什麼？」

「郭向維的電話，不要接。」

逆光的面容幽暗不清，那暗熱的眼神攫住自己，她並未被箝制住雙手，可陶菫仍被這壓迫感震懾，動彈不得。

陶菫不甘就這麼被秦如初控制，她穩住心神，無懼地抬眼迎上秦如初。

「憑什麼？」

秦如初笑了，這一笑，眼眸深處恰似星火在閃爍。

「好，妳接。」秦如初抽出一旁浴袍上的綁帶，在陶菫反應過來前，舉高雙手俐落地在手腕處打個結。

陶菫瞪大眼，不敢置信地看著秦如初，然而咒罵的話語在秦如初按下通話鍵後，硬生生嚥下。

「陶菫，是我。」

手機遞到了耳邊，而另一邊的耳朵，卻被溼熱的唇舌纏上……

妳混帳。

從陶菫彷彿迸裂火光的雙眼，秦如初讀出這麼三個字，心情愉悅。

「嗯哼，總比僞君子好得多。」秦如初壓著嗓，用著氣音呢喃道：「眞混帳的話，我現在就搶過電話了。」

——難道妳以爲讓我一邊接電話一邊被上有比較高尚！

陶菫瞪向頭頂上彷彿多了兩個灰狼耳朵的秦如初，然而這貪饞的狼不過伸舌輕輕一舔，陶菫便渾身起了雞皮疙瘩。

「謝謝妳願意接我電話。那天妳走得太急，我沒能好好跟妳解釋，這兩天是假日，我們好好談談，好嗎?」

秦如初輕笑一聲，湊在脖頸的鼻息引起陣陣雞皮疙瘩，陶菫扭動身子，無奈雙手被綁住，怎麼也逃不了。

「我覺得，我們沒什麼好談了，郭向、維。」才剛喚前任名字，肩上隨卽被咬了一口，含住輕吮，又酥又麻。陶菫咬著下唇，瞪著秦如初。

然而不知道是不是陶菫的錯覺，秦如初的眼神似乎更炙熱滾燙，眼眸暗熱。

「陶菫，我現在就在飯店樓下，妳下來跟我談談，或是讓我上去，行嗎?先見個面再說。」

若是陶菫獨自一人在這，或許會被孤獨感侵蝕，就這麼恍恍惚惚地答應。然而她不只不是孤身一人，還有另個女人正吻遍她身體四處。

「你可以去找她啊。」

陶菫的聲音微顫，讓郭向維誤以爲是她仍在情緒上，滔滔不絕地說了許多，就爲求得一個見面的機會。可郭向維不知道的是，電話另一頭的安靜，是正壓抑著呻吟。

細吻流連在鎖骨，撩起上衣，低頭親吻平坦的腹部，舔過腰側，另一隻手滑進T恤下襬，摸上胸前柔軟的雪乳，在指腹的揉弄下，乳尖挺立。

呼吸逐漸不穩，陶菫仍佯裝平靜，努力讓發熱的腦袋整理思緒，慢條斯理地回覆：「你……嗯，既然有了一次，肯定會有……第二次，眞的算了，郭向維。」

簡單一句話，竟說得如此辛苦。陶菫的呼吸短而急促，身體燥熱，彷彿是記起昨晚的歡愛，手撫之處輕易地引起她陣陣顫慄，酥麻泛起，全身無一處不感到舒爽。

「不，不會有下次了，陶菫，我封鎖了經理，也寫好了辭呈，我會徹底讓她消失在我的世界。妳要相信我！我是一時被勾引忍不住，所以才——」

後面郭向維說些什麼，隱隱約約從話筒傳來，陶菫再無多餘心力注意——在她雙腿被舉高，對著秦如初露出底褲時，險些叫出聲。

「妳幹什麼！」陶菫用著氣音質問：「妳不要臉，我要！」

秦如初分開她的雙腿，擠入其中，低下頭隔著衣服含住乳尖，輕輕舔弄，看了眼陶菫一邊道：「我要幹什麼？幹妳啊。而且，妳現在是穿著我的內褲被我上，知道嗎？」

陶菫雙眼圓睜，下腹一熱，熱液自芳處汩汩流出。秦如初彎彎脣角，低道：「妳現在是用溼我的內褲了？」

「妳夠了……」要不是雙手被綁著，她肯定一掌拍過去。

陶菫看了眼不遠處落在床鋪上的手機，郭向維似乎正急聲喊她，秦如初順著她的視線跟著望去，壓壓唇角，解開了陶堇雙手的束縛。陶堇瞅她一眼，秦如初以眼神示意她接電話，陶堇也無多想便接起電話：「嗯？」

郭向維頓了下，聲音低了幾分，「所以，妳願意見我了？」

「我——砰！」

陶堇忽地被一股力量橫腰從旁撈起，下一秒，她被壓到了梳妝檯上，正對鏡子。

鏡中，映著衣衫不整、臉色潮紅的陶堇，以及貼在後背扣住她的腰不讓她走的秦如初。

秦如初看了眼鏡中的陶堇，以及她始終未切斷的手機，眉梢輕抬，忽然蹲下身，分開了陶堇的雙腿。

「那是什麼聲音？陶堇，妳還好嗎？不管了，妳讓我上去！」

郭向維不耐煩的吼聲，在桌下的秦如初聽得一清二楚，唇也跟著貼上大腿內側，自下而上，吻向大腿根部。溫熱的吐息一灑在底褲上，陶堇便有些腿軟，用手撐著木桌，咬著下唇，不經意看向鏡子，迅速別開。

鏡中的自己，太陌生了。那眼神含媚，任誰看了都忍不住春心蕩漾，狠狠蹂躪。

舌一碰上底褲，陶堇立刻拿遠手機，低低呻吟幾聲。欲夾緊雙腿，卻被秦如初給扳開。

身體還記得昨晚的瘋狂，記得那溫熱唇舌舔過的每一處，都讓她爲之痴狂，沉淪其中，那忍不住前後搖擺的腰，正在迎合著。

陶堇深吸口氣，重新將手機貼著耳朵，道：「我不需要你了，郭向維。」這才摁掉電話，甜膩的呻吟溢出唇角。

一隻手扶上陶堇的腰，讓全身重量頓時有了依靠，軟綿綿地靠在秦如初胸口，就是瞪了一眼，也如羽毛掃過，說是威嚇，不如說是挑逗。

而秦如初自然當作是後者。

「坐上去。」腰一抬，陶菫坐到了梳妝檯上，這才發現對面的牆也是一片鏡子，作爲穿衣鏡之用，此時，清楚反射她在女人身下承歡的嫵媚。

拉過椅子，秦如初道：「腳放上去。」隨即扳開了陶菫的雙腿，泛著水光的私處一覽無遺。陶菫漲紅了臉，欲夾緊雙腿阻止這羞人的模樣，可秦如初的動作更快，手先一步摸上溼潤的芳處。

「這裡好溼呢，陶菫。」

秦如初正看著對面鏡中的陶菫，指揉蓮蕊，不輕不重、不疾不徐，陶菫抓著秦如初的肩膀，搖著腰，木桌跟著發出了吱嘎聲。

秦如初的眼神深了幾分，含住陶菫的耳朵低問：「妳一直都這麼色嗎？」

陶菫瞇了瞇眼，神情迷亂，拉過秦如初的另一隻手，看著鏡子，張開秦如初的手指，伸舌一舔。

「我給妳操。」

陶菫看了秦如初一眼。

那一眼，讓秦如初直接壓上她，扣住她的腰，兩指順著熱液伸進蓮穴，直至深處。

「陶菫，如果把妳操到哭，我會負責的。」

陶菫彎彎脣，抱住秦如初的脖頸，扭了扭腰，「希望不是妳先手痠，副總。」

秦如初的眼神深了幾分，指腹貼上肉壁，輕輕一磨。

「啊！嗯、嗯……哈啊……這、嗯……」

陶菫下腹一縮，是從未感受到的強烈快感，很脹、很滿。

聽著耳邊失序的呻吟與喘息，秦如初輕輕說道：「希望如此，陶菫。」

第七章

陶菫後悔了，後悔挑釁一隻餓上許久貪饞的狼。

在做完三次，陶菫以爲能稍稍停歇時，秦如初竟撲了過來咬住她脖子，頗有再來一次的氣勢，令陶菫終於忍不住說：「妳還要？」

秦如初舔了下嘴角，眼睛明亮亮的，毫無倦色，「是還沒飽沒錯。」

「……靠。」

秦如初噗哧一聲，見著陶菫背對她滾到床的另一邊，蜷起身子抱住棉被，眼神放柔，手伸向前從後抱住陶菫。

等了會，見秦如初特別安分沒做些什麼，陶菫略抬頭，枕在秦如初的手臂上，身體鬆下，向後窩在秦如初的懷裡。

一時之間，陶菫竟有種認識這人許久的錯覺。

「妳有沒有想去哪？」秦如初問。

「被妳折騰成這樣，妳覺得我可以去哪？」

嗅出字句間的怨懟，秦如初彎彎脣角，「這不是讓妳休息了？況且，妳躺著就行了。」

「那還眞謝謝妳讓我躺著喔。」陶菫向後白了某隻灰狼一眼，那無辜的表情完全看不出來剛剛還把人壓在窗上操了一遍，弄得她腰疼。

陶菫很想掐死她，可偏偏那秦如初一臉溫恭良謙，彷彿慵懶搖著尾巴的灰狼，讓人生氣不起來。

「不舒服嗎？」秦如初靠在她肩膀上，語帶笑意，「妳叫那麼大聲應該不至於不舒服啊。」

「……妳煩死了。」

收緊擁抱按住掙扎的陶菫，秦如初收起玩笑，略低沉的嗓音輕道：「認眞的，想去哪？」

想去的地方，自然是有的，可是……在陶菫的想像中，從來沒有秦如初。那麼秦如初呢？早就這麼想了嗎？

「妳什麼時候就開始有這打算了？」

肉體的交合，從不等於心靈的契合；同樣的，相處融洽也並不等同性事和諧，少了其中之一，便索然無味。

「想上妳嗎？妳穿婚紗那次吧。」秦如初老實地說：「平常太樸素了，沒想過妳會有那種樣子。」

明明是被誇讚了，可陶菫爲什麼還是想揍人呢？

「彼此彼此，公司裡令人聞風喪膽的秦副總，私底下這麼流氓，眞是讓人意外。」

鮮少被人這般挑釁的秦如初彎彎脣角，不置一詞，又聽到陶菫問：「妳那時候爲什麼要彈琴？」

「現在是拷問時間嗎？」秦如初閉上眼，嗅著鼻尖縈繞的淡香莫名地感到心安，低道：「這樣吧，我們輪流回答好了，我就當這是第一個問題——因爲來這找妳，找不到人，我就隨意逛著，剛好看到鋼琴就彈了一下。」

居然就這樣擅自主張當第一個問題？陶菫還來不及抗議，秦如初便說：「到我們公司後，有後悔從前公司離職嗎？」

陶菫一愣。

「有嗎？」

陶董暗下眼眸，微微搖頭，「沒有，這裡好太多了。那麼，直到現在，此時此刻，妳依然沒有後悔嫁一個自己不愛的人？」

「不能後悔。」

秦如初答得極快，毫不遲疑，可這回答卻耐人尋味。

不是「有沒有」的問題，是「不能」。

「在做決定的當下，我便知道不能回頭；既然我做選擇了，那麼只能繼續往前走。」

「即便妳因爲這樣離開摯愛？」

秦如初一頓，扯了下脣角，「我都還沒問妳，急什麼呢？」就這麼輕巧地避開了問題，改道：「我先問，妳……知道徐俊安是誰吧？」

許久未聽見這個名字，讓陶董有些訝異，「知道，他是我之前的上司，那妳怎麼知道？」

「陶董啊，妳是想要我回答哪個呢？是關於前任，還是徐俊安？」

陶董默了下，道：「看妳願意答哪個。」

望著窗外的藍天，陶董心裡湧上一絲難以言喻的情緒。她一直都不是會追根究柢的人，也鮮少好奇過別人的私事，但對秦如初，她卻有許多問題想問，彷彿非得清楚全貌才肯罷休。

這不像自己的作風，也不是自己該有的心思。

「不管答了哪個，都算是兩個都回答到了。」秦如初的話語如風，拂過心坎，颳起一陣風，一片凌亂。「婚姻是筆交易，跟妳的關係也是，兩者的差別在於——後者，我心甘情願。」

陶董一顫。

「真正愛我的人，以及我真的喜歡的人，不可能可以接受這種處在陰暗的關係，但我無力改變，且必須這麼做。」

隨著秦如初的話，陶菫想到這兩天她倆踰越上司與下屬、急遽拉近的關係，得出一個合理的推測：「這就是妳不吻我的原因吧。」

自陶菫口中說出的，不是疑問句，是直述句。秦如初是有些訝異，但一想到是陶菫便不太意外，坦然道：「是，畢竟，我覺得接吻還是要跟自己喜歡的人。」

撫摸其他地方是挑逗，張開大腿是取悅，然而脣與吻——是喜歡。

歡愛幾次，就算是情動之時，秦如初再激動也不會吻她，脣頂多落於嘴角。一開始陶菫以爲是她多心，此刻，印證了答案。

「不過，這倒是別人給我的想法。」秦如初話鋒一轉，轉到了自己身上，那久遠的過去，「是我前任想親我前說的。」

後來，秦如初就這麼吻上了徐凌，兩人走在一塊，手牽著手，過上一段特別單純又質樸的時光。

「妳沒有很喜歡妳前任吧。」

陶菫話一落，在腰間的手倏然一緊。

「或者說是，她愛妳比較多。」陶菫閉上眼，嗓音多了幾分苦澀，「就如同我喜歡郭向維比較多一樣。」

陶菫的初吻，是她主動掙來的，是她拋開所有的不安，鼓足勇氣吻上去的。

秦如初輕輕一嘆，既沒有承認，也沒有否認。

「挺好的，我們都有自己放不下的人，就不會喜歡上對方了。」陶菫爲這關係下了注解：「無論傷心或是快樂，都無須爲對方負責，多麼輕鬆又無負擔的關係……」

眼前大片陰影落下，陶菫隨即睜開眼，見秦如初翻個身，雙手撐在她身側，自上而下看著她，彎彎唇角，眼底卻毫無笑意。

——我們只要上床，只要在彼此感到寂寞時擁抱對方，其他的，不能再多了。

陶董從她眼中，讀出這句。

「既然，妳沒有想去哪，那麼我們就去泡浴室的浴池好了。」

雙手環上秦如初的脖頸，陶董揚唇一笑，「只有泡湯？」

秦如初笑道：「跟我進來不就知道了？還是，妳期待些什麼？」

「壓上來的可不是我……」

「我也不是說說就算了的人。」秦如初低下身，湊在陶董耳邊低道：「我想在浴池邊上妳。」

陶董不答，只是張開雙腿，盤上了秦如初的腰。

過去那些不會對郭向維做過的，陶董拚命地、努力地對著另外一個人做著，似是彌補過去委屈壓抑的自己，又彷若抱住了救命浮木那般，不肯鬆手。

當自己不再是自己的模樣，是不是就不會被拋棄了呢……

撐直雙手，低頭一看，秦如初眼底劃過一絲不易察覺的情緒。

「陶董。」染上一絲情欲的嗓音低啞，彷彿能蠱惑人心那般，「陶董啊……」

秦如初的手摸上陶董的臉頰，激起她一身雞皮疙瘩。陶董抬眼望著身上的秦如初，望進她的眼底，幽深如海。

「穿上衣服，我帶妳出去。」

話落，秦如初隨即收回手。她下床，走向浴室，「我沖一下就出來，妳先換衣服。」

秦如初留陶董在床上，逕自走向浴室。陶董有些反應不過來，直到浴室門輕巧地關上時，陶董才坐起身，呆坐在那。

不過一眨眼，大野狼便收起尾巴與耳朵，安安分分的是怎麼了？陶堇想不明白，索性不想了，跟著下了床悠閒地穿起外出服，邊聽著浴室裡頭傳來的水聲。

門後的秦如初，正站在鏡前，凝視鏡子中的自己。她的背上有數條紅痕，是被指甲給刮出來的，始作俑者想當然是陶堇。

「妳到底想要什麼？」

方玟曾這麼質問過秦如初，咬著牙，心有不甘地說：「我看得出來，妳對陶堇不一般，可是那分明不是喜歡，妳到底想從她身上得到什麼？如果妳只是寂寞，那為什麼我不行——」

「因為妳喜歡我。」秦如初不假思索地說，「所以，妳不行。況且……」她彎彎脣角，略帶戲謔地說：「妳怎麼知道我不喜歡陶堇？或許，我就是這樣的人，見一個撩一個，還隨隨便便結了婚——」

「因為我見過妳喜歡一個人的樣子。」方玟放在大腿上的拳捏緊，「我一直看著妳。」

秦如初自貶的話語戛然而止，脣角弧度也收起了些，輕嘆道：「妳怎麼偏偏選一條最難走的路？」

「這點，妳也不遑多讓。」方玟挑起嘴角，收起了情緒，掛上無所謂的笑容，「算了，也罷，這也不是第一天的事，我又有什麼資格說妳。」

驀地，一道女聲打斷思緒，「妳在浴室昏倒了是不是？」

秦如初一頓，關上水龍頭，好整以暇地走出浴室，「昏倒是沒有，倒是有想著妳自慰。」

陶堇翻個白眼，這麼快就習慣了這人某方面的厚顏無恥，真不知道是不是個好現象。

兩人換好衣服後相偕走出房間，直到上了車陶堇仍沒有問她們究竟要去哪，秦如初也隻字不提，只是馳騁在公路上，半降車窗，讓微涼的風溜進車內，舒爽宜人。

陶堇望著車窗外的風景，犯起睏來，不久後不小心打了個盹。

不知過了多久，陶菫才悠悠地醒來，扎進眼裡的光線柔和，不似方過中午那般炎熱刺眼。陶菫動了下，披在身上的西裝外套隨即滑下。

定眼一瞧，是陌生的款式，想來是秦如初的，她低頭輕輕一嗅，鼻尖縈繞秦如初身上的淡香。她認得秦如初的味道。

意識到這點，陶菫拿開了外套放到駕駛座，往車窗外一瞧，眼前是一大片海。她下了車，海風拂來，她打了個哆嗦，尋找著秦如初的身影。

很快地，她的視線定在不遠處的沙灘上，有個高眺的身影逆著光、面向海，雙手抱臂靜靜站在那。

初次見到秦如初，她便是這般清冷安靜，令人望而生畏，總沉思些什麼，看不明白她眼裡的情緒，此刻，陶菫也有這種感覺。

餘光感覺到有人走近自己，秦如初轉過頭，迎上一雙清澈平靜的雙眼，一如初見。第一次見到陶菫，她便是這麼看著自己的，毫無波瀾，冷靜，甚至是冷漠。

思及此，秦如初忽然笑了。

「笑什麼?」陶菫走到她身旁，任著風吹亂自己的髮。

「沒什麼，就覺得挺好的……」秦如初望著大海，「什麼都沒有改變。」

陶菫面向大海，在漲退不斷的連綿海浪前，輕道：「不會改變什麼的。」無論發生什麼事。

薄暮將至，人群逐漸湧入，秦如初與陶菫兩人便慢慢地走上防波堤。

踩過沙灘而在腳底黏上的細沙，在清水流過趾縫之間帶走了些。兩人正在公廁旁清理，陶菫問道：「爲什麼來這?」

秦如初手扶石牆，隨意地說：「沒爲什麼。」

「妳不會沒理由地去做一件事。」陶堇不假思索地說。

秦如初彎彎唇角，伸手關上水龍頭，開口道：「晚點告訴妳。」便忽然蹲下身，拉過陶堇的腳放到自己大腿上，用毛巾擦拭。

陶堇愣了下，下意識想抽回，卻被秦如初按住。那神情從驚愕漸漸轉爲茫然。

秦如初頭也不抬地說：「另一隻腳。」等了下見陶堇沒反應，秦如初這才抬頭，迎上了一雙困惑的眼。

「怎麼了？」秦如初問。

陶堇跟著蹲下身，與秦如初平視。四周很靜，只聽得見遠遠的海浪聲。

「我只是在想，我能給妳什麼？妳只是想跟我上床而已嗎？」

秦如初神色不改，目光平靜，淡淡道：「有兩點我要反駁：第一，上床不是什麼隨便的事，於妳、於我都是如此，直到我們關係結束前，我不會有別人。第二，妳不需要給我什麼，應該說——」

那雙眼幽深如海，波瀾不興，平靜得讓人害怕。

「妳什麼都別給我。」

——包括妳的喜歡。

陶堇從她眼中讀出這句，心頭一顫。兩人對視，陶堇先別開了眼，站起身，走向轎車。秦如初望著她的背影，隨卽從後跟上。

坐上車，陶堇問：「現在去哪？」

「吃飯，妳應該餓了。」經秦如初如此一說，陶堇還眞感覺到有些餓了。原以爲要去哪間高檔餐廳吃，卻回到了飯店。

隨著秦如初下車，陶董問：「吃Buffet?」

秦如初一臉質疑地看著她，那眼神彷彿說著「自助餐有什麼好吃的?」

陶董悻悻然地說：「不然呢?」

「回房間。」

陶董一臉茫然地任著秦如初走在前，儼然本就是她倆出遊散心那般，那泰然自若的樣子，讓陶董無可奈何地笑了。

房門一開，陶董一愣。

裡頭多了一張長桌，長桌上是一瓶紅酒與數樣佳餚。秦如初瞅她一眼，「還不進來?」

陶董回過神來，怔怔道：「這是……」

「我覺得，去高檔餐廳妳會不自在。」秦如初淡淡地說：「所以在房內吃點東西、喝杯紅酒，這樣應該就夠了。」

秦如初說得沒錯。如果剛剛直接載她到高檔餐廳，陶董確實會渾身不自在，就算眼前是美味的佳餚，她也不見得能好好享用。

與其那樣，不如像這般窩在房裡，輕鬆自在地享用美食。

「這裡還有這種服務啊……」

秦如初坐到了長桌對面，「安排一下就有了。」陶董一臉不可思議，秦如初接著說：「很多事情都可以用錢解決的。」

陶董隨即斂下神色，理解地點點頭，坐到另一邊開始享用晚餐。

餐後，兩人稍作休息便走進浴池入浴泡湯，秦如初先脫光自己，稍作淋浴後，半身泡進儲滿溫泉水的浴池，閉上眼。

陶菫淋浴後，並未直接下水泡湯，而是站在那低眼俯視池子中的秦如初，那在氤氳霧氣中的秦如初，看上去寧靜美好，一切是那麼的不真實。

自然挽起的髮，露出了白皙脖頸，優美的線條隱入水中。幾綹髮絲貼著髮鬢，水珠順著細髮滴落。

水質清澈，能見著胸前高聳的珠峰半入水中，嫣紅乳首隱約可見，身子挪動，漣漪泛起。

「不進來泡嗎？」

陶菫收起視線，踏入水，水波陣陣。

她坐到秦如初身旁，便聽到秦如初忽然開口：「我第一次喜歡女生，是在高中。」

陶菫神色不改，輕輕嗯了聲，平淡而隨意。

「第一次碰女人，是在大學。」秦如初看著窗外的景色，是一片寂寥夜空。

「一群人去泡湯，最後剩下我跟她，泡到一半，就不知怎麼地撫摸起對方，然後回到房間一路滾到了床上。」

「她是異性戀，一直都跟男生交往，一個一個的換，遇到我後，說什麼認了我，要一輩子在一起，再去國外結婚……」

說到這，秦如初笑了一聲，那笑卻比哭更讓人難過。

忽地，秦如初側過頭來，陶菫迎上了一雙幽暗不清的黑眸，頓時一愣。

「她說，要給我一個家。」

話語很輕、很淡，如陣風，迴盪在浴池中猶如泣聲。

秦如初閉上眼，轉過頭，垂著玉頸似是休憩放鬆，然而陶菫卻見到她眼角盈亮，彷若有淚。

❄

清冷的寂夜裡，有另一個人也仍醒著。

熱水溢出浴缸，水聲稀里嘩啦，吸引了徐淩的注意力。她起身走進浴室，往浴缸倒了些過去秦如初喜歡的入浴劑，便寬衣解帶，光裸窈窕的身子泡進浴缸。

是秦如初喜歡的味道，也是她喜歡的。深深一嗅，徐淩閉上眼，壓低身子，半沉進水裡。

彷彿是秦如初仍擁抱著她。

這樣的味道讓徐淩感到心安，鬆下身子，四肢百骸都得到了紓解。

徐淩覺得好累。

疲倦侵襲而來，身心皆是。她知道自己這樣不對，種種行爲都不過是自貶身價，讓她看上去可悲又可憐，可她停不下來。

她停不下來傷害自己、報復秦如初的行爲。

痛嗎？很痛，可正因爲這樣的痛，秦如初才能偶爾流露一絲不捨與沉痛，這讓徐淩如頭嗜血維生的怪物。

明明，她最不想傷害、最捨不得傷害的人，就是秦如初。

一想到有人在秦如初身邊打轉，方玟也好、陶菫也罷，那些蠢蠢欲動的愛慕者圍在秦如初身旁，宛若好幾千根針扎在心上，卻是怎麼也流不出血。

秦如初可以展開新生活了，那自己呢？徐淩挺直背脊，向後靠在浴缸邊，有些失神。

總是她在主動，告白也好、示愛也好，都是她先耐不住對秦如初的渴望，順心而爲，不問結果。

又或許，是她不敢期待。

大學，秦如初便是目光匯集之處，過去是，現在也是。系學會會長熱烈追求她，人盡皆知，最後搞了一個盛大的告白，試圖用人群壓力讓秦如初點頭。

然而，秦如初無動於衷，面對眼前拿著鮮花的系學會會長只是輕輕嘆口氣，希望會長見好就收，別自討沒趣，可他不願意拉下面子結束這場鬧劇。

秦如初壓了下脣角，用在場所有人都聽得見的聲音說：「我喜歡女生。」話落，現場無一不感到驚訝，會長面色鐵青，各種流言不脛而走。

可那些流言不但沒有沖離徐淩，反倒激起她的好奇心，逆流而上，踏上高嶺，見這朵高傲之花。

「一開始，我只覺得她很奇怪，明明不是特別陽光的人，性子傲得很，卻甘願這樣纏著我。」秦如初的語氣平淡，彷彿閒話家常，可偏偏她正說些不會同外人提及的過往，「最奇怪的是，我不討厭，甚至有些時候覺得，滿可愛的。」

棋逢敵手的競爭、不多不少的關心、勢均力敵的能力，以及恰如其分的撒嬌，這些，讓秦如初不得不注意到徐淩。

秦如初的大學生活遇上徐淩後便弄得天翻地覆——報告分組自顧自地分在一塊、總是獨自一人的午餐硬是蹭過來、課後回獨住套房每每必跟，時間久了房間也多了徐淩的物品。

秦如初感到無奈，但不討厭。

面對總是不慍不火、平靜如水的秦如初，徐淩使出的所有招數都如打在軟綿綿的棉花上，終於有一天，徐淩忍不住這麼質問：「妳都沒有想問我什麼?」

那正是去宿營的前一天，秦如初沒停下收行李的手繼續道：「妳想說什麼就說。」

纏了這朵高嶺之花也好一陣子了，人盡皆知，偏偏這人假裝不知道似的，無論她做了什麼，秦如初總無動於衷，彷彿沒什麼能讓她在意與上心，而徐凌不願意打退堂鼓。

「妳不好奇我幹麼總跟著妳嗎？」

秦如初抬頭瞅她一眼，瞧那張精緻面容又露出不符豔麗外表的嬌氣，心軟了幾分，「好奇。」

「我要妳喜歡我啊。」

秦如初面色不改，沒開口答應，也不出聲拒絕，只是定眼看了徐凌好幾秒，繼續收行李。

「但其實，那時我心裡有點高興。」不知是不是泡得有些久了，秦如初白皙雙頰染上淡淡的緋紅色，「但覺得，或許又只是我的自作多情，所以沒有期待些什麼，直到隔天宿營晚上，她說她想吻我。」

那時在營火前的徐凌，沒有平日的氣燄高張，只有鼓起勇氣的明亮雙眸，眼裡有星火在閃動，盈滿勇氣。

眼中，映照著秦如初略動搖的神情。

「我仗著妳拿我沒辦法，想做什麼就做什麼，可有一件事情，我不敢做。」徐凌的聲音在抖。

秦如初目光放柔，微微彎起脣角，輕問：「什麼？」

徐凌抿了下脣，視線落到秦如初的薄脣上，腦海中想過一遍又一遍，可始終不敢這麼做——

「我想吻妳，可我覺得……要喜歡才行。」

秦如初的胸口微微一緊。

這次，從徐凌殷切的眼神中，秦如初終於能確定不再是自己自作多情，也不是一廂情願，真有一個人對她的好，是出於真正的喜歡。

那樣的喜歡，與自己是一樣的。

於是，秦如初伸出雙手，捧起徐凌的雙頰，輕輕一吻。那個吻在清冷的夜空下滾燙而清晰，脣舌的交纏是對彼此壓抑許久的欲望與情感，在這一刻宣洩而出，再無保留。

「所以後來，妳們就在一起了嗎？」陶堇問。

「何止在一起。」秦如初輕輕一笑，「她直接搬進來嚷嚷要同居，我哪能拒絕……」

那眼神，看得陶堇發愣。陶堇想，原來這個人，也能有如此溺愛的眼神。

「那為什麼不繼續在一起？」陶堇忍不住追問下去。

陶堇是不知道秦如初對前任感情有多深，但至少她知道，就算秦如初沒有深愛過，但肯定認真喜歡過。那麼認真喜歡過的人，她怎麼願意輕易放手？

秦如初勾起脣角，語氣挑起，「如果我說是因為錢呢？畢業後遇到一個更有錢有勢的人，所以把沒什麼成就的前任給甩了，那——」

「不可能。」

秦如初沉默了。

話未完，陶堇直接打斷她，無畏地看進秦如初的眼裡，「妳不是這樣的人，妳不會為了錢放棄那段感情。」

陶堇的堅定不移，搖撼了秦如初心裡深處的某一塊，正在崩落瓦解。

有時，對著一個不足影響生活的陌生人或外人，有些事，反而更能說出口，例如，秦如初壓抑在心裡好些年的傷。

那不會說出口的、不該也不敢說的，在氤氳霧氣下、在模糊的視野中，秦如初張了口，啞著嗓，輕道：「有些事情，如果被知道了，那麼會有人一輩子都活在痛苦之中，永遠都無法解脫。」

「……例如，我被前任的哥哥強暴，一次又一次。」

陶菫愣然。

❄

獨自一人的清冷夜晚，被一道刺耳的門鈴聲給劃破。

徐凌從沙發上站起身，走向門，朝對講機問：「誰？」

「妳說呢？」一道熟悉的慵懶嗓音從對講機傳來，令徐凌有些訝異，開了門，「徐俊安？」

門外站著一名高瘦清俊的男子，面容俊朗，五官精緻，雅致的臉龐要比一般男性柔和幾分，慵懶的神態間卻有一雙銳利如鷹的眼眸。

「我說了，叫哥哥。」在徐凌讓出走道後，徐俊安長腿一跨邁步進了客廳，將提袋放到桌上，「過來吃。」

「喂，你怎麼突然過來？這麼早回國？」徐凌關上門走向徐俊安，「不是下週？」

徐俊安瞥了眼穿著一身法蘭絨睡袍的徐凌，道：「不就因爲某人。」

徐凌理直氣壯地說：「我怎樣？」

視線上移，直盯向自己的臉，徐俊安挑眉道：「妳說呢？是誰無精打采的？」

徐凌翻個白眼，「又是你家眼線告狀是不是？我好好的，好嗎？而且有必要因爲這樣回來嗎？」

徐凌坐到徐俊安對面，好奇地翻著提袋，發現裡面全是自己愛吃的禮盒以及數樣精品，忍不住上揚脣角，「好吧，看在你有進貢的份上，勉強讓你深夜打擾我。」

「呵。」徐俊安骨節分明的手拿過徐凌手中的某個盒子，彎彎脣，「在這之前，妳先回答我，郭向維是誰?」

徐凌一愣。

沒想過有天會從徐俊安口中聽到這個名字，徐凌皺眉，聳聳肩道：「一個下屬。」

「就這樣?」儘管語調平淡，可從那質疑的語氣中，徐凌還是聽出他的不高興，雙手一攤老實說：「好玩撩了幾次，結果他認眞了，有點甩不掉。」

「哦，這樣啊。」徐俊安點點頭，「那打斷手剛剛好。」

徐凌一愣，激動地站起身，「什麼意思?你對人家幹麼了?」

徐俊安雙腿交疊，打個哈欠，看來是時差尚未完全調過來，「我以爲妳又碰上『那種事』，他又有妳家感應卡，所以我就簡單解決了一下。」

徐凌剮了他一眼，「就算你擔心我也不能用暴力解決啊!他人呢?」

「在樓下。」

話落，徐凌站起身欲走往門口，聽到徐俊安冷淡喝止：「妳敢只穿這樣下去?」徐凌翻個白眼，還是聽話地回房換上輕便衣服，而後趕緊下樓查看郭向維的傷勢，留徐俊安獨自一人在客廳。

徐凌離開後，徐俊安悠悠站起身，走進廚房替兩人泡起熱茶。將熱水注入杯中，徐俊安低垂眼眸，長睫眨著，呢喃道：「有些事，還是錢解決不了的啊……徐凌。」

例如，秦如初。

徐凌氣喘吁吁地下樓，便看到郭向維坐在一旁的低矮石牆上，右手按著左手冒著冷汗。見狀，徐凌趕緊上前關心問道：「喂，你還好吧?」見那手臂不自然的拗折，頭疼地揉揉眉心，「某種程度上來說，我要跟你道歉。」

「什麼東西……」郭向維吃疼地看她一眼，一切發生得太快，他根本不知道發生什麼事。

「我先送你去醫院，其他的慢慢說。」話落，她便招了輛計程車，帶著郭向維前往醫院處理傷勢。

經一番波折，郭向維的左手上了石膏，徐凌在旁陪同稍事歇息。塵埃落定後，徐凌才尷尬地解釋道：「你應該有看到一個長得挺……精緻的男生，那是我哥，他以爲我又碰到變態。」

大致上了解來龍去脈的郭向維苦笑，「那是妳哥啊？這下手……是挺哥哥的，不過，妳說的變態是怎麼一回事？」

想起過去不好的回憶，徐凌的笑容多了幾分苦澀，「有次碰到一個追求者，追求不成就來騷擾我，他只穿著大衣，趁著四下無人把我拉到巷子裡，逼我看他打手槍，要不是我哥剛好來找我，把對方揍了一頓，我可能眞的會發生什麼事吧。」

郭向維皺眉，「這也太噁心了吧？難怪妳哥會這麼戒備……好吧，我可以理解，換作是我可能也會做一樣的事情。」

聽著郭向維富同理心的話語，徐凌寬慰地笑了笑，「不，這終究是不對的，我不喜歡暴力行爲，我也會壓著我哥來跟你道歉，並且賠償你的損失。不過……你爲什麼來找我？」

仔細一看，幾日不見的郭向維活像隻大型流浪狗般狼狽，一副被人拋棄的模樣，讓徐凌覺得有些五味雜陳。

「我想，請妳幫個忙。」郭向維晃了晃傷勢不算嚴重的左手，苦笑道：「我不需要金錢賠償，只要妳幫我一個忙就可以了。」

徐凌既沒有點頭，也沒有搖頭，先問：「什麼？」

「我想請妳、我女友還有我，就我們三個人見個面，麻煩妳好好跟她說我們之間沒什麼，解開誤會。」

徐淩怔怔地看著郭向維，手隨即被握住，「拜託妳了，之後我不會再騷擾妳，妳就幫我這個忙，我不能沒有她。」

徐淩錯愕的目光淡下，眼裡的溫度降了幾分，「爲什麼？你沒有那麼愛她不是嗎？」面對這荒唐的請求，徐淩的心底冷涼。

然而郭向維絲毫未覺，激動道：「我只是想讓一切回到原本的模樣！」

眼前的男人，也曾對自己說，喜歡上自己了。

徐淩勾起脣角，道：「如果我說不呢？」

「爲什麼！這些都是妳害——」

「你記得，你說過喜歡我嗎？」

郭向維沉默了，啞然地看著神色淒涼悲傷的徐淩，意識到什麼連忙說道：「那妳喜歡我嗎？那我——」

「郭向維，你有想過，你到底要什麼嗎？」徐淩抽回自己的手，眼神冰冷，「如果你夠喜歡陶堇，當初不會被我誘惑；如果你夠喜歡我，現在不會求我幫你澄清。」

徐淩站起身，從皮夾掏出幾張千元大鈔甩到了郭向維身上，「這些，夠賠償你的醫藥費了。」

見徐淩就要走了，郭向維氣急敗壞地上前，方拉住徐淩的手便被狠狠甩開。

「郭向維，你只愛你自己而已！」

郭向維愣住。

徐淩頭也不回地走出醫院，直到聽見後頭的大吼才停下。

「難道在前任面前賣騷的妳就有比較高尚嗎？」

徐淩的心狠狠一揪。

「妳跟我是一樣的，我們同樣下賤，沒有誰比較高尚。」

驀地，郭向維迎上一雙盈滿淚水的眼眸，徐淩笑了，笑得荒涼。

「不，我們不一樣，我愛了她十多年了。此時此刻，我仍愛她。」

可是到最後，我仍然不懂她爲什麼離開我，選擇嫁給別人。

第八章

陶堇有時候會覺得，那三天是不是只是一場夢？

可當她下班前收到秦如初的訊息時，便知道一切都是眞的——包括自家哥哥陶岳惹出來的麻煩。

「所以，妳哥又闖禍了？」宋安琪皺著眉問。

陶堇神色歉然地垂下頭來，低道：「眞的，很對不起……」

「不是在責怪妳。」宋安琪拉過陶堇的手，「是心疼妳。妳媽怎麼能將黑道推來妳這？妳也是她的女兒啊！妳又不是月入十萬，每個月還這樣匯錢回家，一大半又被妳哥哥拿走，眞的是……」

儘管愈說愈氣，但見到陶堇淒然的神情，宋安琪也只能暫且不談，眉頭緊皺，在心裡爲陶堇感到不值與不平。先是被交往多年的男友劈腿，再被自家人狠狠捅一刀，要不是工作上還有個可靠的上司……上司？

想到陶堇的上司，宋安琪開口問道：「妳怎麼會跟季夫人這麼熟？」

「季夫人？」

「是啊，私底下我們都這麼叫季小開的未婚妻，沒想到她是妳上司。」更沒想到兩人關係好到可以讓神祕的秦如初出面爲她安排住所。對於能直接住在Z飯店裡，宋安琪自然歡欣鼓舞地接受，但也不禁好奇起自己室友何時有這麼靠譜的朋友了？

陶堇只是微微一笑，隨意道：「我也很意外……總之，處理好後我們再一起搬回去。」

「那這段時間妳住哪？妳總不可能去找郭渣男吧？」

「的確不可能。」提到郭向維，陶菫的微笑多了幾分苦澀，不過見宋安琪對自己如此相挺，心裡仍覺得有股暖流流淌而過。「現在……我住在秦如初那。」

「啊？」宋安琪驚愕地睜大眼，「季夫人那？」

陶菫點點頭，搶在宋安琪之前道：「說來話長。」

宋安琪怔怔地看著眼前分明扮豬吃老虎的陶菫，嘖嘖兩聲說道：「陶菫啊陶菫，真看不出來欸！不過妳有可以靠的人就好，我也跟著沾沾光，挺爽的。」

陶菫微微一笑，就喜歡宋安琪的豁達與爽朗。

「是說，季夫人真的殺去東部找妳啊？」

陶菫一頓，點點頭。

宋安琪不可思議地看著她，「哇……陶菫妳真的很厲害欸，有這種閨密都不講！到底怎麼熟的啊？」

如果說是從上床開始呢？陶菫一想，起了雞皮疙瘩，暫時說不出口，只好對著宋安琪搪塞幾句工作理念相同、彼此價值觀吻合等等，算是把宋安琪給唬弄過去了。

「對了，我今天拿到幾張畫展的公關票，給妳一些。」宋安琪從包包裡掏出幾張票遞給陶菫，定眼一看，陶菫微愣道：「季姊？」

「季姊？」

「我之前不是常跟妳聊到一個很會畫畫的姊姊嗎？」陶菫點頭，「就是她，季清晨。」

「欸？聽說她是季小開的表妹耶，她就是妳常說的『季姊』啊？」宋安琪訝異道。

「對，就是她。不過據我所知她應該不在國內，原來要回來開畫展了嗎……」

門票上是陶堇所熟悉的水彩畫，的確是出於季清晨之手。陶堇原想發訊恭賀，但怕季清晨因此感到壓力，於是決定作罷，等季清晨聯絡自己。

在餐酒館前別過後，一輛熟悉的轎車停在面前，陶堇繞到副駕駛座坐進車內，瞅著駕駛座的秦如初，「妳吃飽了？」

「沒有，剛結束工作。」

「那妳要買點什麼吃嗎？」

「不用吧。」秦如初理所當然地說。

陶堇眉頭一皺，「前面超市停車。」

秦如初瞅她一眼，彎彎脣角，「怕我餓肚子？」

「怕我金主沒了。」

秦如初不置可否地揚眉，但還是將車停在超市前。

下車前，陶堇方開門，忽然被一股力量往後拽，一轉頭，耳朵被咬了下。

陶堇推了下她的肩膀，渾身起了雞皮疙瘩，見四周人來人往的，微慍道：「妳幹什麼？」

「我是妳金主，吻一下不爲過。」

「……流氓。」

陶堇懶得理她，下車買菜去了。車門鎖上，秦如初解開安全帶，隨意看向副駕駛座，幾張票滑出包包，她順手拈起一瞧，頓時一愣。

是季清晨的畫展。

秦如初眼眸暗下，望向陶堇背影的目光幽深，她並未將票放回包包，而是放在陶堇一上車就能一眼看見的地方。

不一會，陶堇便提著兩個塑膠袋走近轎車，東西全扔到後車廂才走回副駕駛座。一坐進車內，她便看到眼前的門票，拿起道：「這掉出來了？」

「嗯。」

陶堇並未察覺到有何異狀，順著話說道：「妳對畫展有興趣嗎？」

秦如初勾唇一笑，手放在方向盤上，「妳這是在約我嗎？」

陶堇翻個白眼，正想結束話題，便聽到秦如初淡淡道：「我本來就會去，畢竟我都要跟季裕航結婚了，那畫家是他表妹。」

陶堇一愣，這才想起來眼前女人有婚約在身，而她於秦如初而言，只是情婦。意識到這點，陶堇也收斂起情緒，淡淡道：「原來，我都忘了。」

「妳會去？」秦如初問。

「嗯，是認識的人，我會去。」

秦如初眉頭微皺，「認識？妳認識季清晨？」

見秦如初這反應，陶堇眉梢一抬，不答反問：「我為什麼不能認識她？」

秦如初沉默了，直視前方車況道：「……沒什麼。」

陶堇也不深究下去，微微低頭，長髮自然垂下，冷淡的面容看不清情緒。

秦如初淡淡瞥她一眼，敏感地察覺到氣氛不對，思忖了會，道：「為什麼妳能容忍陶岳？」

陶堇頓了下，轉頭看向車窗外，「因為有血緣關係。」

「所以呢？」

陶堇抿抿唇，開口道：「這就是理由。」

「那不是愛，妳知道嗎？」秦如初語氣放輕了些，嗓音低緩：「那是勒索，不是愛。」

驀地，陶菫抬起頭看向秦如初，咬緊牙，冷道：「我跟妳的這種關係，也不是出自於愛啊。」

秦如初啞然，百口莫辯，也不願再多說些什麼。

陶菫揉揉眉心，再開口時，語氣不再冷硬：「對不起，我只是提到家人就不知道如何是好。我知道妳是好意，謝謝。」

車停入車庫後，兩人下車。自覺說話有失分寸的陶菫輕嘆口氣，走近秦如初，「秦如初，我——」

「我沒有所謂的好意，陶菫。」秦如初神情平淡，眼底靜如大海，「沒有所謂的不求回報，至少我對妳，不是出於所謂的好意，當然，也不是喜歡。」

秦如初微微彎下腰，與陶菫平視。

「我跟妳說過的高中初戀，就是季清晨。」

陶菫睜大眼，不敢置信。

「所以。」秦如初語氣平淡，「妳現在想的沒錯——我跟高中初戀的表哥結婚。」

那一瞬間，烏雲蔽日。

「……爲什麼？」

秦如初靜靜地看著她，不發一語，一副置身事外的模樣，讓陶菫胸口湧上難以言喻的情緒，「秦如初，妳到底在想什麼？」

秦如初彎彎唇角，淡淡地落下一句，便直接走進大廈。

「我在想……妳跟我，實在太像了。」

❄

長夜來臨，寂靜無聲，被一道突地響起的鈴聲給劃破。

陶堇停下整理手邊的行李，拿起手機定眼一瞧，有些訝異地趕忙接起，「季姊？」

手機另一端傳來悅耳的輕笑聲，「現在還這麼喊我啊？真是懷念……我會不會太晚打給妳？」

陶堇走近床背對門坐下，笑道：「當然不會。季姊回國了嗎？」

「一直都有回來，只是時間待不長。這次會待久一點，或許，不走了。」

「真的？那太好了，可以找妳吃飯了。」陶堇說。

「在吃飯之前，想先邀妳來我的畫展。」季清晨一如既往的溫暖嗓音令陶堇感到懷念，「妳方便嗎？」

「當然，我肯定去。」

「那太好了，我把票寄給妳。」

「不用麻煩季姊啦，我已經從朋友那裡拿到公關票了，只是想說等妳聯繫我，怕妳覺得我在催妳。」

季清晨輕笑幾聲，「妳還是一樣可愛又貼心。那麼我們就畫展見了，之後約個時間一起吃飯，再好好敘敘舊。」

見這對話即將結束，陶堇趕緊開口：「季姊！那個……」卻又不禁遲疑了。

「嗯？怎麼了？」季清晨有些意外，但也不出聲催促她，耐心地等著。

許久未聯繫的陶堇，似乎哪裡不太一樣了。

「妳……認識秦如初嗎？」

季清晨沉默了一下，不答反問：「怎麼了嗎？」一樣的溫潤、一樣的輕柔，讓陶堇忍不住問下去，「她是我上司。」

「僅此而已？」

陶菫一愣。

季清晨輕笑幾聲，不待她的回答逕自道：「認識，是我高中學妹，怎麼忽然提到如初？」

如初、如初……從季清晨口中聽到秦如初的名字是如此自然、如此理所應當，覺得違和的不過只有自己。

「因爲……秦如初說她認識妳，說會參加妳的畫展，我有點訝異妳們認識，想說問一下，就這樣而已。」

這次季清晨的沉默要比前一次長，一會後，才聽到她如嘆息般說道：「這樣啊……之後可能會變成親戚吧。」

陶菫嗯了聲，簡單寒暄幾句後便掛上電話。通話過程中，她絲毫未覺門外有個人站在那不發一語。

見陶菫收起手機，秦如初才出聲：「這三明治給我的？」

陶菫身子一顫，回頭看向門口，見到秦如初倚靠著門，手裡端著方才她趁秦如初入浴時簡單做的三明治，壓壓脣角，冷硬道：「誰說的？」

秦如初眉梢一抬，語氣揚高幾分：「所以是妳自己的消夜？」

那了然於心的討厭眼神讓陶菫臉色不甚好看，她下了床轉過身道：「煩死了，妳要是不吃就扔了。」

秦如初彎彎脣角，嗓音放柔幾分：「妳做的我肯定吃，就像那碗粥一樣全部吃完。」

陶菫不說話，可側臉看上去柔和了幾分。那碗粥……這麼想來彷彿是好久以前的事，那時的她有想過有一天會成爲秦如初的情婦，甚至住進她的家中嗎？

這也讓陶堇生出了一個疑惑。

秦如初方踏進客房準備坐下來享用三明治，不經意迎上陶堇投來的複雜眼神，便放下盤子問道：「怎麼了？」

「如果，那個時間點出現的不是我，那現在在這的，就是別人了吧？」

陶堇問得平淡，乍聽之下讓人以爲是直述句，只需秦如初的同意，然而，秦如初不假思索地道：「不，不是妳就不行。」

陶堇微愣。

秦如初拿起一個三明治，張口一咬，微微睜眼，發自內心地說道：「比我想像中好吃，很厲害啊。」陶堇爲這突如其來的讚美感到一陣不知所措。

秦如初一邊享用三明治一邊隨意道：「是別人會很麻煩的，嘴不夠緊、性子不夠冷，而且……」秦如初揚脣，笑得不懷好意，「也不夠騷。」

陶堇後悔做三明治給這人吃了，應該塞滿那張嘴，直接噎死她。

秦如初一邊笑一邊拿著三明治逃離陶堇房間，房門砰然關上，秦如初大笑幾聲，聽得陶堇想踹門的衝動都有了。

確定陶堇不會出房門後，秦如初才斂起笑容，低下眼，深深地看了房門一眼，將最後一個三明治放在一旁木櫃上，傳訊息後才走回自己房間。

秦如初坐到沙發上，瞇起眼，想著陶堇方才的行爲，微微皺起眉。

她開始好奇，並且想深究下去。

陶堇是有分寸、有秩序的人，從她一絲不苟的辦公桌到自租套房，都能看出這個人的嚴謹，再加上性子冷淡，無論是在同性或異性之間，都不是受矚目的人物。

這樣的陶堇，也開始好奇了嗎？

秦如初向後靠著椅背，整個人陷入沙發之中，雙手交疊於大腿上。胃滿足了，也跟著睏了，可秦如初知道自己睡不著。

「陶堇啊……」秦如初呢喃著，「有些事不是不說，是說了，能承受得了嗎？」

秦如初睜開眼，目光迷濛，眼裡彷若下起了細雨。

或許，她處在一個終日落雨、無晴也無風的地方，自那一天起，她做出選擇時，就是如此了。

半年前，一位昔日恩師大婚。

秦如初盛裝出席，因爲知道季清晨也會到，不想讓季清晨覺得分開後的幾年自己過得很糟。那婚宴正辦在Z飯店，是沒有徐淩陪伴的喜酒。

徐淩恰巧出差，秦如初只好獨自赴宴，給恩師獻上祝福。

對於一位老師來說，最開心的莫過於過去的學生頗有一番成就。見到了秦如初，她感慨地說：「當初認識妳跟清晨時我還是實習老師，幾年過去妳做了副總，她則成爲知名畫家，我眞的覺得很欣慰。」

兩人輕輕相擁後，恩師眼睛銳利地見到遠處的季清晨，興奮地對秦如初道：「那是清晨吧！好久沒看到妳跟在她後面跑了，妳倆一起來見我啊。」

於是秦如初照做了，如同過去一般，哪裡有季清晨，她就往哪跑。

過去是喜歡，現在是情誼。

季清晨走得有些快，可秦如初還是跟上了。她左彎右拐地走，秦如初微微皺眉，沒出聲叫住一身淡藍小禮服的季清晨。最後，季清晨嗶卡進入某扇門後，門卻沒有馬上闔上。

秦如初好奇地往裡頭一瞧，雙眼圓睜。

——季清晨在跟一個男人擁吻。

過往如雪花紛飛，她想起了高中那年，季清晨的話。

「妳什麼都好，可惜就是個女生，不然妳肯定是風度翩翩的少年吧。」

「會是我喜歡的那樣。」

季清晨口中的少年，忽地與眼前的男人疊合了。

秦如初向後退，不小心碰到滅火器，發出了聲響。裡頭兩人立刻分開，追了出來。

「如初！」

秦如初停下腳步，轉過頭，見到男人的俊容與別在胸口上的名牌，身子一震。

季清晨輕嘆口氣，走向秦如初，「我們談談……」

「我們，做個交易吧。」一旁的男人整了整衣領，繃著臉，長腿邁向秦如初，「聽說秦家的公司正面臨破產危機，是吧？而且我聽說，妳一直在替父親打工？」

眼前的男人，確是風度翩翩。

是季清晨喜歡的那樣。

秦如初的視線落到季清晨清麗的面容上，聲音顫抖：「季清晨，我就問妳一句……季裕航，不是妳的表哥嗎？」

季清晨沉默片刻，揚起脣，挽住了季裕航的手。

「——是。」

那一瞬間，秦如初以爲自己的心臟停了，遍體生寒。

「我想提議一個對妳我都有利的想法。」

三人待在Z飯店的行政套房裡，絕對的隱密、絕對的安全。

「妳可以不答應，但希望妳先聽我說。」季裕航雙腿微張，上身前傾，雙手交疊支著下頷，臉上掛著淡淡的微笑，「我也到了被逼婚的年紀，相親、婚介……煩得很。」他的手放到季清晨手上，輕輕握住。

「我非清晨不娶。」

目光微動，秦如初再不敢置信，也不得不接受這駭人的事實。

季清晨微微垂眸，長睫眨著，靜得如座湖水。

在季清晨面前，秦如初總感到如處廣闊天地之間，自己是如此渺小，這麼多年過去，那樣的寬闊空間急遽縮小，幾乎讓人感到窒息。

曾經喜歡過的人，都是心上的微光，忽明忽滅，總在某一刻忽然白光滿溢，刺眼得讓人睜不開。

「你們……這樣多久了？」

季裕航看向季清晨，微微一笑，目光坦蕩無懼，輕鬆道：「從小到大都這樣吧？」

「一直？」秦如初問。

季裕航收回視線，轉頭看向秦如初，眼神堅定，「一直。」

秦如初忽然明白，爲什麼季清晨的畫作總給人一種哀傷憂愁的感覺，是源於壓抑的感情，是悖德禁忌的戀情，是怎麼也斬不斷的愛戀……

思及此，秦如初深吸口氣，看向季清晨問：「妳的想法呢？」

季清晨抬起頭，十指滑進季裕航的大掌，兩人相視微笑。指腹細細的摩娑，猶如一對平凡的戀人。

……如果並非都是季家人，或許，會是人人稱羨的一對。

「如初。」季清晨抬眸，直直地看進秦如初眼裡，嗓音輕柔卻堅定：「我不覺得這是一件不對的事情。」

秦如初一愣。

「……爲什麼？」

那雙溫潤的雙眼微微彎起，唇角上揚的弧度恰如其分，她的溫柔清晰可見，宛若夜裡的月光、河畔的螢火蟲，是讓人移不開眼的柔光。

「我只是……喜歡一個人而已，妳懂嗎？」

剎那間，彷若有雙大手掐住了脖頸，使秦如初感到有些喘不過氣。她仍強裝鎮定，聽著季裕航繼續說道：「其實，也不難，就是我們假結婚一場。」

秦如初深呼吸數次，緩下情緒，挺直背脊看向季裕航，「我能得到什麼？」

「妳現階段得不到的金錢、地位以及自由，我都可以給妳。」季裕航神色自若地說：「妳跟我結了婚，我就能不被逼婚，能跟清晨繼續下去。同樣的，這段假婚姻也不需要持續大半輩子，就到我母親過世，我們就結束。」

秦如初眉頭一皺，季裕航繼續解釋道：「或許妳多少也聽過季家的情況，我父親是入贅進來的，我母親才是眞正握有實權的人。我母親近來身體不太好，至少在她還在世之前，我想完成她一樁心願，也不必再被逼婚。」

「之後呢？」

「三、五年後，我們順利離了婚，我就放下這裡的一切跟淸晨到國外。我想改名換姓、遷出戶籍，大大方方的跟她結婚。」

秦如初聽得有些恍惚，這些，全超乎了她的想像。

「我知道一般人無法理解、接受，我都知道……」季裕航的嗓音低了幾分，「我只是，想跟自己喜歡的人好好在一起而已。」

胸口一揪，秦如初的視線落在他倆相握的手，沒有低頭乞求、沒有顧影自憐、沒有委曲求全，有的，就是自然坦蕩卻眞摯的請求。

他倆是那樣無所畏懼，不強求、不脅迫，全依秦如初的意思，尊重彼此的選擇。

秦如初想到了徐凌，想著那嚷嚷著說想拍婚紗照的徐凌……

恍惚間，她忘了自己怎麼離開的，只依稀記得季裕航誠懇且有風度地對自己說：「妳回去想想，不必馬上給我答覆。」

走過大片落地窗，漆黑的窗上映著身穿小禮服的秦如初。她停下腳步駐足窗前，看著自己的倒影發愣。

結婚……

這是秦如初第一次覺得，自己離這詞那麼近，儘管徐凌對自己嚷嚷想結婚，一遍又一遍，秦如初還是沒有眞實感。

她不是不願娶她爲妻，是不能。

秦如初知道，體內承載的風雨有一天必將徐凌弄得傷痕累累，所以，分開不過是必然的結局，只是她一直捨不得……

如今，似乎有了理由離開。

大雨也在這一刻落下。

「……如初？秦如初？醒醒。」

隱約聽見了誰在喚她，一聲又一聲。秦如初掙扎地睜開眼，一時之間以爲自己見到了季清晨，定眼一瞧，才認出是陶堇。

「妳爲什麼要在沙發上睡覺？」陶堇語帶無奈地說：「沙發有比床好睡嗎？」

秦如初的腦袋有些沉，望向窗外，見到了窗上密布的雨滴，原來不是自己的錯覺，是眞的下雨了。她揉揉眉心，夢到了許久以前的事。

手邊忽然多了一杯溫開水，秦如初抬起頭，是陶堇遞來的。

下一秒，水杯打翻，掉落到地毯上，一片水漬。

「妳幹麼！」陶堇被橫腰抱住，嚇得不清，「睡傻了是不是？」

秦如初閉上眼，埋進她懷裡，臉靠著柔軟的衣料，嗅著陶堇身上的淡香，緊繃的身子慢慢鬆下。

有時，千言萬語也比不上一個擁抱。

陶堇緩過神，低眼一看，輕吁口氣，手放到了秦如初背上，「那……只是夢而已。」

秦如初抬起頭，迎上那張平淡如水的面容，似乎斟酌著用字繼續道：「人會做夢，也會醒來，不必太擔心或是太掛懷就是了。」

秦如初閉上眼，深深的無力感湧上，使她身子有些使不上力。

被抱了一會，陶堇的手不經意擦過秦如初臉龐時，不禁一頓。她緊皺眉蹲下身，雙手捧起秦如初的臉急道：「妳的臉好燙！妳是不是發燒了？」

秦如初瞅了她一眼，身子向前倒，被陶堇接住。

「秦如初?秦如初!」

然而，回應陶堇的，只是一聲很輕、很淡的低喃，甚至讓陶堇以為，是自己聽錯了。

「我想……永遠……醒不過來……」

陶堇不語，只是摟著秦如初的手收緊幾分。

「我不准。」

❄

似乎是在東部淋了場雨又受了風寒，於是發燒了。

吃過陶堇買的急用成藥，秦如初昏沉地睡下，發著低燒，倒不是太嚴重。

陶堇坐在床邊，見著秦如初難得卸下防備的睡顏，輕嘆口氣。怎麼走到這一步的，陶堇不明白，也不懂秦如初方才露出的悲傷是為何。

為什麼會想永遠沉睡呢?

掀開棉被，陶堇伸向秦如初腰間繫帶，輕輕解開，再拉開衣領。白皙的肌膚上是一層薄汗，陶堇拿起擰乾的毛巾細細擦拭而過，自鎖骨至起伏平穩的胸口，撫過柔軟飽滿的雪乳，再向下擦過線條分明的腹部，最後撫過腰側。

上半身每一處陶堇皆細細擦拭而過，希望秦如初發熱的身體能感覺好些。

陶堇將毛巾浸水後拿出擰乾，低眼瞅了秦如初一眼，毛巾方碰到大腿根部，手腕忽然被人猛然一抓!

「秦——」

秦如初立刻睜開眼，那眼神讓陶董渾身一顫，一股冷意自腳底迅速蔓延至四肢百骸，讓人動彈不得。

秦如初微微瞇起眼，看清是誰後，眼神不再寒氣逼人，慢慢回溫，「是妳啊……」嗓音暖了幾分，是陶董認識的秦如初。

陶董面色鎮定，點點頭，「嗯，看妳一直冒汗。」

秦如初閉上眼，嗓音低啞：「是嗎……我很久沒有感冒發燒了，大概是覺得有人在旁邊，一不小心就放鬆下來了。」

「閉上嘴，不要說話。」陶董木著一張臉道：「聲音都啞成這樣還說，平常說的話還不夠多嗎？」

秦如初瞅她一眼，彎彎脣角，又閉上了眼。

微涼的毛巾碰觸到溫熱的肌膚時，秦如初低歎一聲，雙腿微微分開，輕易見著那件黑色蕾絲內褲的款式，視線下移，陶董一愣。

有傷。

秦如初的大腿內側有數條淡淡的紅疤，彷若鉛筆線條，陶董的指尖一碰上，秦如初立刻夾緊雙腿，睜開眼，卻沒有方才的戾氣。

陶董的面容仍是那樣平淡，她頓了下，開口道：「怎麼傷到的？」

她的語氣清冷，可那擦拭的動作卻放輕許多，如陣風拂過。秦如初跟著鬆下身子，主動張開腿，沉默了會才說：「我自己弄的。」

陶董停下動作。

大腿內側這一條條細疤是秦如初自己弄的？疤痕有深有淺，要不是這次替她擦拭身體，她壓根兒不會注意到這。

「……爲什麼？」陶董盡量讓自己聽上去自然而鎮定，不希望流露過多關心造成秦如初的壓力。陶董覺得，秦如初承受得夠多了。

秦如初不答，陶董又說：「妳前任沒有說過什麼嗎？」

「這是，在我離開她後才弄的。」秦如初的嗓音低沉，透出一絲平靜的悲傷。

陶董想說些什麼，卻在秦如初落下下一句話時，什麼話都說不出口。

「我想感覺自己活著。」

所以傷害自己、所以用這樣的疼痛告訴自己，我還活著、我仍活著。

「如果是手腕太明顯了，只有大腿內側才不會被看到。」秦如初語調平靜，「不過我也怕死，每次都只輕輕地割，見血而已，沒有狠狠割下去過……嗯……」

雙腿被扳開，腿內側的傷忽地被輕輕吻著。陶董不語，伸舌輕觸肌膚，細吻落於大腿間如陣春雨。爬上床，分開秦如初的雙腿，自她腿間往泛紅的雙頰看去。

或許是正發著低燒，渾身使不上力，秦如初看上去較平常柔軟幾分，竟讓人生出一絲愛憐之意。陶董面色平淡，低著聲音道：「看好，妳現在這裡就是這麼多條疤，要是被我發現多了新的……」趁著秦如初難得的示弱，陶董瞇起眼，咬了下她的大腿道：「我就上妳。」

秦如初輕笑不止，下一秒，忽地被擁入一個溫暖的懷抱。

「眞的，不要再這麼做了。」

陶董清冷的嗓音擦過耳際，秦如初斂起幾分笑容，輕輕地嗯了聲，不敵藥效昏睡過去，又或許是感到心安，僅此而已。

那晚，陶董沒有離開秦如初的房間，直到天明。

翌日，陽光落到眼皮上時，秦如初睜開了眼。經過一晚低燒，她仍感到有些虛弱，但要比昨晚精神好些。

方起身，便看到腰上的手，她這才注意到身旁睡了個人。這個人，正是陶菫。

秦如初低垂眼眸，手輕輕撥弄陶菫的劉海，而後彎彎脣角並拿開她的手，下床梳洗。

鏡中映著一張五官精緻的面容，那雙略狹長的眼無意間拉開與人之間的距離，不過，還是有個人敢與她撒氣。

那個人，正在她床上睡著呢。

秦如初走向廚房煮咖啡，那腳步聲意外驚醒了陶菫。她悠悠地睜開眼，一時之間以爲自己正在夢裡，呆了好一會才想起自己搬進了秦如初的家。

秦如初？一想到她，陶菫立刻坐起身，想確認秦如初是否退燒。沒有見到秦如初，卻瞧見不遠處的衣櫃微微開啟，隱約間似乎能看到熟悉的水藍色。

是那件禮服？

好奇心作祟下，她打開了衣櫃，果眞見到那件曾在婚紗店試穿的禮服。她怔怔地望著，那天下午發生的事浮現腦海，清晰得彷若昨日。

「妳醒了——」後面未完的話失了聲，在秦如初見到陶菫與那件禮服時。

陶菫轉過頭，眼裡寫滿疑惑。

秦如初抿了下脣，將早餐放到桌上，「想問什麼？」

「爲什麼這件禮服在這？」陶菫問。

秦如初挺直背脊，臉色仍有些蒼白，聲音微啞：「如果我說，我想要妳穿這件小禮服參加我的婚禮呢？」

陶菫微愣。

斂起表情，搶在秦如初之前，陶菫開口道：「妳是想要我去參加婚禮，還是……帶妳走？」

秦如初愣住。

陶菫目光灼灼，秦如初別開眼，語間溫度驟降，「……這不好笑，陶菫。」

「如果我眞的做了呢？」

秦如初木然地看著她，臉上毫無笑意，「那麼，我會恨妳一輩子吧。」

話落，秦如初轉身走出房間，因此錯過了陶菫臉上一閃而逝的掙扎，以及欲言又止的雙眼。

那天早晨後，兩人不再交談。昨晚的溫馨親密，彷若一場夢。

第九章

「陶姊，妳還好嗎？」

正在公文中恍神的陶堇抬起頭，發現是同事妹妹呂于婷，那畫得精緻的細眉微皺道：「陶姊是不是很累？要一起去茶水間嗎？」

陶堇想了想也好，泡杯咖啡提神才能專注於工作上，於是起身與呂于婷一同走到茶水間。

或許是想讓氣氛輕鬆些，呂于婷嚷嚷著假日的趣聞，而陶堇也應答幾句不想掃她的興。咖啡機前，呂于婷難掩雀躍地說：「今天的上班動力就是薪水入帳！」

陶堇看了眼手機，這才發現眞到領薪日了，便打開銀行APP查帳，雙眼微微睜大。

呂于婷也正低頭，無意間看到了相簿的照片，才猛然想起有件事想跟陶堇確認，抬起頭，語帶猶疑地說：「陶姊，有件事我想跟妳確認。」

「什麼？」

「就……這是我昨天拍的，是陶姊的男友嗎？」

手機螢幕轉向陶堇，她定眼一瞧，微微睜大，又瞇起，淡淡道：「嗯，是他吧。」

「那他手上打石膏是受傷了嗎？」

陶堇的語氣更淡了些：「可能是吧，我不是很清楚。」

呂于婷不禁一愣，聽出話語中明顯拉開距離的生疏，正想問陶堇與男友是不是吵架，便聽到陶堇道：「他的事情……我可能沒辦法回答，因爲我們已經分手了。」

呂于婷不敢置信地睜大眼，眉頭緊皺，伸出手輕撫陶堇的手臂關心道：「陶姊妳還好嗎？」

大抵是被以爲精神恍惚是因爲失戀，陶堇想了想也不打算解釋。原本覺得沒必要跟同事交代自己的感情生活，但對郭向維，從一開始的捨不得到現在的厭惡，陶堇只想盡快與他切割，再無瓜葛。

雖然很疼，但對陶堇來說是必要的決定。

得知陶堇失戀，中午午休時間呂于婷外出買了個小蛋糕慰勞陶堇，這讓陶堇覺得有些驚喜與感激，但仍無法驅散她心中的沉悶。

陶堇的帳戶莫名地多出了三個月的薪水。

看到第一眼是訝異，思忖了下，便明白是誰匯鉅款給她——雖然對秦如初而言只是一點小錢，但對一直腳踏實地賺錢的陶堇來說，這可不是一筆小金額，而這筆款項正巧能支付龐大的醫療費用。

思及此，陶堇煩躁地低聲咕噥：「傻子嗎……」兩人明明鬧翻了，卻還是依約匯了錢——甚至比陶堇想得還要多。

陶堇輕嘆口氣，正逼自己專注於工作上時，桌面通訊軟體忽然跳出視窗，竟是經理找自己過去。她放下工作走到經理位子，再隨著他走出辦公室，進到招待室。

「經理找我有事嗎？」

「有件事想跟妳討論，坐一下。」

陶堇點頭，同經理一同坐下面對面。經理雙手交疊支著下頷道：「記得之前徐小姐的案子嗎？」

「記得。」

「那件案子她的部分是完成了，但牽扯的部分比較多，所以基本上仍未標完案。我今天想跟妳說的是，徐凌要辭職了。」

陶菫一愣。

「徐凌辭職沒什麼，但她是這專案的負責人，既然案子是妳接下的，妳這幾天有時間就找徐凌好好聊聊吧，確認一下那邊的情形，也認識一下交接的人。」

縱然心裡千百個不願意，但既然是公事，陶菫也只能吞下答應。這簡直就是舊疤未好、新傷又來，想到就覺得頭疼。但公私本就要分明，所以陶菫還是硬著頭皮聯絡了徐凌。

「這週我比較忙，不太方便。」電話另一端的徐凌淡淡道：「如果妳要約的話，下週四或五我比較有空。」

「那就下週五好了，麻煩經理了。」

徐凌笑了一聲，「妳男友也是麻煩我，怎麼什麼都要我來處理？」

陶菫神色微微一凝，想起方才呂于婷的照片，又聽到徐凌頗具暗示性的話語，忍不住開口問道：「他……受傷了？」

「妳怎麼不直接找他親眼確認？」徐凌隨意地說道：「看妳好像誤會了什麼，我還是跟妳講一下好了——我承認，是我先勾引他，但他不忠在先，瞞著妳跑到前女友婚禮，我們才碰巧遇上。」

前女友婚禮？陶菫壓根兒不知道這事，啞然地聽著徐凌繼續說：「要知道郭向維在我們這可是新好男人的代表，我覺得挺有趣的撩了幾次，誰知道他就眞的劈腿了，後來我膩了可是甩不掉他，就這樣。」

徐凌拿遠手機，準備接受另一端的咆哮，卻只聽到陶菫沉默了一會，語氣平靜地問：「妳愛他嗎？」

徐凌簡直不敢相信自己聽到的。她語氣拔高地否認：「當然沒有！我不愛他，鬧著玩的！」

「可是他喜歡妳，我感覺得到。」陶菫聽上去仍是那樣冷靜，「因為他沒有用那種眼神看過我。該叫妳什麼？Linna？妳既然勾引他，那就是有點好感在，試著去喜歡他看看吧。」然後電話就這麼掛了。

徐凌怔怔地看著手機，面對這驚愕的事實，久久無法回神。

陶菫摁掉手機，輕吁口氣，濃濃的疲倦感席捲而來，讓她覺得有些喘不過氣。天底下大概沒有第二個人會鼓勵前男友跟小三在一起試試看了吧？陶菫自嘲地笑了笑，無視自己的心正在淌血。

雖然這段感情最後是以郭向維的劈腿結束，但不能否認這五年郭向維是個好情人、好男友，給過自己許多美好的、快樂的回憶，雖然也因為如此反蝕更甚，但陶菫還是感激的。

熬到下班時間，秦如初仍未捎來訊息，陶菫不知道自己是該先回去，還是要去哪晃晃，又或者……回自己住處看看？但一想到原租屋處可能有討債黑道徘徊，陶菫不免有些懼怕。

這點，秦如初比誰都清楚。

銀車自快速道路上方駛下交流道，直往某地。副駕駛座是眼熟的美人，她半降車窗摘下墨鏡慵懶道：「妳怎麼一直沒跟小朋友聯絡？」

秦如初瞥了方玟一眼，那一眼使得兩人鬧僵的關係昭然若揭。

「有時間調侃我，不如好好認路。」

「是是。」方玟一邊看手機一邊指引方向，忍不住嘆道：「陶小朋友也挺可憐的，有個敗類哥哥，要是沒這哥哥她肯定輕鬆很多吧。」

秦如初不語，但那神情顯然是同意的。

「不過……」方玟看著資料，意味深長地說：「陶岳大部分的錢最後都流向徐俊安，這點陶菫不知道吧？」

提及此，秦如初壓壓脣角，語間溫度驟降，「處理好再告訴她吧。對陶董來說，徐俊安就是當初唯一一個願意挺身幫她的人……我不想讓她傷心。」

「畢竟都已經逼死人家爸爸了。」方玟接道。頓了下，方玟斂起笑容，視線投向秦如初，輕輕地落下一句，激起秦如初心中的波瀾。

「……這就是妳那麼幫陶董的原因嗎？因爲知道自己做得再多都還不了。」

秦如初沒有回應，兩人不再交談。

「天啊……這男人怎麼可以把自己搞成這樣？臭死了！」

打開房門便見散落一地的酒瓶，令方玟直接捏鼻，毫不掩飾自己的嫌棄。秦如初眉也不皺，斂下眼瞅著在床鋪上鼾聲如雷的男人，壓壓脣角，嗓音低了幾分道：「陶岳。」

在秦如初與方玟面前的，正是陶岳。

見陶岳沒反應，方玟掩鼻道：「要不要直接拿桶冷水澆他？」

秦如初眉梢一抬，面對這酒氣滿溢的套房輕嘆口氣，拿出手機，不一會，警笛聲震耳欲聾，讓陶岳慌得直接跳起身跌下床，慌忙道：「警察！警察在哪？」

秦如初摁掉手機，低下眼瞅著陶岳，「警察沒有，手機倒是有一支。」邊晃了晃手中的手機。

陶岳這才回過神來，站起身往後退，「妳、妳們是誰？爲什麼在我家？誰准妳們擅自進來的——」

「你以爲我們願意嗎？」方玟聽不下去直接打斷他的話，搖搖頭沒好氣道。

秦如初見著眼前的男人，實在難以與陶董相提並論。兩人互看一眼，似乎都在想同件事。秦如初聳聳肩道：「我們是誰不重要。我有件事想問你。」

陶岳心裡不由地警戒起來，他看著眼前兩個陌生的女人，面上仍強裝不屑，「憑什麼？」

「憑我知道你最近在販毒。」

陶岳雙目圓睜，下意識地想到藏掖毒品的地方，冷不防聽到秦如初在後平靜道：「沒有用的，現在換地方或是扔掉都沒有用。」

陶岳惱羞成怒，衝進廚房拿著水果刀出來，面目猙獰道：「沒用？好，那我殺了妳們兩個滅口有沒有用？」

秦如初面色不改，方玟下意識地往後退一步，眼裡閃過一絲驚慌，卻見身旁的秦如初道：「你敢嗎？」而後竟往前邁了一步，神色鎮定。那眼眸寒光冷冽，看得陶岳頭皮發麻。

那是完全不畏死的眼神。

「若不是對你我還有事要辦……」秦如初嘆息道，邊從包包裡拿出一個紙袋，扔到了陶岳面前。

陶岳警戒地看她一眼，撿起紙袋打開一看，頓時一愣。

那是一個錢袋，裡頭裝著厚厚一疊的錢。

見到錢，陶岳眉梢染上欣喜，這正是他終日借酒澆愁的原因——錢，就是一個字，錢。錢不夠用，投資全賠光了。爲了錢，他不惜染毒賺取暴利，苟且偷生，如今這筆錢如此輕易掉在腳邊，他又怎麼能忍得住？

「刀放下。」

陶岳看她一眼，一邊數錢一邊道：「妳是誰？給我這麼多是想做什麼？」

「誰說我只給這樣？」秦如初不答反問，又拿出一個紙袋晃了晃，「所以，要不要好好談談？」

陶岳瞇了瞇眼，放下刀至桌上，雙手交疊於胸膛，「妳先說妳是誰。」

秦如初彎彎唇角，拿出手機不知道撥了電話給誰，不一會，紛沓的腳步聲上樓，幾位黑衣人忽然闖入陶岳套房，站在秦如初身邊。

陶岳一顆心簡直要跳出嗓子，怔怔地道：「妳、妳……」

「很不巧，我剛好認識一些朋友。」秦如初悠悠道：「但你是陶堇的哥哥，我這次可以先饒過你。」

陶堇？

聽到這關鍵字，陶岳立刻急道：「妳是陶堇的朋友？妳這樣我要問陶堇——」

話未完，冰涼且銳利的刀刃忽然抵在脖子上，背後是一名黑衣人，頓時之間陶岳進退兩難。他迎上一雙森冷戾氣的眼眸，渾身一顫。

「說到刀，我可能比你會用。」秦如初語氣平緩，「我今天找你正因爲陶堇，懂嗎？」

陶岳被嚇得連口氣都不敢喘，感覺到生命眞受到了脅迫，只敢微微點頭，面色慘白。

那樣的眼神，不是威嚇也不是開玩笑，她是眞的會動手——這想法悍然地刻入陶岳腦海中，令他冒出一身冷汗。

他怕死，可是她不怕。

秦如初收回身子，放下刀至一旁櫃子上，一邊道：「我是陶堇的誰不重要，你只要知道爲難陶堇就是爲難我。那錢一袋是封口費，另一袋，就是搬家費。」

陶岳一愣，激動道：「我爲什麼要搬家！」

「你也可以不搬啊。」方玟在旁涼涼道：「不過下次來這找你的，就是警察跟監獄了。」

陶岳不敢置信地瞪大雙眼，在秦如初與方玟間來回掃視，欲說些什麼，秦如初便先開口：「我說了，一袋是封口費。如果陶堇知道了什麼，下次來這的，就不是我們兩個了。」

話落，幾位黑衣人面無表情地上前包圍住陶岳，秦如初的聲音悠悠傳來：「他們會做什麼，我就不知道了。」

「……妳到底是誰？要我做什麼才甘願？」

秦如初面露一絲不耐煩，不敢相信眼前的男人會是陶董的哥哥。她嘆口氣直言：「帶著錢離開這，別再出現在陶董跟你媽面前，去打擾、影響她們的生活——順道一提，不要再聽信他人的投資建議，好好的腳踏實地賺錢吧。」

陶岳臉上一陣青、一陣白，沒想過會被一個女人當著面如此奚落。陶岳正覺得難堪欲出惡言，下句話卻讓他將舌尖上的謾罵全數吞回肚裡。

「徐俊安的身邊，沒一個好東西……就這樣吧。」

陶岳怔怔地看著秦如初，不明白為何從她口中聽到陶董又聽到徐俊安的名字，但陶岳知道，秦如初今天所說的每一字、每一句，都是真的。

而他，似乎真的該離開這了。

回到車上，方玟喘了好大一口氣，哀道：「這什麼鬼差事！下次我可不來了！」這種逞凶鬥狠的事，她可不在行。

駕駛座的秦如初涼涼地瞥她一眼，「是妳說要跟來的。」

「我以為很有趣！」方玟抗議道。

「不刺激？」秦如初反問。

「……太刺激。」方玟伸個懶腰，摸摸自己的肚子，「放鬆下來就餓了——不過，我有點意外妳會跟陶岳說這麼多。」按理來說，身旁這冷情的女人事情辦完便會直接走了，然而她沒有，反倒多勸幾句要陶岳放下發大財的夢，腳踏實地賺錢，一切重新來過。

秦如初沉默了一會，話語如風，颳進了方玟心裡。

「我只是……不想見他步上他爸的後塵，死在錢上。」秦如初道。

然而，不出幾日，陶岳仍舊傳來了噩耗——毒品使用過量，呼吸衰竭死亡。

❄

陶菫確實想過，有天要將母親接來就近照顧，或者哪天養老基金存足時，她便返鄉與母親同住，可她沒想過那不出遠門的母親有天竟會直接北上，甚至是因爲奔喪。

陶岳死了，母親哭得肝腸寸斷。

接到通知時，陶菫腦海一片空白，一度以爲是詐騙集團，直到趕赴醫院親眼見到陶岳的遺體時，陶菫這才信了。

陶岳的死因是因爲毒品服用過量，導致呼吸衰竭而死。聽到「毒品」二字，陶菫皺眉，怎麼也沒想到自家哥哥會墮落到這種程度。

爲什麼要碰毒?陶菫想不透，也沒辦法思考。

陶菫不知道該如何告訴母親，可哥哥的死訊她一定得帶到，且必須將陶岳送回家才行。

陶菫在醫院打給母親時，沉默了好半晌，張開口，喉頭卻發不出聲音。母親不耐煩，頻頻催促著，陶菫才顫抖著說:「哥哥他……過世了……」

電話另一頭沉默片刻，才傳來漫天咆哮與哭吼:「開什麼玩笑——怎麼可能——」陶菫聽著，她也同樣不敢置信。

母親立刻出門搭了高鐵準備北上，陶菫則是與部門經理請了喪假，再爲自己落下的進度一一與同事說明與致歉。這時候陶菫才發現，自己在這竟沒有任何一個稱得上友好的同事。

陶菫一向安分守己，不給人添麻煩也不讓別人幫忙，進了公司許久，也只有本就善於社交的同事呂于婷會稍微多聊幾句。聽聞陶菫家有喪事，呂于婷上前挽起她的手，難過地說：「請節哀。」

「謝謝。」陶菫扯了個笑容，「麻煩了。」

「沒事，妳這星期就放心去處理家裡的事，我們下週見？」

陶菫點點頭，收拾東西提早離開公司，路上也打電話給宋安琪，跟她說起哥哥的喪事。

「妳還好吧？」宋安琪關心問道：「現在妳要去哪？」

「先去車站接我媽，再一起去醫院看我哥。」陶菫隨手想攔輛計程車，一台轎車卻停在自己面前。車窗降下，陶菫一愣。

「妳要去哪？」駕駛座上正是一段時間沒有說上話的秦如初。陶菫怔怔地看著她，別開頭，方往前走，秦如初又往前開，「喂。」

陶菫惱了，冷道：「關妳什麼事？」

瞧她一副冰塊臉，秦如初臉上不但毫無慍色，還輕抬眉梢，聲音高了幾分：「憑妳陶菫是我情——」

車門一開，再用力關上，得到一記狠瞪，「妳真的話很多。」

秦如初彎彎唇角，空出右手放到陶菫腿上，「我個人是行動派。好了，現在去哪？」

陶菫頓了下，道：「放我到車站就好，我要去接我媽。」

秦如初眉頭微皺，「什麼事這麼突然？」

陶菫別開眼，望向車窗外，「要一起去趟醫院。」

「怎麼了？身體不舒服？還是受傷了？」

「沒什麼……」這是事發至今，陶菫第一次流露出一絲疲倦。

秦如初急切的關心如股暖流流淌過心底，心裡那根繃緊的弦也因爲秦如初在身旁而鬆下，頓時湧上深深的疲倦與無力。

第一時間，她便逼自己進入狀況，迅速且冷靜的一一處理。在知道母親可能無法面對哥哥死去的狀況下，獨力與禮儀公司溝通細節、確認問題，凡事得靠自己。

尤其，是在與郭向維分手後，更是如此。

郭向維能幫上她的事或許不多，可至少心裡有個支柱，而這正是陶菫最需要的。如今郭向維不在了，陶菫心裡一片空蕩，這才是最讓她感到難受的。

陶菫活到現在似乎都在爲他人付出，從付出中試圖得到認同，家人、情人，甚至是工作皆是。

可秦如初不一樣，是要她接受付出。

駛近車站，秦如初忽地開口，語氣平緩：「如果妳想到我，就打給我。不見得是需要我，只要想到就可以了，我會出現。」

陶菫覺得心裡有什麼跟著一落，咬緊的牙根也跟著放了。

「我哥死了。」

握著方向盤的手一顫，險些偏離道路，很快地秦如初穩住方向盤，停好車，握住陶菫的手，「不管妳現在想什麼，不准認爲是妳的錯，或是怪罪到自己身上。」

陶菫一愣。怔怔地看著秦如初認眞的神情，那眼神有著不容置喙的堅定，要她不可以對自己究責。胸口脹得很滿、很疼，一時之間分不清是什麼情緒。

鈴聲響起，陶菫回過神，見是母親打來趕緊接起並下車。秦如初也一同下車，跟上了陶菫。瞅著陶菫的背影，便想到陶岳毫無預警的死。秦如初有些難以置信，想不明白是怎麼回事。但眼下重要的是陶菫，姑且先將這事放到一旁，陪著她去高鐵站接人。

不料，卻撞見這一幕。

「媽——」

啪。

那一聲清脆的巴掌聲使得四周靜下，周圍目光全匯集於此，有人低聲討論也有人快步離開。陶菫站在那垂著頭，臉頰發燙。

「妳、妳……」陶母氣得渾身顫抖，哭吼道：「妳怎麼還敢見我！帶著妳哥哥來見我啊！」

眼看又要落下一個巴掌，陶菫閉上眼，直挺挺地站在那。不料，巴掌沒有落下，中途被人給攔住了。陶菫睜開眼，驀地一愣。

「她也是妳的孩子。」

秦如初抓住陶母的手腕，緊緊地。陶母怔怔地看著秦如初，無故撒在陶菫身上的憤怒，在對上秦如初有些似曾相識的面容時轉為困惑。

「妳……」

「媽！」陶菫的喚聲拉走了陶母的注意力。龐大的悲傷席捲而來，讓陶母只能緊緊抓著陶菫，老淚縱橫，「我要去找妳哥哥，我要去見他……」

陶菫有些鼻酸，點點頭，扶著一夕間蒼老許多的母親離開車站。秦如初就跟在不遠處，陶菫則對她輕輕搖頭，招了輛計程車。秦如初沉默地點點頭，回到自己車上，緊隨計程車後。

現在的母親滿腦子都是陶岳，旁人一點刺激就會無差別的遷怒，陶菫不希望讓旁人受累，尤其是秦如初。

誰都可以欠，就是秦如初不能。

陶母對於兒子的死耿耿於懷，無法接受這駭人的事實，拚命替陶岳辯駁不可能死於毒品，不可能碰毒，就算碰毒了也是別人害的，要求還她兒子一個公道……鬧得整層醫院都知道陶家的事，讓陶堇感到心力交瘁。

陶堇勸不了也帶不離母親，最後是幾位護理師幫忙安撫，這才讓陶母情緒穩定下來，而她也一口咬定是陶堇害死陶岳的。

「是妳！」陶母朝著陶堇嘶吼道：「是妳不顧妳哥哥！是妳不什麼都給他才會這樣——」

陶堇木然地看著母親，最後是秦如初在旁聽不下去上前拉走了陶堇，「走了。」留下歇斯底里的陶母與警衛在那。

秦如初拉著宛若木偶的陶堇往前走，走到隱密的樓梯間，仔細端詳陶堇的小臉，雙頰有些紅腫。她輕嘆口氣，單手撫著陶堇細嫩的臉頰，脣湊上前輕輕一吻。

「我媽被強暴後生下我。」

秦如初一愣。

陶堇面色平淡，輕道：「我媽曾有個論及婚嫁的未婚夫，那人並不是我爸，是陶岳的爸爸。在他們結婚前，我爸因爲喜歡我媽，所以在一次酒聚後強暴了我媽，陶岳他爸便拋棄我媽。我媽原本想走的，可是懷上了我，所以被外婆家逼著嫁進了這個家裡，過著她不想要的生活。」

秦如初眼神柔和幾分，握住了陶堇的雙手，蹲在她身前，視線自下而上，凝視陶堇清麗的面容，「所以，妳認爲，這是妳的錯？」

陶堇不假思索地說：「從以前到現在，只要看著我媽，我都在想……如果當初沒有我，就好了。」

「但是，我很慶幸有妳。」秦如初輕輕摩挲陶菫的手，「有妳，很好。」

不知怎麼地，陶菫的鼻頭有些酸。

「我知道這種感覺很難受，但是，我還是希望妳不要否定自己。」秦如初頓了下，繼續說：「即便這種感覺就像是被全世界遺棄一樣，妳也不要放棄自己，或是懷疑自己的存在。」

秦如初說的每一句話都深深地烙印在心上，彷彿述說著自身感受，這讓陶菫忍不住脫口問：「妳也曾這樣過嗎？」

秦如初沉默片刻，伸手輕撫陶菫的臉頰，凝視半晌後道：「我……被強暴的時候，也曾這麼想過。」

陶菫一愣，視線落到了秦如初臉上。

「那是……好久以前的事情了。」

❄

在秦如初的印象中，父母總忙於工作，而她自小被父親帶在身邊，浸身商場，周旋於商務人士與位高權重者中，人脈極廣。

人脈中的其中一條，便是徐佐洋。徐佐洋膝下有兩名兒女，徐俊安與徐凌，兩房各生一個，是同父異母的兄妹。

在認識徐凌之前，秦如初先認識了徐俊安。

「你家如初眞的很不錯。」在一場應酬上，對面坐著徐父，身旁是徐俊安。那時秦父與徐父仍是生意夥伴，這次明面上是飲酒餐敘，實則是想讓秦如初與徐俊安拉近距離。

秦父舉起酒杯，朗朗笑道：「哪裡，我是只有這女兒，才要帶在身邊教。你家才好，一男一女，俊安也是愈來愈俊了。」

徐父拍拍徐俊安的肩膀，「我兒子也就這優點，長得好看了一點，辦事能力還是如初老練，像我那個小女兒徐凌完全搬不上檯面。」

此話一出，始終沉默的徐俊安開口道：「徐凌沒有這麼差。」

秦如初抬眼看了對面的徐俊安一眼，兩老愣了下，是秦父趕緊笑著打圓場：「看看，多麼愛護妹妹的好哥哥，眞優秀啊哈哈哈。」

秦如初的視線落在徐俊安臉上，迎上一雙晶瑩剔透的黑眸，不過幾秒，她便移開了。

吃過幾次飯，秦如初和徐俊安的交情還是那樣輕輕淡淡的，顯然鴛鴦譜點不成，這事也就不了了之。

在商場上浸身許久，秦如初最早明白的一個道理便是——商場無好友，也無敵人。利益相同便隨時能稱兄道弟，反之亦然。

高中畢業後進入大學，跨了一個學習階段，商場也變了。

曾爲至交夥伴的秦父與徐父，因爲一次生意談不攏，沒料到徐父從中作梗，在後捅了一刀，導致秦父損失慘重。自那次之後，兩人關係就此決裂，不再來往。

秦如初就是在這個時間點認識了徐凌。

戀愛這事紙包不住火，秦父勃然大怒，認爲自己苦心培養的女兒全栽在此，怒道：「妳要跟徐凌在一起是不是?好，妳爲我賺到五千萬我就不管妳們兩個了!」

秦如初咬著牙答應了。

秦父知道了，徐俊安自然也知道了。兩人在一起後，徐凌曾拉著秦如初歡天喜地地說：「我想把妳介紹給我哥，我們三個一起吃頓飯好不好？」

秦如初答應了。

這一見面，是多年重逢。

眼前的徐俊安蛻盡一身稚嫩，當年晶瑩剔透的黑眸再不復見，變得深不可測、幽暗不淸。兩人極有默契地隱瞞多年前曾被亂點鴛鴦譜一事，假裝彼此初識。

「她是秦如初。」徐淩臉上是從未見過的雀躍表情，也是第一次如此正式地介紹交往對象，「是我想結婚的人。」

此話一出，秦如初與徐俊安二人皆是一愣。

方交往不過數月，秦如初從未想像過如此久遠的事情，可徐淩卻已認定她是一生摯愛。

徐俊安安靜的目光落到了秦如初臉上，眸中微光閃爍。

眼眸之中似乎藏有什麼情緒，眨眼即逝。

「這樣啊……」他說。

在那之後的某天，徐俊安忽然捎來訊息：「最近忙嗎？想找妳吃個飯，聊聊徐淩。」

既然現在她與徐淩正在交往，而徐俊安又是徐淩的哥哥，她沒理由拒絕，於是答應赴約。

那是一間高級日本料理餐廳，包廂式的，就是有錢也不見得排得上。兩人約在這，秦如初雖有些訝異，但仍不疑有他。

「來啦。」

拉門一開，桌上已擺滿各式精緻料理，而徐俊安正坐在榻榻米上等待她。

秦如初坐到了他對面，朝他頷首道：「久等了。」

「沒事。」徐俊安將水杯推向秦如初，「喝點水喘口氣吧。」

秦如初接過水杯，順著喝了幾口。

兩人動筷吃了一些後，徐俊安才幽幽說道：「我妹很開心地說著妳的事，看得出來她是真的很喜歡妳。」

徐俊安盯著秦如初，那眼神不知怎麼地讓秦如初覺得有些悚然。她隨意回道：「就那樣吧……」

「妳覺得，妳配得上我妹嗎？」

秦如初一愣，拿筷的手一顫，筷子落到了盤上發出聲響。不是被這句話嚇的，是手不知為何不聽使喚，拿不住東西。

「妳怎麼敢碰她？憑妳那骯髒的手。」

頭忽然有些暈，腦袋彷彿被人灌了糨糊般難受，視線也跟著搖晃。秦如初開始覺得不對勁，想起身卻發現使不上力。對面的徐俊安站起身，走到秦如初那側，蹲在她身旁，彎彎脣角，「沒有用的，這裡都是我的人。」

絕對的隱密，也絕對的危險。

「你、你……」秦如初往後退，呼吸粗重，「你想幹什麼……」

「妳說呢？」手撫上臉頰，再順著脖頸摸至胸口，輕易地挑開衣領，「擁有徐凌的人憑什麼是一個女人？怎麼可以是妳？」

那一瞬間，一個駭人的想法悍然印入腦海，秦如初撐著眼皮啞著嗓道：「你對徐凌——」話未完，眼前一黑，雙眼與嘴都被人摀住，失去了意識。

當她再睜開眼，已身處地獄。

秦如初躺在陌生的床鋪上，全身赤裸，被緊綁的雙手高舉過頭，動彈不得。

「醒了？」

秦如初猛然看向身穿浴袍的徐俊安，他手正持著菸緩步走向床，「很快就醒了嘛。」方坐上床，秦如初便想往旁躲，然而徐俊安快了一步壓上她。

「你不怕我告訴徐凌嗎？」秦如初氣紅雙眼，眼底深處漫布恐懼。

「妳會嗎？」徐俊安彎彎脣角，解開綁在浴袍腰間的繫帶，扳開秦如初的雙腿，利用身形優勢使她被迫張開，「妳可以去說說看啊，相信徐凌不會很難過的。」

秦如初的心咯噔了下。

「我想她也不會一輩子活在愧疚之中。」

秦如初鬆下身子，眼一閉，肉莖毫無前戲地挺入體內，傳來撕裂般的疼。沾血的肉莖塞進嘴裡抽插時，眼淚流下。

耳邊傳來怎樣的淫聲穢語，秦如初感到麻木，任他羞辱、任他踐踏，只求時間過得快一些，然而那夜卻如此漫長，長得好些年過去，秦如初仍走不出那陰影。

秦如初一次又一次地這麼想——

若是可以，願求一死。

「……妳爲什麼不告訴妳前任。」

難過的是她，爲什麼哭的人是陶菫呢？秦如初用指腹抹去她的眼淚，輕道：「說了可以改變什麼嗎？」

陶菫被堵得說不出話。

「既然無法改變什麼，不如什麼都不要說。」秦如初的話音極淡，內容卻如此沉重，「誰都可以知道，就只有我的前任不行。她要是知道了，這一輩子都會活在愧疚與自責當中，無法解脫。」

因爲太了解徐凌剛烈的性子，秦如初才選擇隱瞞她，這麼多年來從未鬆口。

「那妳呢？」

秦如初不明白地看著陶堇。那雙溼潤的雙眼直直地看著自己，「妳顧了所有人，妳自己呢？」

「妳需要我嗎？」秦如初突道。

陶堇微愣，迎上秦如初平靜無波的雙眼，第一次在那眼中，看見了自己的倒影。陶堇下意識地點頭，輕輕說了聲「嗯」才回過神來，連自己也感到訝異。

「那就足夠了。」秦如初說。

忽地，陶堇放在口袋中的手機鈴聲大作，她拿出手機，秦如初看了眼來電之人，目光深了幾分。陶堇趕忙接起，「徐小姐！對不起我——」

「我還沒有這麼不近人情。」手機另一頭的徐凌不以爲意地說：「聽說妳家有喪事，我打來只是想確認今天晚餐是不是就延期了？」

陶堇知道，家有喪事並不是她拖著工作不做的藉口，畢竟沒有誰該爲她負責，或是應該要體諒她，於是道：「不用，我現在可以過去。」

「眞的？」

「是。」

徐凌默了會，淡淡道：「好，那吃個飯吧，我這邊的資料都準備齊全了。」便將電話給掛上。

方掛上電話，秦如初便道：「妳去忙吧。」

見陶堇神色有些遲疑，秦如初又說：「只是吃個飯而已，我會顧著的，有事隨時聯繫妳。」

陶堇點點頭，拿了包就趕緊赴約。

目送陶堇進電梯後，秦如初斂起神色，走出病房邁往陶母所在的地方。

陶母正坐在長椅上發呆。

在親眼見到陶岳的遺體後，她這才相信了兒子已經死亡的事實。崩潰過後，她垂著頭坐在那。驀地，入目之處多了一雙鞋。

「好久不見。」

聞聲，陶母抬起頭，見是秦如初不禁皺起眉。總覺得這張臉面熟，卻想不起在哪見過，直到秦如初下句落下，她才激動地站起身。

「我爸是秦秋松。」

秦秋松，一個陶母永遠不會忘記的名字。見她反應激烈，秦如初平靜道：「妳記得我爸，怎麼就不記得是自己拋棄恩愛的未婚夫，改跟了當時位高權重的陶天哲呢？」

陶母一愣，雙腿跟著一軟，坐到了長椅上。秦如初彎下腰，幽暗的眼眸看進陶母眼中。

「爲什麼要編織一個彌天大謊，讓女兒覺得自己是不幸的存在？」秦如初說得輕而緩，「妳想讓女兒覺得愧疚，好對她無止境地勒索嗎？」

謊言被戳破令陶母惱羞成怒，吼道：「妳憑什麼對我說三道四！逼死陶天哲的，就是秦秋松，妳是我們母女倆的仇人。」

秦如初瞇了瞇眼，道：「欠錢討債理所當然，眞正逼死陶天哲的人，是他自己。」

陶母冷笑道：「妳敢說妳跟妳爸一點關係也沒有？我不管妳跟陶菫是什麼關係，難道妳能當著陶菫的面正大光明地說『妳爸的死跟我無關』？陶天哲就是當時信了妳爸，所以他才會死這麼慘！」

秦如初沉默不語。

「他就是爲了躲債才早早離家，也讓陶菫從小沒爸爸，我只好告訴陶菫，他爸病死了，可是我們都知道，他到前幾年才上吊自殺的。」

是，秦如初知道，且當時陶天哲就是秦如初在處理的。

在與秦父攤牌與徐淩的事後，他以五千萬作爲要脅，讓秦如初背地裡去處理那些他不能親自去碰的事，處理好後再給她一筆款項，幾年下來也存了兩千餘萬。

這是秦如初當時能想到的，最快的賺錢方式。

爲了與徐淩在一起，她的雙手滿是鮮血，隻身處於腥風血雨之中，就爲了保護徐淩嚮往的藍天。而她經手過的人之中，有陶天哲，陶菫的親生父親。

陶菫剛進入公司時，秦如初並不知道這些。直到方玟告訴自己，陶菫的前上司是徐俊安後，她才進一步調查陶菫的家庭背景，赫然發現陶菫是陶天哲的女兒。

那個她間接逼死的人的女兒。

那一刻，秦如初忽然懂了何謂因果報應。

對於陶菫，她始終感到虧欠與複雜，也從未告訴陶菫，自己藏著的祕密。當陶菫一步步對她卸下心防，秦如初開心不起來，只感到罪惡與難受。

秦如初說過，她對陶菫的好並非出自純然的善意，是真的——是虧欠。

是知道無論她對陶菫再好，都還不了一條命以及一個家庭。

這是秦如初從未想到的後果。

在做那些事的當下，秦如初一向果斷狠絕，一次又一次完成父親交代的事，並得到了數筆鉅款。她從不在乎自己毀掉了什麼，甚至可以說是漠視這一切。

在這是非不分的世界中，秦如初沒有想得太多，又或者是身體被玷汙後，她的心更加地硬了。

秦如初防著身邊所有人，唯獨沒有防自己喜歡的人；徐俊安是徐淩重視的哥哥，她不會防。可事實上是，她被下藥然後被強暴。

這讓秦如初對這世間的一切更加麻木不仁。

可當有一天，一個被留下來的孩子長大成人，真正地站在自己面前，並對自己好時，秦如初茫然了。

這也是第一次，秦如初真正感覺到——不是所有事都可以用錢解決的。

例如，一個家。

第十章

「對不起。」

一見到徐凌，陶菫立刻表達自己的歉意，「本來應該是我要主動聯繫妳的……」

徐凌目光閃爍了下，擺擺手，「無所謂，反正我也不在乎。」

徐凌的一雙眼緊盯著坐到自己對面的陶菫，視線上下打量，冷不防地道：「妳眞的是很奇怪的人。」

陶菫不明白地看著徐凌。

「妳明明眞的愛過郭向維，爲什麼可以如此輕易地面對我？不是應該對我恨之入骨之類的嗎？」

陶菫目光暗下，沉吟半晌道：「或許勾引郭向維是妳不對，但動搖的終究是他自己，那麼就算今天不是妳，是別人，郭向維仍會這樣。」

徐凌一向伶牙俐齒，早已想好各種說詞，準備反擊陶菫對自己的控訴，然而怎麼也沒想到她能看得如此透澈。

「……妳眞的好奇怪。」徐凌嘆口氣，揚起一抹苦澀又複雜的微笑，「這樣反而讓我更不好受，所以……對不起，但妳不用原諒我。」

陶菫頓了下，道：「妳不也很奇怪嗎？道歉了卻不要求對方的原諒。」

「不，我道歉是爲自己幼稚的行爲負責，並不是爲了被原諒。」

瞅著徐凌清澈的眼眸，陶菫輕問：「可以問妳爲什麼要這麼做嗎？」

徐凌深吸口氣，再緩緩吐氣，拿起手機亮了桌面轉給陶堇看，「這是我跟我前任的合照。」

陶堇定眼一瞧，頓時一愣。

合照裡的那個人，正是秦如初！

陶堇不敢置信地道：「妳前任是……秦如初？」

「不行嗎？」

陶堇急問：「那妳有個哥哥嗎？」

「有啊。爲什麼突然這麼問？」

陶堇怔怔看著眼前的徐凌，這才知道秦如初口中的「前任」，正是她身邊的人，還是她感情中的小三。視線落到螢幕上，合照中的秦如初笑得很燦爛，是她從未見過的表情。

徐凌收回手機，感嘆說道：「這就是原因。我莫名其妙被她甩了，在那個時間點剛好遇到郭向維。那時我覺得天底下沒有眞正專情的人，大家都說他只愛妳一個，我不相信，所以……就那樣了。」

看到徐凌略窘迫的樣子，陶堇忍不住微微一笑，但一想到秦如初，笑容便斂起幾分。徐凌也察覺到她的低落，想來或許是爲了喪事煩心，便進入了正題，兩人開始邊用餐邊談公事。

結束一段落後，陶堇問道：「方便問妳爲什麼要離職嗎？」

「想休息。」徐凌也無意隱瞞，淡淡道：「妳也知道吧，秦如初要結婚了，我想休息了。」

杯中液體折射出一張悲傷的豔麗面容，舉杯淺嘗，聽見陶堇說：「喝酒沒關係嗎？等等我幫妳叫車？」

徐凌搖頭，「謝謝，不過我哥會來載我。」又多喝了幾口，不畏酒烈一口接著一口。提到秦如初的婚事，徐凌周身彷彿籠罩烏雲，那濃濃的憂愁旁人也不禁感到沉重。

看著徐凌眞的毫不知情的模樣，陶菫忽然有個衝動，想把一切都告訴徐凌，可一想到秦如初泫然欲泣的表情，她又硬生生嚥下。

不能說。

陶菫捏緊自己指腹，一次又一次告訴自己，不能說。秦如初小心翼翼守著的心酸與寂寞，全爲了徐凌，她不能崩毀它。

飯後，陶菫扶著已然微醺的徐凌走出餐廳，正對面有輛銀車忽然打開車門，修長的長腿跨出車，引起了陶菫注意。直到那人走出陰影處，陶菫驚訝地睜大眼。

「徐俊安？」

「徐俊安！」

身穿深藍色西裝的徐俊安掛上無奈微笑，視線落到陶菫臉上，「好久不見。」

「你好慢！」徐凌已有幾分醉意，胡亂地揮著手，「慢死了！」

徐俊安站到兩人面前，伸手接過徐凌，眼神寵溺，「好好，是我不好。」扶著徐凌，他朝陶菫點頭微笑，「近來好嗎？」

「你是……徐凌的哥哥？」

徐俊安點頭，「是啊，我們長得不太像，不過我確實是她哥，我妹麻煩妳了。」

眼前風度翩翩、氣宇軒昂的男人，曾在前公司裡幫過她一次又一次，她心中那個好上司，竟然就是秦如初前任的哥哥……陶菫忽然感到一陣反胃，摀著嘴站到一旁乾嘔，卻吐不出任何東西。

「陶菫，妳還好嗎？」徐俊安擔憂地問。

那個知道她家裡情況，對她相當寬容與慷慨的徐俊安，竟是衣冠禽獸？她還曾與宋安琪稱讚過徐俊安是個多好、多有能力的上司，然而實際上，他卻是個噁心至極的畜生！

「我先送我妹回車上，妳在這等我。」

可當徐俊安安置好徐凌，返回餐廳門口時，卻已不見陶董的身影。他不以爲意地聳聳肩離開。口袋的手機鈴聲大作，拿出一看，陶董接起，聽到裡頭傳來熟悉的平淡嗓音時，眼眶不禁一熱。

「妳結束了嗎？」是秦如初。

「結束了。」

「那我去接妳，妳在哪？」

陶董說不出話來，心臟彷彿被人緊緊抓著，幾乎讓她感到窒息，喘不過氣。

秦如初頓了下，低問：「妳還好嗎？」

陶董一愣，眼淚滾滾溢出眼眶。明明她什麼都沒說，爲什麼秦如初卻感覺得到呢？

「陶董，往前看。」

聞聲，陶董抬頭，一台熟悉的轎車停在對街。打開車門，秦如初走下車，朝自己快步走來。陶董的眼淚仍直直落下，秦如初眉頭微皺，牽起她的手走回車上。

關上副駕駛座的門，秦如初繞回駕駛座，轉頭看向陶董，「怎麼了？」

「妳前任是徐凌，她哥哥是徐俊安，是不是？」

秦如初神情沒有半點意外，只是輕嘆口氣，伸手輕撫陶董的臉頰，「是。可是，妳爲什麼要這麼難過？」

「因爲我痛恨自己的無能爲力。」陶董說得有些快、有些急，「我什麼都不能說，看著徐凌、看著徐俊安，我多想把這一切都告訴徐凌，可我知道不行、不可以，我眞的覺得很難受，很痛苦，很煎熬……」

陶堇迎上秦如初波瀾不興的雙眼，忽然隱隱約約意識到了一些改變，而陶堇不想承認的事實，從別開的雙眼中昭然若揭——

「我改變妳了，是嗎？」

陶堇沉默不語，眼淚不再流下。

秦如初嘆口氣，收回了手，嗓音低了幾分，嘆息般地說：「妳哥的後事處理完後，我就離開。」

❄

陶堇回到醫院時，見到了長年在國外的小阿姨，和母親正相擁而泣。

當年陶堇的小阿姨因爲喪子之痛，兒子死於空難，爲了逃離這傷心地於是搬至國外。聽說陶岳的噩耗便趕回臺灣。

有了小阿姨在旁協助，事情會順利許多。

陶岳的遺體運回了老家。忙中的空檔，小阿姨忽然將陶堇拉到一旁，輕語：「我想跟妳道個歉。」

陶堇一愣。

「阿姨一直躲在國外療傷，沒能幫助到妳跟哥哥，我很抱歉，我眞的很失職。」小阿姨苦笑道：「看得出來妳過得很辛苦，對不起。」

陶堇搖搖頭，「她是我媽，是我的責任，沒有任何人應該爲我負責。」

小阿姨摸摸她的頭，心疼道：「妳眞的太懂事了……有件事情，我還沒告訴妳媽，想先跟妳商量。」

「阿姨請說。」

「我在想，要不要把妳媽接來一起住，互相有個照應，但我還是想先問妳的意願，如果妳覺得不妥，我就不跟妳媽提了。」

聞言，陶菫的目光落到不遠處的母親身上。飽嘗喪子之痛的母親，一夕之間蒼老許多，在小阿姨抵達前，母親沒有任何的笑容，直到見到小阿姨，母親的臉上才露出微笑，而這正是陶菫想見到的。

如果母親能與小阿姨兩人相伴，姊妹彼此互相照顧，是不是比在這來得好？

「可以……給我一天的時間考慮嗎？」

「當然！妳慢慢考慮，現在事多，一切平順安穩就好。」小阿姨笑道。她握住陶菫的手，細細摩娑，「有件事……我覺得妳媽說不出口，我想替她告訴妳——妳並不是被強暴後生下來的。」

陶菫一愣。

小阿姨神色複雜，娓娓道來：「怎麼說呢……妳媽有個未婚夫且有了陶岳是眞的，在兩人補辦婚禮前夕，妳媽認識了妳爸，兩人一見鍾情，經過一番波折最後結婚了，並很快有了妳。」

「所以，妳並不是不被祝福的出生，相反的，當時妳媽跟妳爸很相愛。」

這些，全顚覆了陶菫一直以來的認知。她從未想過事實是如此，甚至覺得是不是小阿姨編來安慰自己，意識到這點，陶菫激動道：「那爲什麼我媽要這麼說？她知不知道這些年我一直……一直沒辦法原諒自己，認爲自己不該出生……」

小阿姨嘆道：「因爲妳媽後悔了。沒想到結婚後妳爸欠錢，早早就離開家躲債，而妳媽的未婚夫卻飛黃騰達，結了婚，很幸福。所以，妳媽才……」

「才遷怒我嗎？」陶菫接道：「對哥哥好也是因爲懷念前未婚夫，而我是我爸的女兒，所以……」

小阿姨點頭，神色無奈，瞅著陶堇的眼神盡是心疼，「我不會要妳原諒妳媽，但我希望妳可以愛自己，不要活在不幸之中。妳媽就讓我照顧，好不好？」

這一次，陶堇沒有遲疑地點點頭。

「乖孩子。」小阿姨摸摸陶堇的頭，又抱了抱她，「妳比妳自己所想的更好、更勇敢，謝謝妳努力活到現在。」

不語，伸手抱緊小阿姨，感受著從未自親人那得到的溫暖。心裡某些耿耿於懷的事，也跟著釋懷了。

見著這一幕，秦如初微微一笑，轉身走出庭院，撥了通電話給正急得如熱鍋上的螞蟻的某人，「喂，是我。」

「妳跑去哪裡了？不知道後天要拍婚紗嗎？」

另一頭傳來季裕航一句一句焦躁的話語：「今天我們本來應該要討論細節，現在只能改約明天！但明天我又不能提早下班，我讓清晨先去找妳，我晚點就到！」

秦如初不甚在意地說道：「知道了。」

有個可以讓人依靠的人在這協助陶堇，秦如初也放心不少，就提了包包準備先行離去，正巧被陶堇撞見。

「妳要去哪？」

秦如初眉梢輕抬，「回去準備婚禮。」

陶堇微愣，頓了下說道：「這麼晚了，睡一晚再回去。」

秦如初猶豫了下，陶堇又道：「怎麼？現在是連我家都不敢睡？怕被我睡了？」瞧她一副挑釁的樣子，秦如初彎彎脣角，「那就恭敬不如從命了。」於是就這麼留下了。

晚上，陶菫讓小阿姨睡在客房，秦如初則是被她帶到自己房間。見狀，秦如初挑眉道：「妳是故意的吧？」

陶菫翻個白眼，「我媽淺眠，要是跟人睡會睡不好；小阿姨不習慣跟人同床，分開睡比較好。」

秦如初輕笑一聲，揉揉她的頭說道：「妳在某些方面認眞得很可愛。」

陶菫瞪她一眼，卻沒拍掉那隻手。

那將她拉出深淵的手，一次又一次拯救了她。

兩人沐浴過後，雙雙躺到了床上。陶菫側過身調暗床頭燈，那一瞬間，鼻息湊近頸窩，她低吟出聲。

「我喜歡妳身上的味道。」秦如初說。

陶菫的胸口微微一緊，一旁落地窗上映著秦如初的面容，她想起了秦如初的告別。

那一刻，陶菫下了一個決定。

陶菫轉過身，在昏暗之中吻了秦如初，雙手伸進秦如初身上的睡衣，緊緊抱住她的背。陶菫吻得紊亂，軟舌探進薄唇之間，勾纏著秦如初。

這是陶菫第一次的主動，也是最後一次。

秦如初任著陶菫坐到自己身上撫過全身，上衣跟著脫了，兩人赤裸相對。陶菫跨坐在她身上，呼吸急促，眼眶有些紅。

「……妳沒有回吻我。」陶菫說。

秦如初抬眼凝視陶菫，想起很多事。她記得陶菫每一個樣子，倔強的、冷淡的、開心的、生氣的……唯獨沒有見過這種表情，是心痛。

「陶菫啊……」

陶董在她面前脫下自己的短褲與內褲，張開腿，拉過秦如初的手，慢慢地坐下。

這一次，不是秦如初索求她，是她自己渴望秦如初。

體內被熟悉的手指深深插入，陶董慢慢地搖起腰，低低呻吟。呻吟之中，有著壓抑的低泣。

陶董低下身，柔身相貼。秦如初翻身撐在陶董上方。一手持續抽動，另一手輕輕握住她的手。

「妳哥的債我全還了，妳要好好地展開新生活。」

陶董一愣，全身燥熱，沒法多想，只聽到秦如初靠在她耳邊呢喃：「妳不再是我情婦了。謝謝妳。」

下腹一緊，陶董抱緊身上女人。這一刻，陶董清楚地知道，這不是情不自禁的生理反應，而是內心對秦如初的渴望。

秦如初說得對，她改變了。

陶董在高潮後慢慢地鬆開手，溼潤的雙眼凝視那美麗的面容，彎彎脣角，啞著嗓道：「新婚快樂，要幸福。」

妳要快樂，比任何人都幸福。

❄

秦如初與季清晨約在畫廊。

方走近畫廊，秦如初便注意到門口告示，上面寫著「休館半天」。秦如初正想打給季清晨時，便見到畫廊內的季清晨。

季清晨一身純白洋裝，精緻的臉蛋柔柔細細，在晨光之下仙氣十足，令秦如初感到熟悉與懷念。

「妳來了。」季清晨推開玻璃門，雙眼彎彎一笑，「知道妳一大早就會過來，索性休館半天了。」

「我怎麼擔當得起。」秦如初低笑幾聲，走進畫廊，「我們等會再來談婚事，我想先四處看看，介意嗎？」

「當然不介意。妳若願意，我還能當嚮導。」季清晨掩嘴笑道。

兩人款步在畫廊之中，秦如初想起許多事。她並不意外季清晨能走到今天這步，過去她便時常爲校披袍征戰，獲獎無數，是學校傳奇，也是她所崇拜的對象。

走到一幅畫前，秦如初不禁停下腳步。

這畫，是高中時她唯一一次想坦承心意的那日午後，季清晨所畫的畫作。秦如初沒想到能在這見到這幅畫，心中感慨萬千。

順著她的視線投去，季清晨似乎也想起什麼，輕問：「還喜歡這畫嗎？」

問得輕巧，話音極輕，如粒小石子泛起她心中漣漪。秦如初凝視眼前的水彩畫，彎唇一笑，「欣賞。」

僅剩欣賞，不再喜歡了。

季清晨眸光溫柔，整個人溫潤如玉，宛若清晨朝露。好看是好看，可有更值得流連的地方了。

「妳不太一樣了，如初。」

秦如初微愣，不明白地看著她。

「有眞正喜歡的人了嗎？」季清晨嗓音溫淡，雖是問句，可那含笑的眼神分明是肯定。

秦如初想到一個人。

瞅著秦如初目光細微的變化，季清晨垂眸，自顧自地往前走。秦如初邁步跟上，兩人並肩而行，隨著季清晨走到了一幅畫前忽地停下。

秦如初順著往前一瞧，頓時愣住。

眼前是這展場中最大的一幅畫，但眞正讓秦如初訝異的是，這是一幅油彩畫。

「我以爲妳不會畫油彩。」

聞言，季清晨揚起一抹淡淡的笑容，輕語：「我也這麼認爲。不過我想，這是第一幅，也是最後一幅——」

「這是在我懷孕時畫的。」

秦如初愣住。

「我跟季裕航曾有個孩子，但不到三個月就流產了，不是我刻意墮胎。」季清晨神情平靜，彷彿談論著別人一般，「或許孩子也知道我還沒準備好，所以先跟我道別。」

秦如初不發一語，只是摟了摟她。

「……這也是我第一次懷疑自己是否還喜歡季裕航。」

秦如初的手一頓。

修長的手指撫過畫前展牌，季清晨低道：「這幅是〈你是年少的歡喜〉，剛剛那幅是〈喜歡的少年是你〉，很庸俗，對吧？」

側過頭，季清晨迎上一雙沉靜的眼眸，不帶任何揶揄與嘲弄，只是這樣安靜地凝視她，彷彿不管接下來自己說了什麼，秦如初始終會如此凝視著自己。

「我眞的，非常喜歡過季裕航。」季清晨背靠著外窗，任著陽光灑落，輕輕淡淡。「年少的他風度翩翩、學識淵博，總是一意孤行、堅持自我，那份堅毅讓我非常迷戀……因爲那是我沒有的。」

「……而我喜歡的，會不會只是年少的他呢？以及，那份不能愛的叛逆。」季清晨輕笑幾聲，略帶苦澀地道：「人好像都會長大的。」

「妳的意思是……」

「如初，妳想結這個婚嗎？」

秦如初微愣。

「這幾日我反覆在想這件事，過去也不是沒有想過，只是覺得季裕航不可能眞的找到一個妥貼的辦法。可當妳出現且願意時，我反而遲疑了。」季淸晨忽地握住了秦如初的手，聲音微顫：「我眞的想要這樣嗎？」

秦如初沒有反握她，任她牽著也沒有甩開。

「我知道我這樣很不負責任，可是我一天比一天徬徨。當我看著季裕航忙著跟妳的婚禮的模樣，我總有種不屬於這裡的感覺。」眉目間彷彿染上塵囂，那仙氣飄然的季淸晨，在秦如初面前漸漸像個人，一個也會爲七情六欲煩惱的凡人。

這是秦如初沒見過的季淸晨。

「可是，事到如今，還能改變什麼嗎？」秦如初聲音苦澀，「已經走到這了，不能回頭了。」

「妳有想過未來會如何嗎？」

秦如初沉默了會，開口道：「……現在，我不知道。」

「我一直在想，妳當初爲什麼會答應我們呢？」

迎上季淸晨淸澈雙眼的那瞬間，秦如初有種被看穿的錯覺。

「不只是因爲錢吧。」

大婚之日迫在眉睫，此刻無論說了什麼都不會改變這個事實，那麼……秦如初輕嘆口氣，點點頭，「錢是一個原因，但不是唯一的理由——更多的，是爲了我自己。」

「當初，我爸知道我跟徐淩在一起，氣得要我們立刻分手。我不服，他狠狠地撂下一句『妳爲我賺到五千萬我就不管妳們兩個了』……我也被他激怒了，之後……」

秦如初像是想起什麼，沉默片刻，才艱難地開口說道：「發生了一件事，讓我不得不放棄徐淩……理智上知道要放棄，情感上卻沒辦法說放就放，只能一直拖著不處理。直到遇到你們，才給了我逃跑的理由，和讓徐淩離開的藉口。」

「至於跟季裕航要的錢……」秦如初彎彎脣角，「就當向我爸證明，我確實賺得到五千萬吧。」

話已至此，季清晨也不再多說些什麼，又或許應該說，她本就不期待些什麼。一切都太遲了，在婚禮前夕，還有什麼能改變的？

季清晨鬆開手，將與秦如初的談話當作清晨朝露，陽光乍現，不復存在。

在婚禮前三天，一直無消無息的秦如初忽然捎來消息。

季清晨接起電話，心中燃起一絲希望，可很快地，便被駭人的事實輾壓而過——

徐淩自殺了。

❄

「當妳看到這封信時，代表我不在了。」

海浪陣陣，秦如初走下防波堤。她手裡拿著一瓶紅酒，是徐淩最喜歡的那支酒。她慢慢走向大海，在廣闊的大海前，自己是如此渺小。

「我怎麼也想不明白，妳跟我為何走到今天這步。」

冰涼的海水淹至腳踝，秦如初面向大海，凝視著抵達不了的遠方。

「妳或許也想不明白，我為什麼非得如此吧？如初，這不是我一時的衝動或是氣不過，不是這樣的。」

秦如初開了酒，對著遼闊夜空高舉瓶身，宛若與誰乾杯似的。

「妳是否會恨我、怨我？這些，都無所謂了。恨著也是一種記得，對嗎？」

脣抵瓶緣，秦如初仰頭灌了一口上好紅酒，喉嚨彷彿火燒而過，讓她忍不住咳了幾下。

「我愛妳勝過自己的生命，妳既然不在了，我又該如何活著……妳能明白嗎？如初，我愛妳勝過愛我自己，我愛妳如生命。」

「在知道無論我怎麼做妳都無法回心轉意時，我就有這樣的打算了。」

「如初，我無法祝妳新婚快樂、永遠快樂，我沒有辦法，我做不到，這對我來說真的太殘忍了……」

「這或許是妳要的——享不盡的榮華富貴、令人稱羨的神仙眷侶，可妳知道嗎？我想要的就是與妳過著粗茶淡飯的簡單生活，只要妳跟我彼此相伴，這樣就夠了。」

「如果知道最後妳還是會拋棄我跟別人結婚，或許一開始我們就不該相遇，對嗎？」

「可是，為什麼我還是覺得不後悔？一切重來一次，我還是會選擇遇到妳。沒有妳，我或許這一輩子都不知道自己可以擁有如此熱烈的感情，能對未來有所期待，這是妳所給予我的。」

「所以，如初，對不起，我走不出來，我沒有辦法接受妳跟別人結婚。我無法改變，那麼我可以結束我自己。」

「我愛妳如生命……」

徐淩被人發現時，已成一具浮屍。

她吞了安眠藥後投海自盡，在廣闊無邊的海上載沉載浮，隨波逐流。

這個海灘，曾是徐凌與秦如初約好，某天兩人結婚時要舉辦的婚禮地點，徐凌那時笑得燦爛，拉著秦如初甜膩道：「我要在這跟妳結婚！我要在海邊辦婚禮——」

秦如初彎唇一笑，眼神寵溺，「好，我們以後就在這結婚。」

徐凌甜笑，用力點點頭，「嗯，以後。」

那樣的以後，卻是徐凌選擇自殺的地方。秦如初坐在沙灘上，閉著眼，讓那彷彿摻了徐凌哭泣聲的海浪聲一波波刺入耳畔。秦如初抱緊自己，全身顫抖。

爲什麼會變成這樣？

只是喜歡一個人，爲什麼會變得如此……秦如初仰頭飲盡最後一口酒，這一次，她嘗到了鹹味。她放開手，任著空瓶被海浪捲進大海之中，緩慢地漂遠。

遠得再也看不見，一如徐凌。

在那無人的海邊，秦如初壓抑地哭著，流不停的眼淚，好似將這一段日子所有的傷心與難過全數宣洩而出。如果能夠重來，如果能……秦如初閉上眼，酒勁湧上，她昏昏沉沉地往旁倒，仰躺在沙灘上。

海風捲走眼淚，也捲走了時光，以及她喜歡過的人。

風衣口袋中的手機不斷震動，秦如初拿出一看，直接摁掉。可那人不厭其煩地撥了一通又一通，正當秦如初想直接關機時，亮起另外一個人的名字。

陶菫。

秦如初高舉手機，髮絲凌亂，是風一陣又一陣颳來。

末了，手機不再響起，隨即又傳來一則訊息：「秦如初，往前看。」

秦如初微愣，坐起身，往一旁防波堤上一瞧，竟見到一位身穿水藍色小禮服的女人挽起髮站在那。秦如初搖搖晃晃地站起身，以為是自己錯覺，可當那人愈走愈近，她才相信這不是錯覺。真的是陶堇。

走下堤防，脫下鞋，陶堇赤裸雙腳緩步走向秦如初。她妝容精緻，挽起髮，優雅美麗，一如夢中的模樣。

「妳……」

「我是來帶妳走的。」陶堇說。

秦如初啞著嗓道：「妳知道我結婚了嗎？」

婚禮並沒有因為徐凌、因為季清晨而取消，那婚禮還是辦得隆重而奢華，秦如初仍是全場最美的新娘。

這些，陶堇全看在眼裡。

「以後，我就是季夫人了妳知道嗎？」秦如初的聲音開始不穩，「我這樣就是嫁進豪門了妳知道嗎？多讓人羨慕！開心！這樣多好……」

陶堇平靜地看著秦如初不置一詞，在婚禮上她也在旁這樣凝視著紅毯上的秦如初。

她並沒有搶婚、也沒有在婚禮現場帶她走，而是從婚禮開始陪著到最後，婚禮結束後又搭上計程車，從酒店一路跟到了這海邊。

陶堇拉過秦如初的手，牽著她回到了車上。陶堇坐在駕駛座，右手放到秦如初眼上，輕道：「睡一下吧。」

秦如初閉著眼，安靜流著淚。

搖晃的車內，秦如初慢慢地睡著。車窗外的景致從大海走進山林，駛過了七彎八拐的山路，最後停在一間幽僻的寺廟前。

陶堇揉了揉開長途而瘦澀的眼睛，原想搖醒秦如初，可見到她眼下淡淡的青色便作罷，自己下車四處走走。

陶父在此長眠，靜靜地待在這。

「陶堇，妳爸爸……不是病死的，早年離開家是為了躲債，前幾年被逼得緊所以自殺了。他的後事當初我也有幫忙，但我也是現在才知道債主是誰——」

「就是那個跟妳一起南下的女生。她向我坦承這一切，也希望由我來告訴妳。」

「她希望，妳不要原諒她。」

身後傳來腳步聲，陶堇回頭一看，是秦如初跟著下了車。

陶堇走近她，牽起她的手道：「跟我來。」於是秦如初任著她牽自己進廟，邊聽到陶堇說：「平常這裡是不開放的，這次是我拜託師傅讓我進來。」

秦如初一愣。

走進塔裡，陶堇領著秦如初站到了陶父的塔位之前，垂頭說道：「爸，我來看你了。」

陶堇鬆開手，從桌上拿起一個筊杯，虔誠地說：「我可以問爸一些問題嗎？」

聖筊。

「我想照顧身旁這個人，爸同意嗎？」

秦如初一愣。

陶堇欲擲筊的手被秦如初按住，她慌張地看著陶堇，「妳知不知道——」

「我知道。」

秦如初怔忡。

陶菫拉著她的手，擲筊，半月型的紅筊轉了數圈——聖筊。

秦如初的眼眶一熱。

「該妳了，妳有什麼想跟我爸說的？」陶菫將筊杯塞到秦如初手中，目光清澈。

秦如初抬頭凝視陶父的塔位，眼睛眨啊眨的，忽然跪地三叩首，不知呢喃些什麼，才又站起身，顫抖著雙手，擲了筊。

——聖筊。

秦如初的眼淚滴滴答答地落下，陶菫捧起她的臉，輕問：「問了什麼？」

「妳爸……祂原諒我了。」

秦如初被擁入溫暖的懷抱中，在晨光下，兩人的影子合而爲一……

我們都有悔不當初的時候，也有無法原諒與和解的事。

但我們沒有誰該一直徘徊於痛苦與悲傷之中，我們都要向前走。

或許，這就是活著的意義。

終章

庭院中的繡球花開了。

一大清早，陶堇便發現苦心種植的花開了。她下樓走到宋安琪房門前敲了敲，「起床了，跟妳說件事。」

宋安琪的鬧鐘響起，她揉了揉眼，睡眼惺忪地打開房門，「怎麼了？」

「我們一起種的繡球花開了！」

宋安琪瞠大眼，睡意散去，驚喜地與陶堇一同下樓走到用心布置的庭院，蹲在繡球花前道：「養這麼多次總算開了！」

「嚴格說起來這是第三年。」陶堇在旁吐槽。

宋安琪嗔她一眼，「妳很煩！不過……也是三年過去了。」兩人站起身，站在改建後的陶家前感慨地望著。

陶母離開後，陶堇辭職了。

「妳以後打算怎麼辦？」宋安琪不捨地看著陶堇，「我們也合租好久了……總覺得有些捨不得。」

「我想回老家，然後……」陶堇頓了下，還是告訴宋安琪自己的決定，「回家經營民宿。」

宋安琪驚訝地看著她，「民宿？」

陶家本就鄰近觀光景點，具先天位置優勢，地廣人稀，附近也有許多相似的民宿，陶堇這次返家卽有這打算。

「不過要先改建才行。」陶堇微笑道。

見眼前的陶堇一副胸有成竹的模樣，宋安琪便知道她是認眞的，是眞的想回家做民宿。她一個心念微動，激動道：「那妳缺不缺人！」

「……什麼？」陶堇詫異地看著宋安琪，「妳認眞的嗎？妳知道這有可能會失敗嗎？」

「當然！」宋安琪連連點頭，「但妳想想，我有房務經驗、妳有現成的老家，我們不是很互補？」

「是沒錯……」

「而且，妳也知道我沒有兄弟姊妹，早就把妳當家人看待了。」宋安琪認眞說道。

陶堇沉默了下，再次確認道：「妳眞的願意跟我一起試試？」

「當然！這也可以算是我的夢想，所以我當初才會進飯店業啊。」

陶堇看著她，點點頭，「好。」

這事就這麼成了，兩個年輕具有憧憬與動力的女生各自辭了工作，將陶堇的老家改建成適合旅客歇息幾晚的民宿，半年後開始接待旅客。

有了宋安琪的房務經驗，上軌道的時間比陶堇所預計的快上許多。

期間雖然狀況不斷，但兩人樂此不疲，每天都過得充實而快樂。

在生活逐漸穩定下來的某個夜晚，兩人坐在庭院裡，宋安琪問道：「陶堇，爲什麼當初妳想要回來做民宿啊？」

「嗯……」陶堇雙手交疊於大腿上，垂眸，不知道想起什麼，忽然漾開一抹淡淡的笑容，「曾有個人說，她想要有一個家……大概是因爲這樣吧。」

宋安琪沒有多問下去，只是輕拍了下摯友的手，給予無聲支持。

衝動做出了興趣，又從興趣中得到了成就感，是陶菫始料未及的事。在每一對入住的旅客中，無論是情侶、家庭、青年等等，每個人都因爲不一樣的理由來到此地，也許是度假、也許是散心，又或者是紀念些什麼，陶菫都能從中得到一些快樂與滿足。

或許收入不穩定、淡季時甚至小虧損，但陶菫喜歡這樣的生活、這樣的工作，收支也慢慢打平。雖然很緩慢，但陶菫知道一切正在變好。

只是偶爾，夜裡一個人回到房間時，看著從秦如初家中搬走時唯一拿走的水藍色小禮服，陶菫還是忍不住發愣。

徐淩的喪事過後，兩人沒有再見過面，也沒有聯繫。

倒不是約好了不再見面、抑或是鬧得兩不相見，只是極有默契地你不言、我不語。期間唯一接收到的消息，就是喪禮上聽聞徐俊安患了重度憂鬱症，被送到國外療養。

徐父那時表情沉痛，整個人蒼老許多，膝下就兩個孩子，皆沒能好好地待在自己身邊，讓人不勝唏噓。

日子就這麼過了三年，眨眼卽逝……

❄

「陶菫，我整理好今天入住房客的資料了喔！」宋安琪喊道。

「好，謝謝。」陶菫正在整理房間，好讓下午三點入住的客人能有個舒適的地方休息。

下午三點開始忙著接待客人與處理客人需求，一路忙至晚間九點陶菫才稍稍鬆口氣，這才發現還有一位房客沒有入住。

「是不是還有房客沒到?」陶堇問。

宋安琪迎上陶堇視線,立刻低下頭道:「哦,對啊,客人說她剛停好車,妳要不要出去看看?」

「也好,不然這邊晚上也沒什麼路燈。」陶堇一邊說一邊拿著小手電筒走出民宿。

看著陶堇走出民宿的背影,宋安琪微微一笑,整個人神采飛揚,暗自竊笑著。

陶堇方走出民宿,便看到不遠處的停車場有簇花火。

「請問……」

花火映照著熟悉的精緻面容,入了陶堇眼底,璀璨如銀河。陶堇怔怔地看著蹲在自己眼前的女人悠悠站起身,拿著一根仙女棒,隱約可見的微彎脣角,是如此熟悉。

「妳想問我是不是今晚的房客嗎?嗯,我是。」秦如初說道。

仙女棒落到腳邊,才有雙手可以接住飛撲過來的柔身。

「妳……」

「我不是季夫人了。」秦如初含笑的嗓音說道:「或許說,一直都不是。」

「是不是都無所謂。」陶堇靠在她肩上,閉上眼,「這樣就好。」

「我有所謂。」秦如初輕輕回抱她,手放在她腰上,呢喃道:「我們一直都沒有登記,只是這樣的關係最後還是被發現了,但,一切比我想得要好——」

「喜歡一個人的眼神,騙不了的。」

這是季祖母說的。

大婚之後遇上季祖母的大壽,一家和樂融融,在秦如初以爲平順落幕時,季祖母忽然私下拉著秦如初與季裕航,劈頭說道:「你們……並不相愛吧?」

兩人皆是一愣。

沒料到有被揭穿的一天，兩人面面相覷，一時之間不知道該說些什麼，季祖母繼續說道：「愛是一生相伴。有些事錯了，改正就好，別將錯就錯地過。」

「季清晨後來去法國，而且有了攝影師男友。」兩人並肩坐在河堤邊，夜涼如水，任風拂過，「人都會改變的吧。」秦如初說。

陶堇抬起頭，望向秦如初的側臉。

三年過去，秦如初確有改變，但陶堇說不出是哪裡不一樣了。

「妳會住在這裡多久？」

秦如初側過頭望向陶堇，深深地凝視著她，「一直，我不走了。」

陶堇一愣，輕咬下唇，眼眶有些熱，嘴上仍在逞強說道：「我有說可以嗎？」

秦如初笑了。

夜風溫柔，如秦如初覆在她唇上的吻一般，很輕、很柔，拂進心裡。眼前的繡球花盛放燦爛，隨風搖曳。

「陶堇，我想要跟妳有個家。」

不需要妳給予我什麼，這次，我想我們一起努力，一起有個家。

陶堇怔怔地看著秦如初，半晌，揚唇一笑，笑彎的眼猶如天上明月，眼中帶著一絲溫柔。

「——好。」

全文完

番外　脣吻之上

雨落清夜，秦如初慢慢睜開眼，視線投向床旁的落地窗一會，慢慢下移，停在睡得安穩的清麗睡顏上。

秦如初摟了下陶菫，仍在沉睡中的陶菫下意識地往秦如初懷裡靠。秦如初微微一笑，手放到她的後背，順著背脊優美的弧度上下輕撫。

直到陶菫翻身，秦如初才停下動作，坐起身，摸了摸陶菫的後腦，輕巧地下床，放輕腳步走出臥房。

方下樓，就見到民宿外的廊下有人坐在那抽著菸。秦如初打開門，不意外地道：「睡不著？」

方玟瞅她一眼，欲捻熄菸，便聽到秦如初說：「沒事，妳抽妳的，畢竟會管妳的人也不是我。」

拿菸的手一頓，方玟潦草一笑，繼續抽起，嗓音微啞道：「妳大半夜不睡覺來這做什麼？」

秦如初坐到一旁的椅子上，似笑非笑地看著方玟的側臉道：「這不是我該問妳的嗎？有家不歸的人又不是我。」

方玟沉默著，垂下眸，順手將菸給捻熄了。

秦如初雙腿交疊，手隨意地放在大腿上，向後靠著椅背，凝視廊外細雨道：「我夢到了以前的事，醒來時發現下雨了，就睡不著了。」

「夢到什麼？」方玟順勢問。

秦如初不語，方玟兀自笑道：「老婆就在旁邊還夢到舊愛的概念嗎？」

秦如初輕嘆口氣，道：「我們的關係……沒有到那種程度。」

方玟不以爲然地說：「蹉跎人家寶貴的青春然後不打算娶回家嗎？妳可眞是負責任啊，秦如初。」

秦如初沉默不語，凝視前方的目光多了幾分茫然，忽地站起身走回民宿，再出來時手上多了一瓶伏特加與一瓶水果氣泡酒，以及兩個小空杯。

方玟挑了挑眉，拿過酒瓶。秦如初說道：「反正我們都睡不著，不如喝一點小酒吧。」嘴上說著小酒，手上正混著酒，分明打算醉了。方玟笑嘆搖搖頭，淺嘗一口。

「宋安琪說，陶菫一直很渴望能跟我有段公開且穩定的關係。」

方玟噗哧一笑，搖了搖手中的酒杯，「一般人都希望這樣的，應該說，大家都是認識、戀愛、交往，最後結婚——妳曾經也是如此的。」

秦如初仰頭飲盡杯中酒，又替自己斟了一杯，「……我又怎麼會不希望呢？我也希望能與陶菫公開且穩定地在一起，但是，我也有我的顧慮。」

語末，秦如初像是想起什麼，輕嘆口氣。

見狀，方玟問道：「陶菫沒有問妳爲什麼要來找她嗎？一隔就是三年，不是三個月，妳知道的吧？」

秦如初搖頭，「沒有，陶菫從來沒有問我爲什麼，也沒有提過想穩定下來，要不是宋安琪跟我說，我大概一輩子都這樣了。」

「……不打算給陶菫一個名分？」方玟問。

秦如初不答反問：「是『名分』？還是『枷鎖』？說眞的，哪天我在街頭忽然被人砍死，我也不意外……告訴所有人陶菫是我的人，然後讓她曝光在危險下？」秦如初低著頭，「我做不到。」

方玟收起幾分戲謔笑意，看著自己的酒杯，沉默了會，道：「既然如此，妳又何必回來？這不就是把危險帶到陶堇身邊嗎？」

秦如初雙手交疊於大腿上，向後靠著椅背，「原本，我只是想回來看她一眼。但看到她之後，我就不想走了。」

「所以妳就從那天留下來到現在？」方玟問。

秦如初點頭，「我放下了所有一切，只想跟她在一起……但是，她依然覺得我總有一天會離開。」

方玟望向秦如初，迎上了一雙特別清亮有神的黑眸，泛紅的臉頰看上去已然微醺，可那雙黑白分明的眼睛卻十分清醒，她低道：「其實我也怕哪天我會離開……但不是離開她，而是離開這個世界。」

秦如初似乎想起什麼，握著酒杯的手微微發顫，這些，全入了方玟的眼裡。

方玟拿起酒往兩人酒杯中倒了些，「妳可以讓陶堇知道妳的想法，而不是這樣逃避下去，將她蒙在鼓裡，這樣對她來說並不公平。」

兩人口中的陶堇正蜷縮在被窩之中，怔怔地看著空蕩蕩的床位，手放在一旁床鋪上輕輕撫著。她不知道睡夢中曾被人摟緊，輕輕撫摸、順背安撫，只知道醒來時只有自己一個人。

窩了會，陶堇才掀開棉被下床，走下樓，剛好碰到方玟以及……秦如初。

「妳來得正好，我正想把她扛回房裡。」方玟無奈道：「喝不多，就是喝太快可能有點暈了。」

秦如初閉著眼，輕靠著陶堇。

陶堇摟著她的腰，滿是歉意地朝著方玟道：「麻煩妳了。」

「沒事，我只是陪她喝點酒而已。」方玟擺擺手，視線落到秦如初身上，想起方才的對話，看向陶堇輕道：「她……有時候比妳想得更容易退縮。」

陶堇微愣。

「妳別對秦如初太好啦。」方玟滿臉嫌棄，「她就是犯賤，很常裝沒事的，妳要是想要什麼、想知道什麼，有時候可以直接問她，逼迫她也可以。」

陶堇失笑，輕道：「謝謝妳的建議。」

陶堇總是這樣平淡溫和，拿捏著人與人之間的關係與距離，唯一失了分寸的，便是秦如初。

回到房間，她將秦如初放到床上，睡了一覺醒來還得扛人，是陶堇料想不到的，但想想這個人是秦如初似乎不太意外。

秦如初總是帶給自己各種驚喜，或是，驚嚇。

「嗯……」

聽見秦如初發出不適的低吟，陶堇將她扶起，再倒杯水給她，「慢慢喝。」

秦如初掀開眼簾，便見到陶堇清秀的面容，她的胸口微微一緊，情不自禁地握住陶堇的手。

陶堇一頓，任她握著自己，輕問：「怎麼了？」

秦如初搖搖頭，鬆開手接過水乖乖喝下，重新躺回床上時，順勢將陶堇拉下。

「妳……」

陶堇枕在秦如初的胸口上，隨著平緩的呼吸胸膛上下起伏，陶堇抬頭看向秦如初，她正低眸望著自己。

「陶堇啊……」

秦如初的手放到陶堇的腰上輕輕摟著，陶堇嗯了聲等著下文，不料，下句話落下，竟會讓她腦海一片空白。

「我們……不結婚好嗎？」

❄

「妳跟秦副總什麼時候要結婚？」

聽著宋安琪明顯挖八卦的雀躍聲音，陶堇頭也不抬地說：「我們沒有打算結婚。」

「少來，她都回來找妳了，不是還說想跟妳有個家？那不就是想結婚的意思嗎？」

陶堇放下竹筷，平靜地看著宋安琪，淡淡道：「她不是……那個意思。」

宋安琪怔怔地看著陶堇，瞅著她的神情，明白她不是說笑的，思緒頓時打結，不明白怎麼會如此。

「……不然是什麼意思？」

見陶堇沉默著，宋安琪不敢置信地質問道：「還是，她不願意對妳負責？」

問句如利刃，輕輕劃在心上，頓時血流如注。

「可是不像啊。」不待陶堇的回應，宋安琪一邊回想一邊道：「秦副總對妳很認真，我感覺得出來她是真心的，會不會是有什麼苦衷，所以才不打算更進一步？」

陶堇輕嘆口氣，道：「她有自己的顧慮吧。我也沒有提過結婚的事。」

宋安琪不明白地看著陶堇，一時間沒法理解這是什麼情況，只是稍微問了兩人的事，大概知道這兩人的感情不是一天兩天的事，但……

「她不是在三年前跟季小開結婚嗎？等等——」一向耿直的宋安琪驚得直接脫口而出：「妳不會

當了小三吧？」

陶菫的胸口微微一揪。

「妳怎麼能這麼委屈！」宋安琪瞪大眼，「妳那麼好，怎麼可以讓她這麼糟蹋——」

「不是這樣的。」陶菫也不慌，淡淡地止住她的話語，輕道：「不是小三，是情婦，是我自願的。」

宋安琪怔怔地看著她。

陶菫靜靜回望，神色平淡，態度鎮定，「在我跟郭向維分手後、在她結婚之前，都是這樣的關係。」

這已經超乎宋安琪的想像，沒想過有一天自家好友竟會如此。原以爲陶菫的對象是自己的女上司已經夠讓她訝異，沒想過有一天會從陶菫口中聽到「情婦」二字。

「……現在呢？」宋安琪問道：「妳們還是這樣的關係嗎？」

見陶菫搖頭，宋安琪鬆了口氣，拍拍自己的胸脯，「幸好不是，不然我會很想掐死那個當初同意接待秦副總的自己。」

兩人能夠重逢，其中也不乏宋安琪的推波助瀾。

「那……妳們現在是什麼關係？」宋安琪問。

「我不知道。」

陶菫彷彿置身事外，可偏偏她就是當事人。宋安琪不可思議地看著她，有些顛覆對陶菫的印象。

「……妳開心嗎？」

想起平常秦如初與陶菫之間的互動，是那樣自然有默契，在旁看著的宋安琪一直認爲這兩人感情深厚，卻沒想過會是這樣的關係。

然而，那樣凝視一個人的專注眼神，是騙不了人的，無論是秦如初抑或是陶菫，都是一樣的。

「開心。」陶菫不假思索地說：「我喜歡。」

宋安琪輕嘆口氣，揚起無奈的微笑，「那就好……我就是不希望妳委屈自己，像過去一樣。」

陶菫微微一笑，心思有些飄遠。

對於秦如初，陶菫始終不敢期待，但不代表她沒有思考過這個問題，但每每看著秦如初，陶菫便問不出口。

所以，當秦如初這麼問自己時，陶菫同樣說不出話，秦如初隨即閉上眼，酒勁上來，昏睡過去。

陶菫挪動身子，躺到一旁，卻再也睡不著了。

結婚這事，陶菫是期待過的。

但她總覺得秦如初這次回來，藏著許多心事沒有告訴自己，所以陶菫想，或許不去期待，對秦如初才是最好的。

卻沒想到，秦如初會這麼直接地打碎她心中那一點期盼。

陶菫翻過身，面朝落地窗發起呆。不知何時雨已經停了，遠邊山頭微露晨光。

陶菫聽見秦如初翻身的聲音，下一秒，一股溫暖靠著她的後背，令她不禁一顫。

飲酒睡下後，秦如初又回到那個夢。

夢裡，是一片汪洋，是看不見盡頭的海。面朝大海，秦如初站在那，想呼喊誰，卻發現自己發不出聲音。

她走向大海，不由自主地，一步又一步。海水從腳踝慢慢淹至上身，秦如初感覺到刺骨寒意，但她沒辦法往後走，走回岸上。那海裡彷彿有誰拉著她，不願意她離開，所以她只能順著往前走。

走到海水淹至頭頂，秦如初閉上眼，大浪一捲，再次睜開眼時，她見到徐凌。

徐凌一語不發地看著自己，忽地流下淚。

「秦如初。」

似乎有誰在輕喚自己……秦如初緊閉著眼，渾身發冷。陶堇見情況不對搖搖她的肩膀，「秦如初。」

秦如初翻過身，手與腳不由自主地揮動，陶堇眉頭微皺，直接抱住她，稍稍揚聲道：「沒事，秦如初，沒事。」

秦如初猛地睜開眼，呼吸有些不穩。她怔怔地看著陶堇，全身鬆下，靠在陶堇懷裡。

陶堇輕嘆口氣，「妳怎麼了？」

「……做夢。」秦如初啞著嗓道：「我夢到自己差點溺死。」關於徐凌的，秦如初沒有多談。

陶堇摸摸她的頭，不置一詞，只是又將她抱緊了些，希望秦如初能稍稍放鬆下來，回到現實。

鬧鐘響起，秦如初輕輕推了她，「走吧，該去準備早餐了。」

陶堇低頭看了看秦如初，確定她無異狀後點點頭，兩人一同下床準備房客早點。

早餐時間是七點半到十點，每天早上六點陶堇與秦如初就會起床備料，陶堇這才知道秦如初有著一手好廚藝。

「我很早就自己在外面生活了。」秦如初第一次進民宿廚房時，一邊做蛋包飯一邊說：『不會下廚會餓死的，而且外食吃多也會膩。」

陶菫這才知道自己對秦如初一無所知，包括她的過往，與其他的所有一切。

兩人相對而坐，享用著秦如初的好手藝。「那妳工作呢？」陶菫問。

「辭了。」

陶菫皺眉道：「工作辭了，那妳要做什麼？」

「來給妳養。」

陶菫翻個白眼，微彎的嘴角是藏不住的笑意。

可秦如初眞如她所想的那般，那天之後就眞的留下來了。兩人相伴一百多個日子，對陶菫來說，每一天都是最後一天。

「陶菫。」

欲走出臥房的陶菫停下，一回頭，便迎上一雙略帶遲疑的雙眼，不確定地道：「我昨天……有跟妳說什麼嗎？」

陶菫一愣。

沉默了會，在秦如初安靜的目光下，陶菫不答反問：「妳當初為什麼要來找我？」

秦如初微愣。

❄

陶菫與秦如初不太對勁。

三人方開始忙著房務，宋安琪便感覺到陶菫與秦如初之間有些尷尬的氛圍，好不容易抓到空檔，宋安琪低聲問：「妳跟秦副總怎麼啦？」雖然秦如初已經不是副總了，但宋安琪仍習慣如此稱呼，久了陶堇也習慣了。

「嗯……」一時間，陶堇也不知道從何說起。

沒有吵架、沒有爭執，只是有些許的矛盾，而這樣的矛盾，就是兩人目前最大的心結。

或許，也是秦如初最不願意面對的事。

「……我們改天再談。」秦如初如此回應陶堇。回得輕巧，一如之前的每一次，只要碰到秦如初不願意說的事，她都這般四兩撥千斤。

然而，方玟的一席話卻縈繞於耳。

見陶堇面露難色，宋安琪體貼地說道：「好啦，沒事，如果妳想聊聊的話，歡迎隨時找我，我們先去忙吧。」

接待完絡繹不絕的房客後，三人在休息室稍作休息，方玟拎著兩袋消夜走進來，「來啦，給大家吃點好吃的。」

宋安琪嘖嘖兩聲，接過竹籤插了一個鹽酥雞，「算妳上道，賴在這還知道要買吃的。」

「這話就不對了，我可是小陶陶收留的。」方玟想往陶堇身上蹭，不意外被秦如初揪著領子，「想做什麼？」

方玟自討沒趣地呿了聲，重新坐正，秦如初則是坐到兩人中間，將這危險人物隔開，「妳好意思就這樣一直待下去？」

方玟笑瞇雙眼，頭上彷彿長出兩朵毛茸茸的耳朵，搖著狐狸尾巴說道：「陶主人說可以呀。」

秦如初翻個白眼，壓下敲她後腦的衝動，頓時覺得誤交損友。

說來方玟來民宿的那一天恰巧下起大雨，渾身溼淋淋頗爲狼狽，值班的陶堇見到人先是一愣，連忙帶她回民宿房間。

「我先進去洗澡，妳要是不忙可以坐一下等我嗎？」方玟說道。

聞言，陶堇便讓宋安琪去支援櫃檯，自己坐在房裡的沙發上等著方玟梳洗一番。等了會，穿著浴袍的方玟一邊擦髮一邊走出浴室，朝著陶堇苦笑道：「沒想到再見面時我會這麼狼狽……」

陶堇聳聳肩，「我也沒想到會是妳。妳是來找秦如初的嗎？」

「老實說，我只是想找個地方躲著。」方玟坐到床上，不知道是不是因爲髮梢滴著水珠，讓她看上去不如以往那般神采奕奕，「就想有個可以讓我安心休息幾天的地方……」

聞言，陶堇道：「如果是這樣的話，妳想待多久都可以。」

話方落下，急促的敲門聲便響起。陶堇看了方玟一眼，隨卽站起身走向門，剛打開內鎖房門被推開，見到一雙微瞇的眼眸。

「妳爲什麼把人拐進房間？」門外便是匆匆趕來的秦如初，見眼前的方玟身穿浴袍，毫不掩飾自己的嫌棄皺眉道：「洗什麼澡。」

瞧某人醋勁大發，方玟覺得有趣，興致一來，勾過剛走近的陶堇，「在談情說愛啊。」

陶堇無語，卻意外被秦如初拉進懷裡，深深按在胸口。頭頂上傳來秦如初壓低的嗓音：「妳要是再這樣，就滾回去。」

秦如初鮮少發怒的。饒是總掛著漫不經心的微笑的方玟也是一愣，舉起雙手，神情狀似輕鬆，可那語氣明顯軟下，頗有討好意味地說：「好好，我開個玩笑，別生氣。」

陶堇輕輕推開秦如初，化解場面尷尬道：「好了，晚上一起吃飯？」

秦如初隨卽鬆開手，神色自若地說：「我下廚，但沒她的份。」

「喂，我有帶妳愛的那支紅酒，這樣總行了吧？」

秦如初微彎脣角，「行。」

那晚過後，方玟正式在陶堇的民宿待下。一問才知道她與公司請了一週長假，不出國度假，反倒跑來這找秦如初敍舊。

「什麼敍舊，是騷擾。」

當晚飯間，秦如初涼涼說道：「根本是對小情侶吵架鬧脾氣好嗎？」

方玟翻個白眼，倒也不否認。宋安琪一臉八卦，左右探問：「什麼啊？方執行長對象是誰？」

「不就她那個特助嘛。」秦如初悠哉地吃著飯，一邊把方玟八卦給抖了出來，「賭氣離家出走啊。」

瞧方玟一臉憋屈，陶堇失笑，夾了肉片給她，「記得回去就好。」

「不回去。」方玟忿忿地夾了口飯，才正要夾肉片來吃，不料一雙長筷迅速夾向她的碗，立刻將那肉片送進自己嘴裡。

「……」方玟一臉無語看著得瑟的秦如初，視線轉到陶堇那兒，「妳怎麼能忍受這個人這麼久？」

陶堇失笑，搖了搖頭。看著眼前兩人你一言我一語，互相吐槽與玩笑打鬧的模樣，隱隱生出一絲羨慕。

那時是如此，現在也是。

兩人搶著彼此竹籤互相插走對方喜愛的炸物，鬧得天翻地覆，旁人看來幼稚不已，但在陶堇眼中，卻有些欽羨。

對於秦如初的喜好，方玟瞭若指掌，能輕易地說出一連串她自己都不知道的事，而秦如初也總拿她沒轍的樣子，縱容她去。

陶堇心裡感到一絲難受，有些酸澀。

趁著秦如初拿水的片刻，方玟湊到陶菫身邊，在她耳邊低問：「偷偷問妳一下，妳們現在做那件事——誰在上面？」

陶菫一愣，搖搖頭。方玟識趣地沒問下去，不料，陶菫悠悠道：「我們沒有再做妳想的那件事了。」

方玟不可思議地看著陶菫，「……真的？」

陶菫微微一笑，投向秦如初的目光摻著一絲茫然。方玟乖乖坐回原位，不明白秦如初與陶菫現在到底是什麼關係。

方玟只知道，與陶菫分別的這三年來，秦如初經歷了什麼。

❄

「妳不要以爲我會祝妳新婚快樂。」

在新娘休息室裡的鏡子中，倒映一張盛怒的美顏，與另一張精緻妝容成了強烈對比。

秦如初抬眼，眉梢透出一絲風情，豔麗嫵媚的妝感襯得她更加美麗迷人，但這絲毫無法澆熄方玟的憤怒。

秦如初瞅她一眼，淡淡道：「那妳來這幹麼？」

聽見騷動，新祕與助理跑來這關心情況，但一一被秦如初請出去，留下她與方玟獨處一室。

眼前的秦如初身著一襲純白婚紗，扎在眼底、疼在心裡，方玟握緊拳，過於憤怒的她連聲音都是顫抖的，「這眞的是妳要的嗎？」

秦如初面色平靜，反問：「是或不是，又如何？」

方玟記憶中的秦如初不是這樣的。

職場上的秦如初果斷狠絕，做事雷厲風行，從不公私不分，也不會向誰屈服過，強大而自信。

所以方玟不明白，爲什麼秦如初願意委身於季裕航，她所知道的秦如初，不會這般委屈自己

——

「妳生氣的、失望的，是妳期望中的我？還是妳面前的這個我？」

方玟微愣。

秦如初輕輕嘆道：「很多時候，我不是妳想像中的那樣子。」她看進方玟清澈的雙眼，一字一句緩緩說道：「妳將我視爲光，卻沒有問我願不願意。」

方玟鬆開了拳，面色不再緊繃，神色複雜地看著秦如初。

「……難道，陶堇就沒有說什麼嗎？」兩人關係昭然若揭，再不如一開始那般純粹的利益關係，方玟比誰都看得清。

秦如初別開頭，坐回鏡前，看著鏡中的自己，也望著方玟轉身離開的背影。

陶堇啊……

秦如初空洞的目光在想起那人時才有一絲動搖，泛起漣漪，可季裕航的身影很快地便讓秦如初回到現實。

「準備好了嗎？」季裕航站到一旁，「待會送客完後，妳想去哪就去哪吧，晚上也不用洞房，不過明天妳得出現。」

秦如初垂下眼眸，淡淡道：「知道了。」

站在婚宴大門後，秦如初攜挽西裝筆挺的季裕航，在衆人欽羨的目光下緩步走向紅毯盡頭。門一開，彷彿揭開了這婚戲的序幕。

在一片掌聲之中，秦如初忽地見到了水藍色身影——猶如處在夢境中，一切恍若如夢。陶董站在賓客之中，面色平靜，專注而安靜地注視著她。那道難以忽略的目光，不知怎麼地，讓自己感到一絲心安。

過去從沒有想過有天會披上白紗嫁予男子，若是過去的自己穿越時光而來，不知會如何數落現在的自己。

那樣的難受，在陶董的注視下竟如雙溫柔的手輕撫而過，沒有那麼疼了。

陶董的目光平靜如海，彷彿無論秦如初做了什麼，她總會如此溫柔注視著她。

在往後幾年黯淡無光的歲月之中，讓秦如初一次又一次堅定自己所擇，頭也不回地向前走。

儘管在那之後的三年，她歷經了人生中最黑暗的日子。

❄

「妳後悔了嗎？」

遠遠地，兩個一襲黑衣低調裝扮的女人站在殯儀館門外，視線投向館內。

沒等到回應，其中一名未戴口罩的女人繼續嘆道：「我後悔了。如果我知道代價如此沉重的話——」

「後悔能改變什麼嗎？」話語清冷，隨風遠逝，「在徐凌死後的每一天，我都這麼問自己。」

但妳並沒有因此改變自己的決定。季清晨如此想。

戴著口罩的秦如初脂粉未施，只露出一雙眼睛的她有著藏不住的憔悴，絲毫不像大婚剛過的新人。

徐淩告別式那天，細雨陣陣。

季清晨知道，自徐淩安放於殯儀館後，秦如初每天都守候在這，自己則是到告別式才來瞻仰遺容，與徐淩說再見。

雨絲之中，季清晨開口道：「我要去法國了，我沒有告訴裕航。」

秦如初低啞道：「什麼時候回來？」

季清晨投來一個溫潤的微笑，輕語：「或許不回來了。」

秦如初沉默了會，道：「我載妳去機場吧。」

告別式後，在移動棺木的路途中，家屬之中的其一會成爲亡者的火把，爲逝者帶路。

忽地，一道熟悉的低沉嗓音喚道：「如初，妳來吧。」

秦如初一愣。

秦父從館內走來，邁開長腿朝著秦如初筆直地走，站定在她面前，低眸道：「我能做的也就這麼多了。」

秦如初摘下口罩，面上分不清是雨水還是淚水。

人群中，有人問秦如初是誰？有人答，或許是哪裡認的乾姊，或是義妹。這些話全入了秦如初耳裡，掀起波瀾。

沒有名分的她們，縱然相愛過一場，最後，最親密的稱呼，也只是乾姊或義妹。

秦如初的鼻頭忍不住微微一酸。

隨棺木一同走出電梯時，也代表來到了火化處。當秦如初將引路竹子交還給主持法師時，秦如初忽然覺得雙肩一沉，有些暖、也有些熱，似陣風拂過臉頰，秦如初的眼淚隨即不聽使喚地落下。

那像極了徐凌過去從後擁抱她的感覺。

秦如初所喜歡過的人，都用自己的方式與她告別。

❄

季清晨離開的那天，陽光明媚。

清晨時刻，天邊微亮。遠遠地，熟悉的轎車朝自己駛來，季清晨提起兩箱行李，看了眼手表，時間剛好，是該離開這裡了。

一上副駕駛座，對上那雙空洞的眼睛，季清晨一愣，皺眉道：「如初，妳怎麼了？」

繼上次兩人相偕去徐凌告別式後，也是許久不見，怎麼知道秦如初幾乎讓她認不得了。

眼前這憔悴得彷彿強風一來便支離破碎的人，真的是那個總自信動人的秦如初嗎？

面對季清晨的關心，秦如初淡淡道：「我很好，死不了。」

季清晨眉頭微皺，「這什麼話？妳發生什麼事了？」

「一點事都沒有。」

秦如初散漫的態度讓季清晨有些不悅，但在她眼底隱約可見一絲疲倦，這讓季清晨忍不住嘆口氣說道：「妳很難過。」

那是一個肯定句，一個足以讓秦如初有一瞬恍神的直述句。她正開著車，逼自己打起精神，至少要將季清晨平安送達機場才行。

早起的關係讓季清晨有些昏昏欲睡，她頭靠車窗望著車外不斷變換的風景，想起了季裕航。真的，太痛苦了。

親眼目睹心上人結婚，自己處在陰暗之中……這種感情，太難受了。過去兩人相戀確實也是不能張揚，但至少兩人並無明面上的伴侶，而季清晨一度覺得自己可以接受這樣的關係，可當真的參加了季裕航的婚禮時，她便知道不可能了。

再也回不去了。

所以她只能離開，到一個沒有人認識她的地方重新開始。在那裡，她不再是季裕航的表妹，不是季氏企業的掌上明珠，她只是季清晨，不再是誰的誰。

但是，秦如初留下來了。

視線投向駕駛座上略消瘦的側顏，季清晨欲說些什麼，又沉默下。直抵機場停車場，兩人一同下了車，秦如初主動拉過季清晨的行李，手竟輕輕被另隻手握住。

「妳要不要跟我走？」

秦如初美眸圓睜，呆呆地看著季清晨堅定的眼眸，眼底微光閃爍，「我說真的，妳跟我走吧——」

秦如初身子微顫，眼底閃過一瞬的動搖，可很快地眼眸暗下，她抽回了自己的手。

她看了季清晨一眼，那一眼讓季清晨一愣。

看著秦如初拖著自己行李走進機場的背影，不知怎麼地，季清晨覺得有些難過。

秦如初正壓抑些什麼，季清晨隱約感覺得到，但也明白秦如初是不會對她敞開心房，將肩上的重擔分給她的。

這點，倒是與陶董如出一轍。

過去陶董跟著自己畫畫時，便時常聽到陶母在旁冷言冷語，給她施加諸多壓力。原本應該開心揮灑色彩的興趣，卻成了高低之下的競爭，身為一個深愛繪畫的人來說，這何其讓人難過？

況且，當時的陶堇年紀尚幼，連季清晨自己也不過正值年少，面對這情況不知道怎麼做才好。然而，陶堇卻落下一句，讓季清晨至今仍印象深刻的一句話。

「跟姊姊一起畫畫很開心，真的。」

當時的陶堇才多大呢？這樣年幼的她卻有著一雙彷彿能看穿世事的明亮眼眸，手拿畫筆平淡說道：「姊姊跟我一樣喜歡畫畫，這樣就夠了。」

那是對繪畫純粹的熱愛，不因外界紛紛擾擾而改變自己的本質。

陶堇就是這樣的人吧——即使與秦如初一般性子壓抑得讓人心疼，遇到壓力與痛楚也同樣不會求援，但不同的是，秦如初會往死胡同裡鑽，陶堇不會。

「在國外一切都要小心，保重。」秦如初將行李箱遞還給季清晨，眼底平靜如海，毫無波瀾地說：「我會顧著季裕航，妳別擔心他。若妳不想回來了，就不用回來沒關係。」

「我擔心的是妳。」

在人來人往的機場裡，道別前的互相擁抱稀鬆平常，可對秦如初來說，不是這樣的——

「三年，妳等我三年，學成後我就歸國。到時候，我要見到妳，知不知道？」

秦如初渾身一顫。

擁抱的力道加了幾分，季清晨的聲音有些顫抖：「答應我。」

臉頰沾上些許溼潤，卻不是自己的，而是……季清晨的。秦如初的手，輕輕放到季清晨背上，嗓音低啞：「……好。」

聽見秦如初的答覆，季清晨放開手，心裡緊繃的弦跟著一鬆，眨了幾下眼，幾滴淚珠滑落清麗面容。

季清晨含著淚微微一笑，是欣慰也是鬆了口氣。

秦如初怔怔地看著她，胸口說不上是什麼感覺。

「我先辦理登機了。」話落，季清晨拖著行李轉身離開，最後消失於人群中。

秦如初靜靜地站在那，想起自己的年少，不知渴望多少次那人的擁抱，如今實現了，卻感到悵然。

一轉身，朝陽升起，直照進機場落地窗，讓秦如初忍不住微微瞇起眼。

陽光伴著季清晨走過自動通關，走到候機室時，她望著機場外的大片藍天，想起方才在秦如初車上的那一瞥。

僅此一眼，足以讓季清晨的心狠狠一緊。

——秦如初車上有木炭。

那是藏在車裡的一包木炭，若不是剛好打開後車廂提行李下來，季清晨壓根兒不會注意到，而這代表的意思昭然若揭。

當下，季清晨心裡有些慌，不知道該怎麼阻止——甚至不知道該不該阻止，但她知道，她捨不得。

因爲捨不得，所以，季清晨決定用這種方式讓秦如初留下。

三年後，她要再見到秦如初。

儘管那時的她們，並不知道往後三年將過上怎樣的生活。

❄

早晨光線輕輕地穿透窗簾，秦如初慢慢睜開眼，看著天花板好一會才下床梳洗。

鏡中，倒映一張美麗的容顏，卻有一雙空洞無神的眼睛。

秦如初掬一把水隨意抹在臉上，兩手撐在洗手槽上，垂著頭，水珠順著臉頰滑落。

「妳醒了。」

聞聲，秦如初抬起頭，抹去了眼底一閃而逝的抗拒，側身望向正打哈欠的季裕航，揚起一如既往的笑容說道：「你今天沒有賴床。」

「哪能賴床。」他搔搔自己的後腦，抱怨道：「上次不過遲到三分鐘，就被我媽唸得耳朵都要長繭了。」

「知道還不去換衣服。」秦如初踏出浴室走向梳妝檯，開始化起簡單的淡妝，「你還有二十分鐘。」

季裕航瞅了秦如初一眼，想想上次兩人同床共眠似乎是回季本家睡下的那晚，他與秦如初被迫同房。

雖然秦如初沒有明說，但季裕航感覺得到秦如初的排斥，不待秦如初主動開口，晚上一進房便道：「我睡沙發。」

秦如初整理衣物的手一頓，欲說些什麼，季裕航淡淡說：「我是告知，不是詢問。」便拿著自己的枕頭與床被走到沙發，躺上去滑手機。

秦如初方上床，便聽到季裕航低低的嗓音傳來：「為什麼，妳沒有逃得遠遠的？」

兩人間的距離不近不遠，讓人感到心安，有些話也能自然而然地說了。

「……在知道我跟她的事以後。」

季裕航略啞的嗓音傳入耳畔，讓秦如初想到父親，想起他在知道自己與徐凌走在一起後，也曾用這種無可奈何的低沉嗓音對自己說了許多。

那時驕傲的她，又能想像幾年後會做人妻子嗎？

「因爲，我也曾這樣……」秦如初躺在床上，朝著天花板輕輕伸出手，五指收攏，輕道：「沒辦法好好地跟喜歡的人在一起，也曾爲此渴求過別人的幫忙。」

在微寒的夜裡，每一次的呼息都伴著清洌的空氣，在這過大的臥室，沒有屬於家的溫馨，只有如同牢籠一般的空蕩。

「那，妳後來跟那個人在一起了嗎？」

秦如初的心微微一緊。她看著自己的手，想起自己那天手拿著的引路竹。明明是好陣子前的事了，此刻卻清晰得彷若昨日。

「那個人……去了一個很遠、很遠的地方。」秦如初說。

「這樣啊……」季裕航的嗓音淡了幾分，「那就跟季清晨一樣了。」

季清晨。

許久未從季裕航口中聽到這名字，秦如初有些訝異，但想想愈是絕口不提的人，是不是代表愈放不下？

一如她也許久未提到陶堇，是一樣的。

話題止於此，秦如初翻個身，看著落地窗外的夜景發呆。不知道此時此刻的陶堇身處在哪、又過著怎麼樣的生活……但一想到自己如今的生活，秦如初只想笑。

這樣的她，又有什麼餘力可以關心陶堇呢？

待聽到季裕航均勻的呼吸聲後，秦如初坐起身，拉開床旁木櫃的抽屜拿出藥罐，倒了幾顆藥丸於掌心，配了幾口水嚥下，這才躺回床上。

若不是今日在季本家過夜，怕又是必須用酒精麻痺自己的一個夜晚。

藥效發作後，秦如初整個人彷彿墜入深海般難以呼吸，身體沉重、四肢無力，寒冷滲骨，只能全身蜷曲在棉被中抱緊自己。

好幾次，秦如初都以爲自己會這麼死去，可當每一次朝陽冉冉升起，光線輕薄地照在眼皮上時，秦如初知道，自己還是活下來了。

只是，這次的睜眼，身旁多了一個人。

「……如初，秦如初。」

秦如初的視線朦朧，一時之間分不清這是現實還是夢境——可當陶堇那雙溫暖的手輕輕捧起她的臉時，秦如初才確定，這不是夢。

「妳做惡夢嗎？」

指尖撥開劉海，抬眼，迎上平靜無波卻莫名讓人感到心安的眼眸，緊繃的身子不自覺鬆下。

「沒有……」秦如初嗓音低啞，輕道：「只是夢到以前的事情。我是說了夢話吵醒妳嗎？」

陶堇躺回自己位子，沉默了下，道：「沒有，只是感覺妳好像翻來覆去的，所以起來看一下。」

秦如初伸個懶腰，時間也不過凌晨四點，可以再睡個回籠覺，可兩人似乎都醒了，睜眼躺在床上，四周安靜，氣氛忽然曖昧幾分。

偷偷覷了眼秦如初，她的側臉平靜，不見方才的驚惶，似乎已將惡夢拋之腦後。

可陶堇沒法忘記，方才秦如初的囈語。

靜了一會，秦如初先打破沉默道：「妳不睡嗎？」原來她也知道自己醒著。幾乎是同一時間，兩人雙雙翻過身面對彼此，愣了下，相視而笑。

「妳不也醒著嗎？」陶堇說。

秦如初微彎脣角，陶菫望著，忽地伸出手撫上她的臉頰，指尖摸著眉尾，再輕輕滑到眉心，一路下移，細細描繪著秦如初精緻的五官。

「我們沒有再做妳想的那件事了。」

陶菫忽然想到方玟打趣的問題，意外勾起了陶菫不願細想的事。從秦如初住下到現在也三個月過去了，兩人天天同床共眠，為什麼她不再像過去那般擁抱自己？

是不是，其實秦如初沒有那麼喜歡自己了？還是……從沒有認真喜歡過？

思及此，陶菫的心微微一揪，指尖下滑，撫過脖頸，挑開衣領，流連於線條分明的鎖骨。

陶菫抬頭，迎上秦如初幽深的眼眸，心咯噔了下。

「方玟……跟妳說了些什麼嗎？」

陶菫一愣，苦澀一笑，倒沒想到秦如初會說這話，而沒有別的……黯然收回手，收緊指尖，淡淡道：「沒有。」

秦如初垂下眼簾，輕輕的話音在安靜的房間裡放大數倍。

「陶菫，我會怕。」

陶菫一愣。

原以為是方才近乎挑逗的行為惹來秦如初的不快，她欲道歉，卻聽到秦如初繼續說道：「我怕與人建立起關係，密不可分的……那種關係。」

聞言，陶菫面色不改，一如既往安靜地看著她，那雙毫無波瀾的眼眸反倒讓秦如初覺得心安。

彷彿無論她說了什麼、做些什麼，陶菫都會如那廣闊無邊的天空一般包容——她不會否定自己。

忽地，陶菫向前傾，與秦如初額靠額，道：「秦如初，妳好像不太一樣了。」

秦如初輕笑幾聲，「那是太久不見了吧。」到底兩人終是三年不見，哪能是三個月的朝朝暮暮可以輕易填滿的呢？

「那，這三年妳為什麼過得不開心？」

秦如初一愣。

「沒有人告訴我，是我自己這麼覺得的。」陶菫的語氣堅定，「妳怎麼了？」

秦如初輕嘆口氣，思索些什麼，陶菫也不出聲催促。半晌，秦如初翻過身，忽地解開衣釦，睡衣敞開，順著圓潤的肩頭滑下。

定眼一瞧，陶菫隨之睜大眼。

藏在衣下的是這三個月來從未見過的美背，竟有一道怵目驚心、猶如蟒蛇一般的疤痕。

秦如初嘆息道：「我差點就見不到妳了。」

陶菫一愣。

❄

生死對於秦如初來說，是一點也不陌生，但那是她第一次——第一次與死亡如此接近。

那是秦如初第一次清楚地感覺到，自己會死。

雖然在銳利刀鋒劃下之前，秦如初已過上近乎木偶一般了無生氣的日子——

「……妳是誰？」

和秦如初闊別多日後，方玫因公務再次見到她時，不可置信地問：「妳是秦如初？」

秦如初睜著一雙空洞而無神的雙眼，無聲點頭，整個人比方玟記憶中的模樣消瘦許多，幾乎讓方玟認不得了。

兩人約在咖啡廳見面談公事，誰知道這一見，才知道秦如初在婚後的這段日子過得有多糟。

方玟拿起菜單皺眉道：「吃了嗎？妳先吃點東西。」

「我不吃，妳點妳的。」

方玟的眉頭皺得更緊了。她將菜單推到秦如初面前，「我不管，妳要吃點東西，妳看看妳的氣色有多差。」

秦如初輕輕搖頭，「我不想吃，吃不下。」

秦如初的話音很輕，如粒石子投入心中，泛起漣漪。眼前的秦如初，太不對勁了。

「妳今天有沒有吃東西？」

秦如初輕嘆道：「不想吃，看到東西就想吐。」她仍把如此嚴重的事情說得雲淡風輕，一副事不關己的模樣，可方玟就沒法這麼淡定了。

「妳什麼時候胃口這麼差的？」方玟仔細端詳著眼前消瘦許多的秦如初，見面前積累的怨懟隨即煙消雲散，緊蹙的眉間凝聚溢滿的擔憂。她放軟語氣繼續問道：「秦如初，妳到底怎麼了？今天不講清楚我是不會放妳走的，再不然，我就把陶菫綁過來了。」

一聽見那人的名字，秦如初的臉上才終於有一絲動搖，眼底閃過一抹不易察覺的情緒。見狀，方玟的胸口微微一揪，但比起羨慕陶菫對秦如初的影響，此刻她更在乎秦如初的健康。

這些日子以來，眼前這人到底經歷了什麼？

秦如初放在大腿上的指尖微微收緊，沉默了會，隨著吐息輕輕呼出，拳跟著鬆了。

「……厭食症，還有憂鬱症。」

秦如初微彎脣角，明明是笑著，卻讓人看得有些難過。雖然心裡早有預感，但當眞正證實心中所想時，方玟還是感到震撼。

方玟輕嘆口氣，想說些什麼，卻發現自己說不出口。安慰的話太輕巧，不及秦如初所受之苦的萬分之一，索性不說了。

「這樣多久了？」方玟問。

秦如初的目光有些茫然，連她自己也不知道這種情況持續多久，只知道婚後的每一天醒來，她都感到痛苦萬分，只因她必須扮演各種角色以應付生活。

一出房門，她就是季裕航的妻子、季家的媳婦，是人人稱羨的豪門夫人，季家光環猶如華麗的頭飾，光鮮亮麗卻沉重得教人喘不過氣。

秦如初只能一次又一次掛著微笑，告訴自己，她是季裕航的愛侶，這一切都是她自己選擇的。她總是如此反覆告訴自己，直到可以泰然自若地面對所有冷嘲熱諷爲止。

秦如初一直覺得，自己可以這麼過下去。過去三十幾年來一路顚簸，她跌跌撞撞地挺過每一個風波，這次肯定也可以。

直到那人出現在自己眼前時，秦如初才知道，這一切不過都是自欺欺人。

「副總。」

聽見助理的喚聲，正在加班中的秦如初頭也不抬地說：「什麼事？」

「嗯……有一位訪客。」

「沒預約就別放進來了，嚴格說起來我也下班了。」秦如初有些不耐煩地打斷助理的話，然而助理的下一句話，卻讓秦如初的呼吸隨之一凝。

「她說，她是副總您的……媽媽。」

秦如初難以置信地站起身，面上掛著藏不住的訝異，眼底泛起波瀾，「妳說，誰？」

鮮少見到秦如初的情緒波動，助理有些嚇著了，怯怯地說：「有位女士在會客室……」

話未完，長腿一跨，秦如初立刻走出辦公室，快步邁向會客室。

母親？

秦如初的腦海一片空白，沒辦法思考。究竟多少年沒有聽到這個詞了呢？

爲什麼偏偏現在才出現？不可能……母親早走了，早跟著另外一個男人改嫁了。

母親早有了別的家庭、別的小孩……不是只有她。當年意識到這點後，秦如初便將母親的身影用力地從腦海中抹去，隨著母親的離開徹底將與母親的回憶塵封在記憶深處。

幾年了？二十年？二十五年？秦如初已經算不太出來了，只知道這二十幾年來，母親從未出現過。

爲什麼？爲什麼偏偏是現在？

會客室的門一開，視線一對上裡頭的婦人，秦如初眼睛睜大，隨即湧上的情緒是憤怒。

秦如初怔怔地看著眼前陌生的清麗面容，一掃方才的徬徨與心急，勃然大怒地質疑道：「妳是誰？我不認識妳。」盛怒之下她就想走出會客室喊保全，然而身後婦人拉住她。

秦如初正想甩開手，婦人卻道：「妳記得茉瑩嗎！」

秦如初一震。

茉瑩……確是母親的名字。婦人狀似鬆口氣，從包包裡拿出一張身分證顫顫道：「對不起，眞的很抱歉，我用妳媽媽的名義來找妳，但是我怕我不這麼說，妳不會來。」

秦如初往後退一步，與婦人拉開距離，神色陰冷，接過身分證一瞧，是母親的身分證沒錯。

她質疑地看著婦人，語氣驟降：「妳可以報她的名字，爲什麼要直接說是我媽？」

婦人神色複雜地說：「因爲……我也的確是妳的媽媽。」

秦如初先是一愣，而後立卽低下眼，將身分證轉到背面，雙眼圓睜。

母親……眞的再婚了，配偶欄的名字卻是如此秀氣。

忽地，另外一張身分證遞到自己眼前，秦如初抬起頭，迎上婦人苦澀的笑容時，心狠狠一揪。

「我是……茉瑩的太太，嫻雅。」

❄

「不要成為跟妳媽一樣的人。」

成年之後的每一天，秦如初都能從父親口中聽到這句話。幾年過去，對父親的印象，也就這句了。

在邱嫻雅的車上，秦如初頭靠車窗望著窗外不斷變換的風景，不知怎麼地，父親低沉渾厚的嗓音在腦中盤旋，揮之不去。

母親當年離開得太突然，一聲不響離開她的世界，留下無數謎團，以及終日鬱鬱寡歡的父親。

記憶中的父親與母親感情平淡，或許不那麼甜蜜恩愛，但絕稱不上糟糕惡劣，所以，秦如初想不明白爲什麼，只能詢問一同被母親留下的父親，他卻大發雷霆。

「妳永遠都不需要知道爲什麼！」父親面目猙獰，朝自己壓低聲音低吼：「妳記住，不要成爲跟妳媽一樣的人！」

年少的秦如初愣在那裡，說不出任何話。

那日之後，母親變成了這個家的禁語，關於母親的一切收得乾淨，彷彿從未存在過似的。

多年以後的現在，才再次躍然於眼前，近在觸手可及之處……

在她的心不再爲此隱隱作痛時，再一次狠狠地擊碎。

「妳……」秦如初的嗓音有些乾啞，聲音在安靜的車廂中彷彿放大數倍，「妳們結婚多久了？」

「一個月。」

秦如初微愣，語氣上揚幾分：「一個月？才剛結婚一個月？妳貪她什麼？」

邱嫺雅面色不改，看上去仍那樣溫和有禮，不甚在意秦如初的直言，輕輕道：「我們在一起二十多年了，等到現在才結婚。」

二十年……

「過去我不是沒有想過，但我不想用婚姻綁住她。因爲……」轎車駛入醫院大樓，最後停在停車場裡。邱嫺雅的雙手離開了方向盤，放到腿上，微側過頭看向秦如初。

那幾乎與簡茉瑩同個模子刻出的面容，讓邱嫺雅想到當初遇上的簡茉瑩，不禁笑歎，母女倆真是太像了。

「……茉瑩很恐懼婚姻。」邱嫺雅說。

秦如初怔怔地看著她，不明白這一切到底是怎麼回事。

「所以，我不想用婚姻綁住她，我覺得有沒有那個名分都無所謂，我們彼此認定就好。」

兩人一同下了車，一前一後地走進大樓電梯中，直往病房而去。

隨著電梯往上，秦如初的心隨之高懸，心裡說不出是什麼滋味。一切來得太措手不及，宛若一場夢。

可當秦如初看見母親時，她才眞正地意識到，這一切都是眞的。

那是一間清冷的單人病房，裡頭的那一張病床上，有位婦人安靜地躺著。一對上那雙與記憶中一模一樣的眼睛時，秦如初竟覺得無法呼吸。

邱嫻雅走到病床旁，手輕輕搭到秦母肩上，微微一笑。

那樣的寵溺笑容，那樣的溫柔目光，彼此情真意摯，讓秦如初心底那點懷疑隨之煙消雲散。

邱嫻雅真的……是母親的伴侶沒錯。

「小、初……」

秦如初的心狠狠一緊，不過是一聲熟悉的輕喚，摻著一絲顫抖，竟讓心跳快得彷彿要跳出胸口般難受。

床上的婦人風華不再，難掩病容，可那雙眼卻仍舊澄澈乾淨，一如記憶中的模樣。或許如此，才更讓人覺得難受。

秦如初僵在那，直直地望著母親，一瞬間好像回到身穿純白制服，繞著母親打轉的過往快樂時光。

邱嫻雅輕嘆口氣，覺得該給二十年不見的母女倆一些空間，於是走出病房。在經過秦如初時，她停下，低聲道：「有什麼話，現在說，以免留下遺憾。」

語畢，邱嫻雅走出病房，輕輕關上門。

秦如初腦海一片空白，明明有千言萬語想說，卻發現自己什麼都說不出口。

忽地，秦母揚起一抹微笑，兩眼笑得彎彎的。

秦如初的眼淚就這麼滴滴答答地落下。

秦母看得有些慌了，就想起身下床，不甚撞到一旁點滴架，秦如初趕緊上前扶穩了點滴架，這才沒砸傷人。

與秦母之間的距離也因此急遽拉近。

低頭迎上那盈滿擔憂的目光，秦如初的胸口微微一緊，別開眼，啞著嗓道：「妳躺好吧，別摔倒。」

秦母躺回床上，不適地低吟一聲。秦如初微微皺眉，低問：「妳怎麼了？」

「一開始是乳癌，現在已經蔓延全身，而我不打算急救了。」秦母輕鬆地道：「不知道自己什麼時候會走，想見妳一面。」

秦如初沉默不語，坐到一旁椅子上，靜靜望著母親，心裡竟毫無怨懟，甚至，感到一絲歡喜。但一想到這二十年來母親對自己不聞不問，秦如初又感到憤怒與悲傷。

悲喜交加的心情，讓秦如初不知道該如何是好。

驀地，秦如初的手背覆上一抹溫熱，她怔怔地抬起頭，母親與她四目相迎，輕道：「妳有好好吃飯嗎？要記得吃飯啊。」

不知怎麼地，她眼眶有些熱。

「我想妳應該在想，為什麼這幾年來我都沒有去找過妳……其實，我很怕。」

指腹摩娑，秦如初任著母親握著自己的手，沒有抽回，靜靜聽她繼續說道：「我怕回去那段被拘束的婚姻——但這不代表我不愛妳，小初，我愛妳，但我沒有辦法繼續喜歡妳爸。」

手被微微握緊，秦如初清楚感覺到母親的顫抖。

二十年太長了，長得兩人之間的空白難以填補，但秦母彷彿只自顧自地道：「一輩子就這麼長……相親之後，我盡力扮演好每一個角色，是我父母乖巧的女兒、是秦秋松賢慧的妻子，再之後是妳的母親……可我找不到自己，不知道自己是誰，我感到很茫然，所以我做出了很自私的決定——我離開了那個家。我想，妳是氣我的，所以才從不回信給我。」

說至此，秦如初一愣，略激動地說：「我沒有收過妳的信！」

秦母微愣，隨即苦笑，「這樣啊……難怪……我以爲妳很恨我，所以用這種方式懲罰我。」

是父親……肯定是父親將信全收起來了。

「我持續寫了七、八年，直到我生病爲止。我一直很掛念妳，但不敢去找妳，因爲我認爲自己私自離開，就不該再去打擾你們。最近一次聽到妳的消息，就是妳結婚了，這才知道妳現在是一個公司的副總。」

話落，秦母露出欣慰的微笑，拍拍秦如初的手背道：「很高興妳有了自己的家，以及相愛的丈夫，沒有走上跟我一樣辛苦的路……咳、咳咳——」

秦母忽地劇烈地咳了起來，一直安靜守在外的邱嫺雅聞聲立刻走進病房，見秦母咳得喘不過氣趕緊拉過氧氣罩戴在秦母臉上，這才緩和下來。

再次摘下氧氣罩，是母親呼吸停止的早晨，不過三天。

秦如初甚至來不及告訴母親，她從未恨過她，她只是……很想念她。

她也來不及告訴母親，自己早已原諒母親當年的不告而別了。

秦如初站在病床前，眼淚滴滴答答地落下。

如果……她能早個幾年、甚至幾個月主動尋找母親的下落，現在是不是會少一點遺憾？就不會讓母親帶著以爲沒有被諒解的遺憾離世……

一輩子就這麼長，不該活在怨恨之中。

很多事，最可惜的就是，沒有如果。

❄

那日過後，惡夢纏身。

秦如初在夜裡反覆醒來，輾轉難眠，時常睜眼至天明，再面對無數的公務，繁忙一天後精疲力盡地睡去，又被惡夢侵擾……就這麼持續好一陣子。

秦如初隱約知道自己病了，但不願意深入細想。

父親自年少反覆告訴她，不要成爲與母親一樣的人。那時她以爲不過是要求她不要同母親一般不負責任地離開，原來……是母親與她一樣，喜歡同性。

她曾信誓旦旦地說過，絕不會像母親一樣，可最後仍同母親般愛上同性，這也讓秦如初明白，爲何父親當年得知她與徐凌在一起後會如此盛怒。

原來，是她讓父親想起母親。

思及此，秦如初不禁悵然，方知道自己與母親刻在血液之中無法抹滅的連繫，卻又輕易斷了……

人並非死了便什麼都沒有了。

夢裡，秦如初反覆夢到母親的模樣，以及過往的一切，那樣的夢境裡存在著徐凌的身影，是她想忘卻忘不掉的一切——最令她感到心痛的，是想見卻見不到的陶菫。

睜眼醒後，秦如初得面對繁雜的公務，工作之餘又必須扮演好季裕航的妻子，縱然心底滿是抗拒，她仍逼著自己往前走。

走到那個，沒有陶菫的以後。

秦如初想過的，反覆地這麼想，當初可以接受陶菫，甚至主動接近陶菫，那麼現在也可以找別人替代她。

可是，沒有這樣的人出現。

不是沒有人對自己示好過，也不是她刻意疏遠露水姻緣，只是總覺得哪裡不對。

「秦副總。」

聞聲，秦如初回過神，迎上對面女人冶豔的嬌笑，隨意一笑，「抱歉，在想公事。」

桌下的小腿輕輕觸碰著她的，若有似無地撩撥著。秦如初抬眼，對上那雙蕩漾風情的眼眸，秦如初彎彎脣角，心裡平靜。

四目相迎時，是有點什麼的，但那點星火很快地便熄滅了。

晚餐後女伴主動貼上來，挽著秦如初的手臂，秦如初不著痕跡地抽回手，讓人以爲是欲拒還迎，可當秦如初將人送回家後沒半點留下的意思，女人這才錯愕道：「妳不留下？」

那語氣裡摻著的曖昧引人遐想，然而秦如初冷淡平靜的語調卻令這夜戛然而止，「晚了，先回去休息。」話落，她頭也不回地離開。

回到車上，秦如初輕嘆口氣，揉揉眉心，趴在方向盤上輕閉上眼，車內安靜，隱約有股幽香。那清香淡雅而迷人，縈繞鼻尖，竟讓人不自覺放鬆心神。秦如初睜開眼，循著幽香翻找，這才在車內隔板發現一包香囊。

秦如初拿起香囊，香氣四溢，一時間想不起來車上什麼時候有這東西，可當她打開香囊一瞧時，竟有張紙條塞在裡面。秦如初隨意打開，定眼一看，心猛然一揪。

「願妳安康幸福」

短短六個字，竟讓秦如初頓時紅了眼眶。這是陶董的字，曾在同間公司的那段時光，不乏機會看到陶董的字，她不會認錯。而陶董的字如人一般端正秀雅，一筆一畫寫得漂漂亮亮。

秦如初凝視許久，這才將紙條折回原本的大小，再從包包中掏出隨身攜帶的護身符，小心翼翼地塞進裡面。

這是曾與陶菫一同求來的。

兩人關係正處於不上不下的時候，有次，秦如初的案子特別棘手，那陣子諸事不順，陶菫見著了，淡淡道：「跟我去個地方。」

「開房嗎？」秦如初邪佞一笑，兩眼彎彎盡是笑意。

陶菫翻個白眼，「抓妳去超渡。」不意外地惹來秦如初的大笑，而陶菫那時無可奈何地看著她，目光隱約帶著一絲縱容。

現在想來，秦如初真的好喜歡那樣的陶菫。

後來，兩人去了一間香火鼎盛的大廟。陶菫拉著秦如初熟門熟路地穿越在人群中，這惹來秦如初的好奇，「妳常來嗎？」

陶菫頓了下，道：「以前常來。」那便是好陣子沒來了。秦如初低垂眼眸，視線落到陶菫拉著自己手腕的那隻手。

人潮絡繹不絕，兩人挨得緊。面對洶湧人潮陶菫面上仍舊沒有絲毫不耐煩，平靜得讓人感到心安。

走到了一旁商店，陶菫指著一排護身符道：「妳挑一個，待會拿去過香。」

秦如初略感新奇，嘖嘖稱奇地說：「我還是第一次用這小東西……哎痛痛痛！」

陶菫毫不留情地敲她後腦道：「給我認眞點。」

秦如初如撇嘴，選了一個紫色的護身符，小巧而精緻。秦如初見陶菫沒有挑選，問道：「妳的呢？」

「我已經有一個了，我只是帶妳來過過運，看會不會順利一點。」她說。

秦如初勾脣一笑，微彎下腰湊近陶菫，「妳擔心我？」然後不意外地被陶菫無視，直接繞過她走向前殿。

「喂！不要害羞啊！」秦如初一邊笑一邊跟上，手裡緊緊握著同陶菫一起請來的護身符。

兩人站在前殿之前，手上各拿一炷香。秦如初懵懵懂懂地跟著陶菫繞廟參拜，殿與殿的途中，

秦如初點點頭，隨著陶菫走到正殿，向外拜天公，再向內拜觀世音菩薩，一路走到後殿。

秦如初沒有這麼拜過大廟，見陶菫如此熟稔，又問：「妳爲什麼有陣子沒來了？」

陶菫看她一眼，淡淡道：「在無助絕望時，信神會讓我覺得好過一些。」

秦如初說道：「我以爲妳不信神。」

兩人走到了後殿，也是最後一尊神龕前，陶菫望向眼前的月老，輕道：「因爲遇到妳吧。」

一顆心不再漂泊不定，有了掛念的、惦記的事物，心念便無須依附飄渺無邊的神明。

秦如初微彎脣角，望著月老，第一次覺得拜神與信神似乎也挺好的。兩人虔誠地拜了拜，離開前，秦如初說道：「我是第一次拜月老。」

陶菫瞥她一眼，淡淡「哦」了聲，惹來秦如初的哀怨，「這麼平淡？不是應該開心一下嗎？」

陶菫翻個白眼，別開眼，很快地說道：「我也是第一次拜月老，之前都只是點點頭打個招呼就回去了。」

「哦？」秦如初兩眼亮晶晶的，語調揚高幾分，「第一次認眞拜月老就跟我一起拜啊？」

陶菫直接無視秦如初的調戲，兩人走上捷運手扶梯，秦如初趴在陶菫肩頭，鍥而不捨地問：

「那妳剛剛跟我拜月老時在想些什麼？」

陶菫冷冷地看了秦如初一眼，卻也任著她騷擾自己，並未推開她。電扶梯緩慢向上，直至地面

收成一平面，秦如初這時才聽到陶董的回答。

「我跟月老說，我希望旁邊這個人比誰都幸福。」

陶董的嗓音輕若徐風，拂進心裡，胸口暖熱。秦如初愣在那，陶董不經意地回頭看，一對上那雙幽深的黑眸，便很快地別開了，嘴角卻忍不住微微上揚。

兩人最親密也不過如此了。

然而，秦如初小心翼翼保管著的護身符，終是沾滿泥濘與抹不掉的暗褐色血跡。

❄

「我想過要當一個好人。」躺在陶董身旁的秦如初忽道：「但我終究不是吧。」

陶董垂下眼眸，伸出手，握住秦如初的手，指腹輕輕摩娑，一語不發。

秦如初微微捏緊她的手，下一秒，馨香撲入懷中。

秦如初一愣，手情不自禁地放到陶董背上，收緊擁抱，下巴靠在她的頭頂上道：「那時，我只想著，我要來見妳。」

想見一個人的心情，強大到足以與死神抗衡。

嫁入豪門不是結局，反倒是另一個開始。壓抑且虛僞的生活讓她的身心都出了狀況，與失散多年的母親重逢卻又迎來生離死別，此時，許久未聯繫的父親找上了自己。

「有件事情，需要妳幫我做。」坐在辦公桌對面的秦父如此說道。

秦如初皺眉，欲說些什麼，秦父先道：「最後一次了，沒有下次。」

秦如初低下眼，不知道是不是因爲經歷了母親的喪禮，心似乎柔軟了些。或許，是她意識到，存於這世上唯一的親人，只有眼前的父親了。

於是，秦如初答應了。

一如既往地是個骯髒的、見不得光的事。

在前往早已老舊的社區中，秦如初想起許多事。

秦如初不是每一次都那樣心狠手辣。她也曾憐憫過、同情過，心裡也曾感到不捨過，只是見多了，便麻木了。

這樣是不對的——秦如初一邊想一邊半降下車窗，徐風將空氣中大雨將至的悶熱吹送進車內，卻吹不散她鬱積胸口的憂愁。

駛進老社區內，秦如初瞥了眼放在副駕駛座的文件，倒不是太棘手，只要逼對方簽字就行了，晚點跟方玟還有約……

砰！

秦如初緊急踩下剎車，眉頭緊皺，全身緊繃保持警戒。左顧右盼了下，似乎只是扔棄廢棄物發出的聲響，一切看似平靜毫無異樣。眼看她要找的人住處就在前面不遠處，秦如初將車停在巷口便下了車。

要是有什麼事，她可以直接開車離開。

以往處理這些見不得光的事，例如討債、要脅、警告等等，秦如初都會帶上一些人以防萬一。但這次就秦如初的經驗而言，講幾句話後簽個名就解決了，再加上現在多了季家媳婦的身分，秦如初最後選擇獨自前往。

四處荒涼、毫無生氣，秦如初輕嘆口氣，雖然不是第一次到這種地方，但這次的疲倦感特別重。過去是逼不得已，後來是麻木不仁，現在……則是排斥抗拒。

風來雲散，輕薄的陽光直照而下，秦如初抬頭，微微瞇起眼，照在身上的暖陽讓她想起陶菫。多久沒有見到陶菫了呢……或許，兩年半了。思及此，她的腳步慢了些，像是她婚禮上的步伐如此緩慢。

其實，季裕航並未限制秦如初的自由，也沒有規定她不能見陶菫，是秦如初與自己過不去而已。

在知道陶菫心意後，她欣喜若狂，但她知道自己的處境不能隨心所欲，所以，她便選擇與陶菫保持現狀，直到結婚那天。

結婚之後，一如季裕航當初所說的，等到季裕航的母親過世，就算完成了任務，到時……

陰冷的風拂面而來，秦如初微微皺起眉頭，停下腳步，左手邊是一棟老舊公寓，也是她今天要前往的目的地。

放在口袋的手機悶聲作響，秦如初接起道：「喂？方玟？」

「我提早結束啦！」另一頭傳來方玟朗朗的笑聲，「我現在過去找妳，妳在哪？」

秦如初彎彎脣角道：「辦點事。」不知道是不是聽到熟人的聲音，讓她的心神稍稍鬆懈下來，「我傳位置給妳吧。」

方玟見了定位忍不住高呼：「妳在什麼鬼地方！妳說辦事是辦什麼事？該不會妳又——」

「最後一次。」秦如初打斷她，「沒有下次了。」

「眞的是……算了，我過去找妳，妳自己小心點啦。」語畢，方玟便掛上電話，前往秦如初所在的地方。

一走進陰暗的老舊大樓，潮溼與霉味便撲鼻而來。秦如初面不改色踏上階梯，上方隱隱約約傳來陣陣窸窣聲響。她眉頭一皺，警戒地向上一瞧，竟是一隻橘貓輕巧地跳過垃圾袋，這才稍稍放下心來。

空氣中瀰漫垃圾的腐臭味，秦如初憋著氣快步上樓，一路爬至四樓。

站在老舊的鐵門前，秦如初方抬手欲敲門，鐵門卻先一步打開。秦如初立刻往後退，屋內暗處反射出一道銳利的銀光。

——有刀！

秦如初見情勢不對，立刻下樓，一位身材乾瘦的中年男子持刀從後追趕而來，朝著秦如初大聲咒罵：「幹！婊子！我在這等妳很久了！不要給我跑！」

秦如初這才知道，她要來這裡的消息早已先一步被掌握，而她竟傻傻地走進對方的圈套中，將自己逼進死胡同裡。

忽地，她的後腦杓被鈍物擊中，隨之碎裂一地，秦如初摀著頭，踏過四散的酒瓶碎片繼續下樓。

從過去到現在，她總站在生與死之間，但從未如此接近過死亡。

意識到這點，秦如初第一個想到的，是陶堇。

頭頂鮮血自額際流下，秦如初感到一陣不適的暈眩，但她只能往下跑，跑出這棟大樓，可後頭的男人卻沒有打算放過秦如初。

腳一踏上地面，秦如初往門口跑，不料，她的左肩被人從後揪住，直撞上一旁的鐵捲門，利刃深深地在她後背劃下一刀——

秦如初立刻尖叫出聲，後背皮開肉綻。

「媽的，死婊子。」男人手上滿是鮮血，氣紅的雙眼藏著殺意，握刀的手無意識地發抖，低眼看著半跪在地的秦如初。

握緊刀，男人將刀刃插向秦如初，然而，一旁的球棒先一步擊中了他的側臉。

「幹！」

趁著男人摀著臉哀號的空檔，秦如初扔下球棒奮力站起身，遠遠地便看見幾輛警車，以及朝她奔來的身影。

「秦如初！」

是方玟。

一知道朝自己奔來的是認識的熟人，秦如初雙腿一軟，不支倒地。雖仍保有一絲意識，卻無力回應方玟一聲又一聲的哭喊。

會死嗎？

秦如初曾以爲自己總可以等到離開季家的那天，可原來，她有可能等不到了。

後悔嗎？

她的人生似乎沒有任何一個時刻是爲自己而活，國中爲了父母親的期望努力讀書、高中朝著喜歡的學姊大步向前，升上大學爲了徐凌逼自己去做不願意做的事，再之後照著父親的指示進入公司，不斷往上爬至副總之位……

秦如初的心從未感受過眞正的自由。

過去，也不是沒有生死交關的時候，可她沒有一次渴望自己得以倖存。

這次不一樣。

——她有想見的人。

秦如初下意識摸向胸口，摸到一塊異物，忽地想起這次出門前，她戴上了護身符。

與陶堇一同求來的護身符。

——如果眞的死了，怎麼辦？

秦如初很想起身去見那個人，可她淸楚感覺到四肢逐漸不聽使喚，每一次的呼吸她都疼得想放聲尖叫。

意識愈發沉重，秦如初這才深刻地體會到，在生死之前，那些彆扭與堅持，眞的再不重要了。

生命盡頭最讓人感到遺憾的，是沒有見到想見的人。

「秦如初！」

不敢滲骨的痛楚，秦如初閉上眼。彷彿墜入深海中，慢慢聽不見四周的喧囂。

那一刻，心底的聲音愈漸淸晰——

我想再見妳一面。

❄

從徐淩離開人世後，秦如初便反覆做著一個夢。

夢裡有一片幽深的大海，她總在其間載浮載沉。

夢中的海面平靜，陽光灑下，猶如碎玻璃般波光粼粼，令人移不開目光。

有時，她是因爲感覺到自己喘不過氣來而驚醒；有時，她是害怕，怕眞會墜入這無邊無盡的深海之中而醒來；更多時候，是刺耳的鬧鈴聲劃破夢境，將她拉回現實。

這是第一次，有人從那樣的夢中喚醒她。

「如初，秦如初。」

秦如初掙扎地睜開眼，隨卽微微瞇起，入目之處是一雙溼潤的眼睛，看上去是那麼熟悉……

「妳總算醒了。」方玟握住她的手，鬆了口氣，「我以爲妳醒不過來了。」

秦如初看看四周，估計自己是在病房，稍稍挪動一下身子，便立刻感覺到撕裂般的痛楚，讓她忍不住齜牙咧嘴。

「妳別動！」方玟連忙按住她，「妳的背有一道很深的刀傷，現在盡量側躺，不要碰觸到傷口。」

秦如初頓住，慢慢回想失去意識前的情況，嗓音乾啞：「我……還活著？」

方玟深吸口氣壓抑怒火，先餵了秦如初一小口水，讓她潤潤喉，「不要再說這種蠢話了。」

秦如初長吁口氣，在被刀砍到的瞬間，她就不覺得自己會活下來。

「妳該慶幸沒有傷到心臟，不然妳現在眞的就不在了。」

語畢，門口傳來敲門聲，兩人同時往聲源望去，便見到趕來醫院的季裕航，他難以置信地看著秦如初，「妳……怎麼了？」

秦如初直直地看向季裕航，方玟走出病房，將空間留給他倆。

關上門前，方玟深深地往裡頭看了一眼，輕嘆口氣。希望這次的生死交關，可以給秦如初一些勇氣，勇敢做出改變。

待方玟離開後，季裕航拉了張椅子坐到秦如初病床前，手支著下頷，俊逸的臉龐有些緊繃，神色認眞。

季裕航其實是個好人，雖然多少沾染上一點富家少爺的脾性，但本性不壞。

正因爲如此，秦如初才希望自己親口跟他好好談談。

「妳……」等不到秦如初開口，季裕航先打破沉默，「有話想跟我說吧？我猜，是不是妳想結束了？」

秦如初微愣。

季裕航改將雙手交疊於大腿上，低眸，嗓音沉了幾分：「最近，我感覺妳不太開心……我想或許是因爲我們奇怪的婚姻關係吧。」

「但妳放心，」季裕航看進秦如初的眼中，笑道：「我們是合作關係。這世上的每一種合作都有結束的一天，妳跟我之間也是。」

「不過，畢竟我跟妳也是相處得還不錯的『室友』，如果妳想早點結束，我也願意配合的。」

秦如初感激地笑了。

「嘿，這沒什麼大不了的。」季裕航彎彎脣角，聳聳肩，「兩年半了，很多事情都跟當初不太一樣了。」

明白季裕航暗指些什麼，秦如初沉默片刻，道：「淸晨……你不用擔心她，她很好。」

季裕航笑了，「那就好。」

兩人相視微笑，似乎也覺得時機成熟了。

時間可以改變很多事，當然也有些事，從未改變過。

例如，對一個人的掛念。

「但妳還是得先將傷養好，還有我祖母的大壽，妳可能要參加一下，所以短時間內不會有什麼改變喔。」季裕航說。

祖母大壽，秦如初自然義不容辭地答應；後者，秦如初也點頭同意了。

經過數月的靜養，秦如初的傷好了大半。所幸傷得不太深，雖然無法回到過去的模樣，但也不再折騰人了。若不脫衣解釦，看上去其實與常人無異。

很快地，來到了季祖母的大壽。季裕航與秦如初相偕赴宴，季家畢竟是豪門，一場大壽辦得風風光光的，不過季祖母本人倒是低調，不愛鋪張，但又覺得是季父、季母的心意，於是並未推辭。

宴席上，秦如初給季裕航做足了面子，也順勢談成了幾件案子，讓季裕航笑得合不攏嘴。

然而，就在宴會過後，季祖母忽然私下找來二人，趁著四下無人，她劈頭問道：「你們……並不相愛吧？」

兩人皆是一愣。

沒料到有被揭穿的一天，兩人面面相覷，一時之間不知道該說些什麼，季祖母繼續說道：「愛是一生相伴。有些事錯了，改正就好，別將錯就錯地過。」

季裕航本來還有些掙扎，但季祖母又道：「喜歡一個人的眼神，騙不了的。」

兩人面面相覷，瞭然地低下頭。

季祖母有些無奈地笑了笑，布滿皺紋的手輕輕握住二人，「我不知道原因，但我覺得，家啊，是兩個相愛的人度過一生，不是自己愛的人，那便不是家……」

而秦如初想要的「家」，不在這。

晚餐後，兩人一路沉默地回到住宅。走進家門，季裕航解開領帶，連同西裝外套一起隨手扔往沙發。

秦如初正準備上樓，季裕航突然開口道：「妳……有後悔過嗎？」

秦如初停下，轉過身，面色平靜，直直看著季裕航寫滿不安的俊容，淡淡道：「有，但就算重來一次，我也會做一樣的選擇。」

季裕航坐到沙發上，垂著頭，手抱著後腦，輕輕閉上眼。

隔天，客廳餐桌上多了一張紙——

那是一張離婚協議書。

秦如初定眼一瞧，紙上有行淡淡的鉛筆字跡寫道：「雖然我們沒有登記，但是，我想這是最好的方式。妳去做妳想做的事吧。」

秦如初提筆在紙上簽了自已的名字，熱淚落下。

三年，整整三年了。

❄

「……膽小鬼。」

秦如初有些錯愕地迎上懷中美人的冷眼，不明白地眨眨眼，「什麼？」

不料，陶堇竟起身壓住秦如初的肩膀，秦如初順勢往後躺，陶堇跨坐在她平坦的腹部上，視線自上而下，眸中彷彿閃爍光點。

「妳——」

後面的話，卻被陶堇吻住了。柔軟的唇貼上秦如初略涼的薄唇，低低的呻吟溢出唇邊，彷若蠱惑陶堇可以更進一步、可以貪求更多。

舌尖輕輕碰上本就沒有緊閉的薄唇，輕易地撬開，軟舌相纏歡舞，嚐到淡淡的酒香，是方才秦如初飲下的美酒。

喝酒的不是陶堇，可她也覺得自己醉了。

脣吻纏綿，陶菫拋開所有雜念與憂慮，選擇去做現下最想要做的事——她想要秦如初，沒有別的。

不管了，她不管了……一知道自己險些見不到這個人，陶菫的心便忍不住顫抖。

鼻息炙熱燙人，吻得七葷八素之時，陶菫才願意放開秦如初，一對上溼潤的雙眼，她呼吸一凝。

眼眸半瞇，眉目間盡是風情，微揚的眼角勾人。陶菫再次低下頭湊近頸間，秦如初微仰起脖頸，脣吻順著優美的弧線向下，流連在分明的鎖骨與圓潤的肩頭。

親吻如風，又輕又柔，卻不容拒絕。而秦如初也不打算推開她，任著她拉開自己的睡衣。

陶菫早就想這麼做了。

在重逢的第一晚、在那之後的每一天，她都想這麼做——

「陶菫……」

吻落胸口，猶如細雨。陶菫的手順著勻稱的腰線向上，摸向胸口隆起的雪乳，輕輕握住一邊，另一邊則是憐愛地親吻。

「嗯……」秦如初閉起眼，微微張開嘴，紅脣光澤，輕吟柔媚。

乳果嫣紅，如粒飽滿的果實，陶菫輕輕含住，舌尖在乳果上打轉，另一邊的乳果也用兩指輕輕捏揉。陌生又熟悉的快感如海浪一波波湧上，幾乎淹沒了她。

秦如初下意識張腿勾住陶菫的腰，彷彿勾引著她。陶菫呼吸一沉，吻了吻起伏不定的胸口，隨即脣吻向下，停在腹部上吻了吻。

「嗯……陶菫……」手摸上陶菫的後髮，輕輕壓向自己的腿間。陶菫抬眼瞅她一眼，魂似乎也被勾去了。

這樣的秦如初，太迷人了。

柔軟的脣貼上底褲時，秦如初的腰微微拱起彷彿迎合著。陶董挺起身子，雙手撐在秦如初身子兩側，澄澈的雙眼看進秦如初眼底深處。

陶董看見自己的身影了。

「我想一直看著妳。」陶董說。

秦如初微微彎脣，拉過陶董一隻手，親吻她的掌心，目光卻沒有離開過陶董。

「我剛剛親了想牽一輩子的手。」秦如初應。

陶董低下頭，親了下秦如初的額頭，手摸上褲頭，輕易地往下脫掉，放到一旁。

一手順著大腿線條摸至溼潤的腿心，另一手滑進秦如初的掌心，兩人十指相扣。

兩指在芳處流連打轉，輕輕撫著沾露的芳草，秦如初的腰微微拱起，呻吟也愈漸失序。

指腹沾上花心晶露，不經意瞥了眼秦如初輕咬下脣的模樣，陶董呼吸一緊，兩指順著熱液慢慢滑進幽處。

那一瞬間，秦如初滿足地低嘆呻吟，搔著陶董的耳朵。溫熱包裹手指，陶董怕弄疼她，可秦如初摸上她手腕，甜膩道：「我想要。」

指腹細細摩娑，伴著微微的抽動，一次比一次深入，再淺淺抽出。秦如初靠在她的胸口上，目光迷濛，有著難得的柔弱。

陶董說不上來這是什麼感覺，但她知道，她很喜歡。

在體內的手指輕輕往上一勾，身子隨之一顫，呻吟高了幾分。陶董低下頭吻住秦如初，吻得珍愛又綿長，留戀地吻了又吻，繾綣難分。

難耐的快感一波波湧上，彷彿將秦如初捲入深海之中，只是這次，有人緊緊抱住她。

「沒事，妳怕的話可以閉上眼睛，反正有我在。」陶董低喃著。

秦如初抓著她的手臂，呼吸急促，埋進陶董的頸窩聞著屬於她身上的淡香，緊繃的身子承載雲雨，甜膩的呻吟支離破碎，直至雲頂之巔呼吸隨之一沉，而那隻手擱了一會才慢慢抽出。

陶董低眸，溫潤的目光停在安靜待在懷中的秦如初。

秦如初睜開眼，迎上那雙眼中的柔光，呼吸逐漸平緩。忽地，輕輕淡淡的吻描繪她的五官，彷若惠風拂過，身心暖熱。

陶董笑了。

陶董很少露出這般笑容，那樣安心而純粹的笑容，多久沒見過了？秦如初開口道：「妳在想什麼？」

嗓音還有著歡愛過後的低啞，莫名地性感迷人。

陶董搖搖頭，直往秦如初懷裡蹭。秦如初張手接住柔軟的身子，抱在懷裡。

「嗯？」

聽著秦如初疑惑出聲，陶董抬起頭，手伸向秦如初的背，惹來她身子一顫，但她沒有推開陶董。

「我只是在想，幸好妳還在。」陶董說。

秦如初怔怔地看著她，忽然想起那險些使她命葬火場的熊熊烈火，然而，她活下來了。

那是第一次，秦如初爲自己而活。爲的就是再次看到眼前單純而美好的笑容。

思及此，秦如初上身向前傾，薄脣在陶董柔軟的脣上輕點一下，隨卽彎彎脣角又多啄了幾下，眼底溫柔。

陶董直直地看著她，道：「妳一直在擔心自己可能哪天會遭遇不測，然後留下我一個人嗎？」

「嗯……」秦如初身子向前傾，輕輕靠著陶堇，「還有……我到現在……還是會夢到徐凌。」

陶堇拉高被子，兩人窩在被窩中側身相對。燈光昏暗，可陶堇眼裡的星星特別耀眼。

「妳一直抓著徐凌，她會沒辦法放心離開的。」

秦如初一愣。

「所以，妳才會反覆夢到她。」陶堇頓了下，語氣放輕幾分，道：「如果我知道妳一直掛念我，我會很擔心妳，所以沒辦法好好地走。」

秦如初眨眨眼，眼眶一熱，眼淚滴滴答答地落下。

是她一直讓徐凌牽掛著嗎？是不是不願告別的人是她？一直都不是徐凌……是她緊抓著徐凌不放，所以才沒辦法讓徐凌安心離開嗎？

陶堇伸手抱住她，聽到秦如初的呢喃時，也有點想哭。

「對不起……真的對不起……」

擁著秦如初的雙手微微收緊，而外頭朝陽也在此刻冉冉升起。

❄

方玟正坐在吧檯邊的高腳椅上，手邊是方才陶堇替她泡的咖啡，她單手支著下巴，盯著拿起抹布忙碌地到處擦拭的陶堇與秦如初。

這兩人不知道發生什麼事，感覺變融洽了。嗅到八卦味道的方玟當然不會放過機會，直接開口道：「妳們好像不太一樣了？」

聞言，陶堇放下抹布，看向明顯愣住、停下掃除的秦如初。秦如初也回望她，彎彎脣角，上前湊近陶董，親暱地摟了摟陶董的腰，垂頭，對著陶董微微一笑。

方玟呆了下，捂著眼睛說：「沒有人這樣閃單身狗的！」

「誰單身？」秦如初涼涼地說道：「等會就有人來接妳了。」

這話讓方玟直接炸毛，睜大美眸高聲嚷嚷：「誰？誰要過來？」

「我。」

熟悉的聲音傳進民宿，方玟身子一抖，正想拔腿溜走，不料先一步被人堵住，隨即迎上一張熟悉的清秀面容，怒氣騰騰地瞪著自己。

意識到可能將有生命危險的方玟，轉頭朝秦如初大聲抗議：「沒有人這樣的！」

秦如初勾脣一笑，「有，我。」

方玟差點吐血身亡，任著後領被人揪住。那人有一頭俏麗的褐色短髮，臉頰上還有兩個小酒窩，看上去可愛甜美，卻正皮笑肉不笑地跟方玟算帳。

陶董好奇問：「那就是方玟的特助嗎？」

「是啊。」秦如初先是點點頭，隨即話鋒一轉，板起臉，語氣染上幾分幽怨：「不過，妳怎麼還有心情注意別人啊？不多看看我嗎？」

陶董涼涼地說：「不想看。」

「喂。」秦如初略彎下腰與陶董平視，眼底滿是溫柔，「妳得看我一輩子。」

見狀，一旁的宋安琪忍不住雙手環胸，翻了個白眼，「方玟不是單身狗，我總是了吧！要閃出去閃，在屋內放閃是違法的！」

秦如初彎彎脣角，握住陶董的手走出民宿。兩人漫步於屋外大片綠地上，十指緊扣，相視而笑。

「妳覺得，我們有什麼不一樣嗎？」陶菫想起方玟說的話，不禁問道。

秦如初捧起陶菫的臉左看右瞧，「沒什麼不一樣啊。」

陶菫拍掉秦如初的手，嗔她一眼，「妳認眞點。」

秦如初輕笑幾聲，握住陶菫的手，慢慢往前走，低頭看著映在草地上兩人的影子，開口道：「妳還是一樣好。」

秦如初頓了下，輕語：「我的話……或許是那些擱在心裡的東西都放下了吧，感覺輕鬆許多。」

話落，陶菫握住秦如初的手，頭輕輕靠在她的肩上，給予無聲的支持。

不遠處，一對房客正與小狗嬉鬧玩耍。兩人走近，小狗便開心地朝陶菫跑來。陶菫蹲下身來摸了摸小狗，低垂的目光裡有滿滿的寵溺與喜愛。小狗翻了圓滾滾的肚子討摸摸，一人一狗玩得不亦樂乎。

秦如初跟著蹲下來，順了順小狗的背毛，再搔搔下巴。而後將目光落在陶菫的側臉，伸手輕撫她的髮，忍俊不禁，「妳有這麼喜歡狗狗？」

陶菫頭也不抬地說：「狗狗很可愛啊，我很喜歡。我記得小時候曾有隻流浪狗跑到家裡，我想養牠，卻被我媽狠狠罵了一頓。之後我就沒有再提過要養狗了……」

玩了一會，那對房客走過來，與陶菫和秦如初閒聊幾句後，便帶著小狗開車離開民宿。

瞧陶菫滿臉寫著不捨，秦如初輕笑一聲，「我們也去養一隻吧？養在這，跟我們一起上下班。」

聞言，陶菫一愣，難以置信地看向秦如初，略微拔高的聲音裡有掩藏不住的歡欣雀躍，「眞的？」

秦如初伸手摸摸陶菫的頭，眼底盡是寵溺，「下午就去，挑一隻圓滾滾的小狗狗回來……妳不想嗎？」

「想！」

秦如初笑了。

「妳想養什麼狗？我覺得柴犬挺可愛的，我們可以養兩隻——」

「陶菫。」

沉浸在養狗喜悅中的陶菫被這麼一喚才回過神，迎上秦如初滿是笑意的雙眼，愣了下，隨即別開眼，神色赧然，「幹麼？」

秦如初捧起她的雙頰，笑道：「我還有件事想跟妳說。」

陽光灑下，暖黃色的光柔和了秦如初精緻的五官，陶菫伸手撥了撥她的額前碎髮，目光溫柔。

「天氣正好，我們結婚吧。」秦如初說。

陶菫一愣，隨即被納入溫暖的懷抱之中。她的手輕輕放到秦如初的背上，深深緊擁。

秦如初的下頷靠在陶菫的髮上，徐風溫柔，陶菫毫無遲疑的回應乘風而來——

「好。」

番外完

後記　情若清風，愛如生命

為《夫人裙下》寫後記的此刻，方入冬，但仍摻著一絲暖意，有著冬日裡難得可見的暖陽，一如這個故事一般，無論中間遇到多少曲折，最後還是走在一起了。

我很少寫喜劇，真的很少，大部分都是悲劇結尾，《夫人裙下》便是那少數的喜劇故事之一。

我想寫一個「複雜的開始、簡單的結束」的故事。《夫人裙下》若要一言以蔽之，我大抵會說，這是一個關於情婦的故事。

或許，妳們會想，為什麼兩人的關係要從情婦開始？是因為作者我本人自己想寫這種題材嗎？是，也不是。

我的確一直想寫這個題材，不過我更想寫的是，當我用這種題材開始一個故事時，最後能不能讓人覺得，這是一個簡單又「純愛」的故事？而回到《夫人裙下》這個故事本身，會用情婦作為一個故事的開始，只是因為兩位女主角的關係，這樣最恰如其分而已。

當一段情感關係套上別的利益關係時，「愛」便顯得無足輕重，其中的兩人便無須為感情牽絆而負責。而這是秦如初能想到的，最能幫助到陶董且對陶董來說最無負擔的一種關係——對，就是這樣簡單的原因而已。

我覺得有些感情是，縱然不說喜歡也能感覺到的。揣著這樣的想法，在這十萬字的正文中，無論是秦如初抑或是陶堇，誰都沒有說出喜歡。

但是，看到最後，肯定能感覺到兩人之間感情的變化吧？我希望能寫出這樣的感覺。

很高興《夫人裙下》成爲我的第四本商業誌，而秦如初與陶菫能以實體書的樣貌跟大家見面，眞的得感謝許多人。

謝謝包容我各種拖稿與爆字數的高高編輯，幾年來的合作一直相當愉快，也很感謝她對我的照顧。

謝謝願意出版《夫人裙下》的POPO，沒有你們我就沒有現在的幾本商業誌，你們辛苦了。

最後，謝謝閱讀至此的你們每個人，沒有你們，我無法一本一本地出下去，是你們讓GL小說被看見了，厲害的從來不是我，你們才是眞正值得獲得掌聲的。

我所擁有的一切，我知道都不是理所當然的，所以一直對幫助我、支持我的每一個人都心懷感謝，我會繼續寫出好故事作爲回應。

謝謝你們的支持與相伴，讓我所喜歡的事擁有更深遠的意義。

若有機會，期待與你們相逢於下本書中。

希澄

國家圖書館出版品預行編目資料

夫人裙下 / 希澄作. -- 初版. -- 臺北市：
POPO 出版：家庭傳媒城邦分公司發行, 2020.02,
面； 公分. -- (PO 小說；43)
ISBN 978-986-98103-5-7(平裝)

863.57 108022900

PO 小說 43

夫人裙下

作　　者／希澄
企畫選書／高郁涵
責任編輯／高郁涵、吳思佳
總 編 輯／劉皇佑
行銷業務／林政杰
版　　權／李婷雯

總 經 理／伍文翠
發 行 人／何飛鵬
法律顧問／元禾法律事務所　王子文律師
出　　版／城邦原創 POPO 出版　城邦原創股份有限公司
台北市中山區民生東路二段 141 號 6 樓
電話：(02) 2509-5506　傳真：(02) 2500-1933
POPO 原創市集網址：www.popo.tw　POPO 出版網址：publish.popo.tw
電子郵件信箱：pod_service@popo.tw
發　　行／英屬蓋曼群島商家庭傳媒股份有限公司城邦分公司
聯絡地址：台北市中山區民生東路二段 141 號 11 樓
書虫客服服務專線：(02) 25007718 · (02) 25007719
24 小時傳眞服務：(02) 25001990 · (02) 25001991
服務時間：週一至週五 09:30-12:00 · 13:30-17:00
郵撥帳號：19863813　戶名：書虫股份有限公司
讀者服務信箱 email：service@readingclub.com.tw
城邦讀書花園網址：www.cite.com.tw
香港發行所／城邦（香港）出版集團有限公司
地址：香港九龍九龍城土瓜灣道86號順聯工業大廈6樓A室
email：hkcite@biznetvigator.com
電話：(852) 25086231　傳眞：(852) 25789337
馬新發行所／城邦（馬新）出版集團 Cité(M)Sdn. Bhd.
41, Jalan Radin Anum, Bandar Baru Sri Petaling,
57000 Kuala Lumpur, Malaysia.
電話：(603) 90563833　傳眞：(603) 90576622
email：cite@cite.com.my

封面設計／Gincy
印　　刷／漾格科技股份有限公司
經 銷 商／聯合發行股份有限公司
電話：(02) 2917-8022　傳眞：(02) 2911-0053

□ 2020 年 2 月初版
□ 2023 年 11 月初版 2.7 刷
Printed in Taiwan.

定價／280 元
 ISBN 978-986-98103-5-7